...ween, ~~the steel dark~~ from ... and branches

beyond a tent, you step out ...

stars. The moon goes down, the ...

n urinate up looking at the uncross-like ... not risen

of Southern cross

profundity of initial urination and thus each morning in the

publicity of constellations reflect upon the ...

listen to the night move highly past you

then walk to where Pop sits before the fire,

pipe comforted, his creatures perched, loving the

time before daylight and the windless burning of

dead branches he says, "How are you, governor"

"No worse than you."

The sky is very high there and branches

come between, ~~the steel dark~~ from under which

beyond a tent, you step out to see too many

stars. The moon goes down, the breeze not risen

n urinate up looking at the uncross-like

of Southern cross

profundity of initial and thus ...

Ernest M. Hemingway.

ERNEST HEMINGWAY

海明威文集

过河入林

〔美〕海明威 著 王雷 译

Across the River and into the Trees

上海译文出版社

怀着爱，献给玛丽*

* 指海明威的第四任妻子玛丽·威尔什，两人于 1946 年成婚。

说　明

鉴于如今人们倾向于将小说中的人物与生活中的真人对号入座，因而有必要作如下说明：本书中没有真实的人物，书中的人物及其姓名都是虚构的，部队的名称和番号也是虚构的。小说里不存在现实生活中的人物和部队。

第一章

他们在天亮前两小时出发，起初，他们不必在水道[①]中破冰前行，因为前面有其他的船只开道。每条船的船尾都站着一个船夫，黑暗中看不见他们的身影，只听得见他们用长桨划水的声音。那个狩猎者坐在固定在一只箱盖上的打猎凳上，箱子里装着他的午餐和猎枪子弹。他的两杆枪，或许还不止两杆，斜靠在一堆木制的囮子[②]旁。每条船上都放着一只口袋，里面装着一两只活的雌野鸭，或是一只雌野鸭和一只雄野鸭；每条船上都有一条狗，那些狗听见黑暗中野鸭拍翅飞过头顶的声音，便焦躁不安地抖动着身子来回蹿动。

有四条船沿着主水道溯流而上，朝北面的大湖驶去。第五条船调头拐进一条支流水道。这时第六条船转向南面，驶进一个浅湖，湖中已经不见水流涌动。

湖面上全都结了冰，夜间一场无风的寒流突然降临，这些冰就是在夜里新结成的。冰层硬而有韧性，被船夫的桨一戳便凹陷下去，接着像一块窗玻璃那样尖利地碎裂开来，可是船并没有向前移动多少。

“给我一把桨，”坐在第六条船上的狩猎者说。他站起来，小心地稳住了身子。他听见野鸭在黑暗中飞过，感觉到那些狗在惊惶失措地躁动。他还听见从北面传来冰层的碎裂声，那是其他几条船在破冰。

“小心，”站在船尾的船夫说，“别把船弄翻了。”

“我也是个船夫，”狩猎者说。

他接过船夫递给他的长桨，把它调了个头，用手握住桨叶。他向前举起桨，用力将桨把朝冰层下捅去。他感觉触到了坚硬的湖底，就把全身的重量都压在宽宽的桨叶顶端，双手攥紧桨身，先一拉再一推，使桨把移到了船尾，就这样撑船前行，一路划破冰层。当船驶过冰层，将大片的冰压在船底下时，冰像平板玻璃一样碎裂开来，站在船尾的船夫把碎冰向两旁推开，将船驶入通畅无阻的水道中。

狩猎者一直沉稳而卖力地干着活，因为穿的衣服厚，身上已经开始出汗。过了一会儿，他问船夫：“打猎的大木桶安置在什么地方？”

“就在那边，往左一点。在下一个湖湾中间。”

“现在该往那儿调头了吧？”

“随你的便。”

“你这是什么意思，随我的便？你才知道水有多深。水位够不够让船通过？”

“正在落潮。谁知道呢？”

“再耽搁下去，我们天亮以前就赶不到那里了。”

船夫什么也没回答。

好吧，你这个阴郁的笨蛋，狩猎者心里想，我们总会到那儿的。我们已经驶过了三分之二的路程，假如你怕烦，不愿破冰打鸭子，那你可就太差劲了。

“用点劲啊，你这笨蛋，”他用英语说。

---

① 原文 canal，指人工开凿的河道，在威尼斯四处可见。

② 指木头做的鸭子，用作引诱物。

“什么？”船夫用意大利语问。

“我说快点划。天就要亮了。”

当他们到达放置打猎桶的地方时，天早已经亮了。打猎桶是一个用橡木箍成的大桶，桶身嵌进湖底。四周环绕着长满菖蒲和杂草的斜坡。狩猎者小心地绕开杂草走上土坡，他感到结了冰的草在脚下被咔嚓嚓地踩断。船夫把固定在一起的打猎凳和子弹箱从船里取出来，往上递给狩猎者，狩猎者弯下身把它们放进了桶底。

狩猎者脚蹬一双高统套靴，上身穿一件旧的行军装，军装的左肩上缝着一个没人看得懂的徽记，两只曾经缀有金星的领章上留着几个淡淡的点子。他往下跨到桶里，船夫把两杆枪递给了他。

他把枪斜靠在桶壁上，两杆枪之间的桶壁上钉着两只钩子，他先将备用的子弹带挂在钩子上，然后把枪靠在子弹带的两边。

“你带水了吗？”他问船夫。

“没有，”船夫答道。

“这湖水能喝吗？”

“不能，水不干净。”

狩猎者一路上使劲地破冰撑船，这会儿觉得口干舌燥，心中不由要冒火，但他还是忍住了，只是问道：“要我上船帮你破冰放囮子吗？”

“不用，”船夫回答，接着便动作粗野地把船猛地撑到了薄薄的冰面上，薄冰在船的压力下一块块碎裂。船夫手握桨把，用桨叶捣碎冰，然后把囮子向船的一侧和身后抛去。

他的脾气倒不小，狩猎者想，他太蛮不讲理了。来这儿的一路上，我像牛马一样干着活，他只不过做了他分内的事情而已。究竟什么事惹恼了他？这本来就是他该干的差使。

他把打猎凳放到一个合适的位置，使它可以向左右两面随意转动，然后打开一盒子弹，往衣袋里塞满，接着又打开另外几盒子弹，把它们装进子弹袋，这样想拿的时候就方便了。拂晓的曙光把他眼前的湖面映得晶莹闪亮，湖面上现出黑色的船身和船夫高大的身影，他正在用桨捣碎冰层，同时往船外抛撒囮子，那样子好像要扔掉什么可憎的东西似的。

天渐渐亮了。狩猎者能看见湖对岸最近处低低的土堤轮廓。他知道在土堤的那一边还放置了两只打猎桶，再往前就是沼泽地，过了沼泽地是宽广无垠的大海。他把两支枪都装上了子弹，目测了一下那条正在抛放囮子的小船的位置。

他听到身后传来翅膀扇动的声音，那声音越来越近，他蹲下身，从木桶的边缘往上看，同时拿起放在身体右侧的枪，有两只黑色的野鸭正扑扇着翅膀，放慢了速度，从灰蒙蒙的天空中朝着囮子斜飞下来，他站起身，打算把这两只鸭子射下来。

他头一侧抵住枪托，举起枪就瞄准，枪口追踪着目标慢慢倾斜、向下，在第二只鸭子的正前方开枪射击，接着，他没有看是否击中了目标，又沉稳地举起枪，枪口一点点地向上抬起瞄准，对准另一只鸭子的左上方——因为它正向左上方飞去——扣动了扳机，那只野鸭双翅一合，扑地一下落到了碎冰块中间的囮子旁。他往右边瞧了一眼，只见第一只野鸭——看上去是一块黑乎乎的东西——也掉在那儿的冰上。他知道自己打第一只野鸭时很小心，是在离船很远的右边开的枪；打第二只时，枪朝左面抬得很高，等到野鸭飞向左上方的那一刻，才朝它开了枪，以免击中那条船。这两枪打得很精彩，射击准确，正像他的作风，而且考虑周到，仔细测定了船的位置，他心里觉得很满意，一边往枪里装着子弹。

“喂，”船上的那个人对他喊道，“别朝船这儿开枪！”

要是那样，我可就成了狗娘养的傻瓜了，狩猎者心中暗暗想道。我就太不像话了。

“你就只管放你的囮子吧，”他对船上的那个人喊道。“不过要快些，你不放完，我不会开枪，除非朝天上开。”

船上的人回答了些什么，一点也听不清。

我用不着去理会，狩猎者心想，他对这种事本来就很在行。来的这一路上，我跟他分担着干活，甚至比他干得还多，这点他很清楚。我这辈子打野鸭从没像刚才那样仔细准确。他到底怎么了？我先前还主动提出帮他一块放囮子呢。让他见鬼去吧。

在右面不远处，船夫还在气冲冲地砸冰、抛囮子，他的每一个动作都表露出他内心的仇恨。

不能让他毁了这次打猎，狩猎者对自己说。如果过一会儿太阳还不能把冰融化，那就打不到多少鸭子了，大概也就那么几只，因此决不能让他坏了我的兴致。谁知道还能打几次鸭子，我决不让任何事情糟蹋了这次打猎。

他看了看长长的沼泽地后面已经发亮的天空，然后在木桶里转过身，目光掠过冰冻的湖面和沼泽地，看到了远处被积雪覆盖的群山。他因为坐得低，看不见山脚，群山的山峰似乎突兀地耸立在平原上。当他望着远山时，他感到脸上拂过一阵微风，他知道太阳出来了，起风了，风儿会惊动那些飞禽，它们必定会从海上飞到这儿来。

船夫干完了放置囮子的活儿。那些囮子分成两队浮在水上，一队在正前方偏左处，朝着太阳升起的方向，另一队在狩猎者的右边。现在他又把一只系着绳子和小锚的母鸭扔到水中，这只活生生的引诱鸭把头钻进水里，过了一会儿从水里探出脑袋，接着又钻进水里，把水溅得背上都是。

“你觉得要不要把四周的冰再砸开一些？”狩猎者对船夫喊

道。“水面太小，鸭子不愿飞下来。”

船夫一言不发，但却开始用桨砸起冰层锯齿状的边缘来。这种冰弄不弄碎都无关紧要，船夫心里很清楚。可是狩猎者并不知道这一点，他想：我不明白他是怎么了，不过我决不让他破坏这次打猎，我必须圆满完成计划，决不让他搞砸。现在每打一枪都可能是最后一枪。我决不允许哪个狗娘养的来破坏。保持冷静，别发火，小伙子，他对自己说。

第二章

然而他不是小伙子了。他已经五十岁，是美国陆军上校。动身来威尼斯打猎的前一天，为了作身体检查，他服用了足够的甘露六硝酯[①]，以便……他自己也说不清楚究竟为了什么，就是为了作身体检查吧，他对自己说。

那个军医对检查结果表现出明显的怀疑，但是在第二次量过血压后，还是把测量数字记在了病卡上。

“你明白，迪克，”他说，“没有检查出什么病症；事实上，眼压和脑压都非常高，这和检查结果完全相悖。”

“我不明白你在说些什么，”猎人说，那会儿他并不是猎人，只不过后来当了回猎人。他的身份是美国陆军上校，在那之前还当过将军[②]。

“我们相识很久了，上校。或许看上去很久了，”军医对他说。

“确实很久了，”上校说。

“听上去我们好像在编歌词，”军医说。“不过你可要小心别撞上什么大家伙，也别让火星溅到你身上，因为你的身体里全是硝化甘油[③]。真该让你身上拖一根铁链，就跟装燃料的卡车那样[④]。”

“我的心电图没问题吧？”上校问。

“你的心电图非常好，上校。跟二十五岁的年轻人不相上下。十九岁的男孩也不过如此。”

“既然这样，你还有什么要说呢？”上校问道。

由于服用了太多的甘露六硝酯，他不时地感到有些恶心。他急切地想结束这次会面，也急切地想吞服一片安眠药躺下来。我该把那本适用于突击排的小部队战术手册写完，他想。我真希望告诉他那件事。为什么我就不能请求法庭的宽恕呢？你决不能这么做，他对自己说，你要自始至终申明自己无罪。

“你的头部受过几次伤？”军医问他。

“这你清楚，”上校对他说，“在我 201 号病历档案里有。”

“告诉我你头上受过几次伤？”

“哦，基督。”他说，“你这样问我，是作为一个军医还是作为我的私人保健医生？”

“作为你的私人保健医生。你不会认为我是存心要你难堪吧？”

“不，韦斯。对不起，你到底想了解什么？”

“脑震荡的情况。”

“你是指严重的？”

“就是你昏死过去或是事后什么都记不起来的那种状况。”

“大概有十次吧，”上校说。“连打马球时摔昏在地也算在内。至少七次，最多十三次。”

“你这个倒霉的老东西，”军医说。“上校，先生，”他又补充说。

“现在我能走了吗？”上校问道。

---

① 用于血管扩张的药。

② 战后美国军队整编时，军官往往降两级留用。

③ 甘油的三硝酸醋，可用来制造炸药，经撞击或震动后易爆炸，医学上用于血管扩张和心绞痛。

④ 燃料车在运行过程中，燃料中的分子因晃动摩擦而产生静电，易发生爆炸，从油罐内拖一根铁链到地上，可释放静电。

“可以，先生，”军医说。“检查结果你很正常。”

“谢谢，”上校说。“愿意和我一起去打野鸭子吗？就在塔里亚蒙托河口的沼泽地那儿，是个打猎的好去处。我在科尔蒂纳结识了几个可爱的意大利小伙子，他们在那里有庄园。”

“就是打大鹬的那个地方？”

“不是。在那里能打到真正的野鸭。都是些棒小伙子，打猎个个是好手。货真价实的野鸭。有绿头鸭，针尾鸭，赤颈凫，还有大雁。跟我们还是毛头小伙子时在家乡的情景一个样。”

“我那时已经二十九、三十了，算什么毛头小伙子。”

“还是头一回听你说这么泄气的话。”

“我并不是那个意思，我只不过想不起来什么时候打野鸭合适。而且我是在城里长大的。”

“那你可是再糟糕不过了。我从没见过哪个城里长大的孩子有什么出息。”

“你这话不当真吧，上校？”

“当然不。你明白我是说着玩的。”

“你现在一切正常，上校，”军医说。“很遗憾我不能跟你去打猎。我甚至连枪都不会开。”

“去他的，”上校说。“那没有关系。我们部队里谁都不会开枪。我希望有你在身边。”

“我再给你些药，来增强目前的药效。”

“真有这种药？”

“老实说没有。不过有人正在研究。”

“让他们研究去吧，”上校说。

“我觉得你这种人生态度值得赞赏，先生。”

“见鬼去吧，”上校说，“你确实不想去吗？”

“我要是想吃鸭子，麦迪逊大街上的朗查普饭店有的是，”军医说，“那儿夏天有冷气，冬天有暖气，我不必天亮以前就起床穿连衫裤。”

“好吧，城里长大的孩子。你永远体会不到打猎的乐趣。”

“我从来也不想体会，”军医说，“你现在一切正常，上校先生。”

“多谢，”上校说着，转身走了出去。

第三章

那还是前天的事。昨天他从的里雅斯特[①]驱车前往威尼斯，一路上沿着从蒙法尔科内到拉蒂萨那的旧公路行驶，后来又穿过平坦的原野。他有一个很不错的司机，他自己全身放松地坐在前排座位上，看着窗外这片从青年时代起就很熟悉的地方。

这地方看上去全变了，他想。或许是因为时间相隔久了的缘故。人长了岁数，一切都好像变小了许多。不过道路倒是比以前好了，也没有什么灰尘。当年我在这条路上乘的是军用卡车。我们也常常步行。那时候我最渴望的是部队原地休息时，头上有一片遮阳的树荫，农家的院落里有一口水井。还要有水渠，他想，我确实渴望有许多水渠。

汽车拐了个弯，在一座临时的桥上驶过了塔里亚蒙托河。河的两岸绿意葱茏，远处的河岸上有人在钓鱼，那里的水较深。被炸毁的桥正在修复，敲铆钉的汽锤声声震耳，离桥八百码远的地方有一些炸塌的楼房和仓库，那都是隆盖纳[②]当年建造的，从房子毁损的程度看，几架中程轰炸机显然把装载的全部炸药都扔在了那里。

“你看，”司机说，“这一带凡是有桥和火车站的地方，不出周围半英里，你准会看到被炸毁的建筑。”

“这是教训，”上校说，“不该在离桥八百码的距离内造房子或盖教堂，也别请乔托[③]来画壁画，假如那儿有教堂的话。”

“我明白该从中吸取教训，先生。”司机说。

他们驶过倾塌的别墅，上了一条笔直的大路，路旁的沟边栽着柳树，因为是冬天，树看上去黑沉沉的。地里种满了桑树。前面有一个男人骑着自行车，手里拿着一张报纸在看。

“如果来的是重型轰炸机，就该得出远离一英里的教训，”司机说，“这样说对吗，先生？”

“要是导弹，”上校说，“最好离开两百五十英里。最好朝那个骑车的人按一下喇叭。”

司机按了喇叭，骑车人让到路边，没有抬头看他们，也没有碰一下车把。当他们开过他身边时，上校想看看他在读什么报，但是报纸的名称被折了起来。

“我看现在最好是别在这里盖漂亮的房子或者教堂，也别请那个人，他叫什么来着？画什么壁画。”

“乔托。也可以是彼埃罗·德拉·弗朗西斯卡[④]或曼坦那[⑤]。还有米开朗琪罗[⑥]。”

“你知道这么多画家，先生？”司机问。

他们此时正行驶在一条笔直的公路上，为了赶时间，车子开得飞快，农舍连成一片从眼前飞逝而过，几乎一片模糊，能够看清的只有前方远处的景物，它们不断地扑面映入眼帘。车窗两侧呈现出缩小的冬日平原的荒凉景色。我不太喜欢车开得这么快，上校想。如果勃鲁盖尔[⑦]看到这里的景致，倒是可以大大欣赏一番。

---

① 意大利东北部港市，当时为美、英部队驻军地。
② 隆盖纳（1596—1682），17 世纪威尼斯著名建筑师。
③ 乔托（约 1266—1337），意大利著名画家、雕塑家。
④ 彼埃罗·德拉·弗朗西斯卡（约 1420—1492），意大利文艺复兴时期重要画家，对绘画透视学有较大贡献。
⑤ 曼坦那（约 1431—1506），15 世纪意大利北部第一个典型的文艺复兴艺术家，在壁画领域有独特建树。
⑥ 米开朗琪罗（1475—1564），意大利文艺复兴盛期的雕刻家、画家、建筑设计师。
⑦ 勃鲁盖尔（1568—1625），佛兰德斯画家，擅长花卉、风景画。

“画家?”他回答司机说，“我对他们知道得并不多，伯纳姆。”

“我是杰克逊，先生。伯纳姆到科尔蒂纳疗养中心去了，那可是个好地方，先生。”

“我真犯浑，”上校说。“对不起，杰克逊。那是个好地方。食物丰富，服务周到。没有什么人来烦扰你。”

“是这样，先生。”杰克逊表示同意。“我问你这些画家，是因为那些圣母像。我认为自己该去看看绘画，于是去了佛罗伦萨一家大美术馆。”

“是乌菲兹美术馆? 皮蒂美术馆?”

“管它叫什么。反正是最大的一个。我在那儿一直看啊看，看到最后只觉得这些圣母像让我头脑发涨。我跟你说，上校，先生，一个门外汉看这种画，看到的只是许许多多的女人，这会使他觉得厌烦。你明白我的想法吗? 你知道那些意大利人对男婴有多狂热? 他们越是吃不上饭，男婴就越生得多，而且总也没有个够。我觉得这些画家大概和所有的意大利人一样，也是些痴迷男婴的家伙。不知你刚才提到的是否就是那种画家，我并没有把他们算在内，如果我说得不对，就请你告诉我正确的看法。可是我总觉得，那些圣母像实在是太多了，先生，这些画家显然只知道画圣母像，或者说，满脑袋里想的都是男婴，不知道你懂不懂我的意思。”

“而且他们局限于宗教题材。”

“正是，先生，那么你认为我的话有几分道理?”

“是啊。不过我想这事有点儿复杂。”

“那自然，这只是我的一点粗浅看法。”

“你对艺术还有别的看法吗，杰克逊?”

“没有，先生。目前为止我脑袋里只想到男婴的问题。不过，我希望他们能把科尔蒂纳疗养中心周围的山区画成美丽的图画。”

“提香[1]就诞生在那儿，”上校说。“至少人们都这么认为。我到那儿的山谷里去过，见到了那座据说是他出生的房子。”

“那地方很漂亮吗，先生？”

“并不怎么漂亮。”

“要是他把那儿山区的景物都画出来就棒了，晚霞辉映着山崖、松树、白雪和所有尖顶的——”

“Campanile[2]，”上校说，“就像前面塞基亚的那个一样，它的意思是‘钟楼’。”

“如果他真能把那儿的山区景色画成画儿，我倒很乐意向他买几幅。”

“他画女人很有一手，”上校说。

“假如我开一个小酒馆或一家小客栈什么的，倒是需要一张女人画，”司机说。“不过要是我把那种女人画带回家，我老婆会从罗林斯把我一路追打到布法罗[3]，能逃到布法罗，还算是走运的。”

“你可以把画捐给当地博物馆。”

“我们那地方的博物馆里只有箭头、印第安人的羽毛头饰、剥头皮的刀具、剥下来的人兽头皮和鱼化石、和平烟斗，还有印第安人酋长‘食肝者’约翰斯顿的几张相片，一张坏蛋的皮，那坏蛋是被绞死的，一个医生把他的皮剥了下来。女人的画像放在那里很不相称。”

“看见平原那边的钟楼了吗？”上校问，“我要指给你看那儿的

---

① 提香（1490—1576），意大利文艺复兴盛期著名画家。

② 意大利文。

③ 罗林斯是美国西北部怀俄明州的一个城市，布法罗则在东部的纽约州内。

一个地方，我还是个小伙子时，在那一带打过仗。”

“你也在这儿打过仗，先生？”

“是啊，”上校说。

“谁在那次战役中拿下了的里雅斯特？”

“德国佬。我的意思是奥地利人。”

“我们没有夺过来吗？”

“一直到战争快结束的时候。”

“谁占领了佛罗伦萨和罗马？”

“我们。”

“这么说，你那会儿的情形并不糟。”

“先生，”上校彬彬有礼地说。

“对不起，先生，”司机赶紧说道，“我那时在三十六师。”

“我看到了你的臂章。”

“我刚才正想着拉皮托河[①]，先生，我并没有想冒犯你或不尊重你的意思。”

“我明白，”上校说。“你刚才想起了拉皮托河。可你要知道，杰克逊，每个久经沙场的人都会有自己的拉皮托，甚至不止一个。”

“再多一个我就无法忍受了，先生。”

汽车驶过皮亚韦河[②]畔的圣多纳镇，镇上很热闹，这是一个重建的新镇，跟美国中西部任何一个城镇一样漂亮，镇上一派繁华热闹、喜气洋洋的景象，而就在河上游沿岸的福萨尔塔却显得凄凉阴

① 意大利中部的一条小河，第二次世界大战中，美军为攻克德军重兵防守的卡西诺市，曾在此激战四个月，伤亡惨重。

② 意大利东北部河流。第一次世界大战中，奥地利军队突破卡波雷托防线后，该河成为意大利的主要防线，始终未被突破。

郁，上校想。难道福萨尔塔一直没从第一次大战的阴影中摆脱出来？不过在它受到重创前，我从未见过。一九一八年六月十五日那次大规模进攻前夕，福萨尔塔遭到了猛烈的炮击，后来我们夺回它之前，又朝它猛轰了一阵。他记起了是怎样进行反攻的：从莫纳斯蒂尔开始，然后经过福纳齐；在这个冬日里，他记起了那个夏天发生的事。

几个星期前，他经过福萨尔塔时，曾沿着低洼的道路去河岸寻找他当年受伤的地方。那地方不难找，因为正好在河湾处，以前重机枪就搁在这儿，如今坑道里齐刷刷地长满了青草。绵羊或山羊来此啃食过青草，被啃过的地方就像高尔夫球场上特意挖出来的球坑。这儿的河水灰而混浊，缓缓地流淌着，河岸两边长着芦苇。四下望去不见一个人影，上校蹲下身，从岸上望着河面，以前岸上这块地方在白天是决不能抬起头的，现在他在这里解了手。他目测了一下地形，确信此地正是三十年前他受重伤的地方。

“成果微不足道，”他对着河水和河岸大声说，四周弥漫着一片秋天的宁静和雨后的湿润。“然而却是我的。”

他站起来，朝四面看了看，没有一个人，先前他把车停在一条低洼的路上，就在福萨尔塔重建的房子中最边上也最凄凉的那幢前面。

“现在我要竖一个纪念碑，”他说，没人听他说话，除了地下的死人。他从口袋里掏出一把旧的索林根折刀，就跟德国偷猎者常用的那种刀差不多。他打开刀，把刀尖插进地里转动着，在潮湿的泥地上挖了一个匀整的小坑。他把刀上的泥在右脚长统靴上擦干净，然后将一张褐色的一万里拉的纸币放进小坑里，用土埋实，再把刚才用刀剜出来的草覆在上面。

“银质英勇勋章每年获五百里拉，这里是二十年的数额。我记得维多利亚十字勋章能值十个几尼，优异服务十字奖徒有虚名。银星章也一样。零钱我就自己留下了，”他说。

现在好了，他想，这里有粪便、金钱、血；看这儿的草能长多肥。土里埋着吉诺的一条腿和弹片，还有伦道夫的双腿和我的右膝盖骨。多精彩的纪念碑，里面什么都有。肥料、金钱、血和铁。听起来就像一个国家。哪里有肥料、金钱、血和铁，哪里就是祖国。我们还需要煤。应该去弄些煤来。

然后他看了看对岸在废墟上重盖的白色房子，朝河里吐了口唾沫，他站的地方离河并不近，费了些力气才把唾沫吐到河里。

“那天夜里我连唾沫都吐不出来，以后很长一段时间也吐不出来，”他说。“不过现在像我这么一个不嚼口香糖的人，能吐得这样还真不错。”

他慢慢地走回停车的地方。司机已经睡着了。

“醒醒，伙计，”他说。“把车调个向，顺着这条道往特里维索开。在这个地区我们不用地图，该拐弯的地方，我会告诉你。”

第四章

此刻他正在去威尼斯的路上，他极力克制着自己，不去想他是如何渴望着那儿。大型“别克”车把圣多纳镇最后的景物抛在了车后，驶上了皮亚韦河上的桥。

他们过了桥，来到战时属于意大利的一侧河岸，他又看到了那条低洼的道路。这条路平坦而不起眼，跟所有沿河岸修筑的道路一个样，但他却能辨认出往日的作战地点。汽车载着他们在笔直平坦的路上疾驶，路两旁的河边上栽着柳树，当年河里漂的都是死尸。那次进攻临近结束时，发生了大规模的厮杀，当时天气炎热，在河边和路上清扫战场时，有人命令把尸体都抛到河里。不幸的是，河下游的几道水闸仍控制在奥地利人手中，他们关闭了闸门。

于是河里的水几乎不再流动，有很长一段时间，那些尸体不分国籍地浮在水面上，脸有的朝上有的朝下，身体在水中肿胀得变了形。后来，成立了专门的机构，派劳工队在夜间把尸体捞起来后埋在路边。上校留意地看了看路边，想找出草木特别肥沃的地方，可是没有发现什么。河面上浮着许多野鸭和鹅，沿路都有人在钓鱼。

那些尸体后来又被掘出来，上校想，被埋到内尔维萨附近的大公墓去了。

“我们在这一带打过仗，那时我还是个小伙子，”上校对司机说。

“这个鬼地方地势太平，打起仗来可不容易，”司机说。“你们占领了那条河吗？”

“是的，”上校说。“我们占领了，后来一度失守，最终又夺了回来。”

“在这儿无论朝哪个方向看，都找不见一个可以掩蔽的地方。”

“麻烦就在这里，”上校说。“你只能利用一些难以辨认的物体，它们看上去非常小，譬如壕沟、房子、河堤和矮树丛。这儿跟诺曼底很相似，只是地势更平坦。我想，在荷兰打仗一定跟这儿差不多。”

“这条河肯定一点儿不像拉皮托。”

“那时候它是条相当不错的河，”上校说。“没有造这些水力发电站之前，河的上游水很多。水变浅了后，水底的鹅卵石和圆砾石中间出现了很深很讨厌的沟槽。以前这儿有个地方叫格拉韦·德·帕帕多波里，情况更糟糕。”

他很清楚，任何一个人把自己的战争经历讲给别人听，都会让听的人感到乏味，于是他不再说话。人们总是以自己的目光来看待战争，他想。一般说来，任何人都不会对战争感兴趣，除了士兵，而士兵人数并不多。他们被训练成士兵，可其中的佼佼者又会战死，此外，他们总是为某些目的而拼命钻营，对其他一切都不闻不问。他们只想着与自己经历有关的事，当你说话时，他们盘算着该怎样迎合你，以便求得职位提升或得到特殊的利益。用那些事来烦这小伙子没什么意思，别看他佩戴着作战部队的标志、紫心勋章和其他一些玩意儿，他可绝不是一个士兵，只不过在违背意愿的情形下，被安排穿上了军装，他选择留在军队里，显然是为了个人的一些利益。

“你当兵以前干什么，杰克逊？”他问道。

“我和哥哥在怀俄明州的罗林斯开了个汽车修理厂，先生。”

“你打算回那儿去吗？”

“我哥哥在太平洋战争中被打死了，后来代管工厂的那家伙不务正业，”司机说，“我们的投资全完了。”

“真糟糕，”上校说。

“你一点没说错，糟透了，”司机说，接着又补了一句：“先生。”

上校抬头看了看前面的路。

他知道沿着这条路再往前开，很快就要到他一直期待着的拐弯处了，但他还是觉得急不可待。

“注意留神，在这条收费公路的岔路口朝左拐，开到土路上去，”他对司机说。

“你觉得我们这辆大车能通过那些低洼的土路吗，先生？”

“试试吧，”上校说。“妈的真不错，伙计，三个星期没下雨了。”

“我信不过这儿地势低洼的土路。”

“如果陷进泥地里去，我会找头牛把你拉出来。”

“我只是担心车出问题，先生。”

“还是多考虑一下我刚才说的话，在第一个岔道口往左拐，只要你看着能开过去就行。”

“看样子就是前面那个有矮树丛的地方，”司机说。

“我们后面没有车，稍微往前开一点停下，我要过去看一看。”

他下了车，穿过路面坚实的宽阔公路，看了看岔路口那条狭窄的土路，路边有一条水流湍急的水渠，对岸是茂密的矮树林。一座低矮的红色农舍和一个大粮仓在矮树林的后面。路面很干燥，连马车的车辙印都没留下。他又回到汽车里。

“是条林荫大道，”他说。“没什么可担心的。”

“是，先生。那是你的车，先生。”

“我知道，”上校说。“这车还在分期付款呢。可是，杰克逊，每回你从公路上拐到岔道上去，都这么心神不定吗？”

“不是，先生。可一辆吉普车和这种低车身的车子完全是两码事。你知道这辆车的底盘离地面间隙小，车身容易损坏。”

“车尾行李箱里有一把铁铲，还有铁链。等车出了威尼斯，你再操心我们有什么麻烦吧。”

“以后一路上都开这辆车吗？”

“现在还不知道，以后再看。”

“请想一想挡泥板，先生。”

“我们大不了像俄克拉荷马的印第安人那样，把挡泥板去掉一截，这辆车的挡泥板太大。除了发动机，什么都显得累赘。杰克逊，这辆车的发动机实在是棒，有一百五十四马力。”

“没错，先生。驾着这种大引擎车在平坦的公路上开，真是一种乐趣。所以我不愿让它出差错。”

“你真行，杰克逊。现在不要担心了。”

“我不担心，先生。”

“这样就好，”上校说。

他自己也没费心想什么，因为这时他看见有一张船帆，正在前面那一排茂密的棕色树林后移动，那是一张红色的大帆，从桅杆顶倾斜地往下挂着。在树林后面慢慢地移动。

为什么每当看见帆船沿着岸边移动，你就会觉得心动？上校想，为什么看见毛色无光行走迟缓的大公牛，你也会心动？一定是因为它们的步态、模样、体形和毛色。

可是一头漂亮的大骡子或是一队壮实的驮载货物的骡子也会使

我心动。还有丛林狼和灰狼，它们的动作和其他野兽完全不同，它们一身灰色，充满自信，高昂着头，双眼射出凶狠的光，每当我看见它们，也不由怦然心动。

“你在罗林斯郊外看见过灰狼吗，杰克逊？”

“没有，先生。在我出世前，它们就绝迹了，被人们用药毒死了。不过，丛林狼倒有不少。”

“你喜欢丛林狼吗？”

“我喜欢听它们在夜晚嗥叫。”

“我也是，胜过其他一切，除了看帆船在两岸之间行驶。”

“有条船正从那儿过呢，先生。”

“正在西雷河道上，”上校告诉他，“那是一艘开往威尼斯的平底驳船，现在风从山上过来了，船行得很快。如果风不停，今天夜里很可能转冷，风还会把大群野鸭带过来。在这儿往左拐，我们就沿着这条水道走，这里的路很好。”

“我家乡那儿没多少鸭子好打。但是在内布拉斯加州的普拉特河一带，鸭子却很多。”

“你想在我们去的那地方打野鸭吗？”

“恐怕不行，先生。我可不是个好射手，我宁愿在睡袋里躺着。这会儿正是星期天早上，你知道。”

“我知道，”上校说。“只要你喜欢，可以在睡袋里一直躺到中午。”

“我带了驱虫剂，睡个安稳觉没问题。”

“驱虫剂不一定用得上，”上校说。“你带了应急口粮或多维饼干吗？这儿吃的可都是意大利食品。”

“我带了一些罐头备用，还可以分点给别人。”

“太好了，”上校说。

他朝前面望去，想看看这条沿河的小路在哪儿跟公路重新汇合。他知道，在今天这么晴朗的日子里准能看到。前面是褐色的沼泽地，就跟冬天里密西西比河口派勒特镇那一带的沼泽地一样，强烈的北风吹弯了芦苇。越过这片沼泽地，他看见托切洛[1]的教堂那方形的塔楼，以及再远一些的布拉诺[2]高高的钟楼。海水呈现出石板瓦的蓝灰色，他看见有十二条平底驳船乘着风势向威尼斯疾驶。

我还得等一等，等过了诺格拉城北面的德塞河，才能看得一清二楚，他想。回想起来也真奇怪，那年冬天为了保卫这座城市，我们一直沿着这条水道向进攻的敌人反击，可是却从未见过它。有一回，我到了诺格拉城附近，那天也像今天一样晴朗，一样寒冷，我站在对岸第一次看见了它，不过始终没有走进城里去。尽管如此，这也是我的城市，因为还是个小伙子时，我就为它而战，而今我已年过五十，他们知道我为它战斗过，也算得上是这座城市的主人中的一分子，他们会待我很好。

你认为那就是他们要待你好的原因吗，他问自己。

可能吧，他想，他们所以有可能待我好，因为我是胜利者一方的上校，不过，我并不确信这一点，无论怎样，我不希望如此，这里不是法国，他想。

你为一个你喜爱的城市而奋勇战斗，你对那里的一切都非常在意，生怕损坏了不该损坏的，那么，如果你的脑子还清醒，你就该小心不要再回去，因为总会碰上些打过仗的军人，他们会因为你那样攻打这座城市而憎恶你。Vive la France et les pommes de terre

---

① 威尼斯湖岛上的村庄，建于452年，古时曾为繁荣的城市，著名建筑有圣母升天塔大教堂遗迹和圣福斯卡教堂。

② 威尼斯的东北郊区，由威尼斯潟湖的四个小岛组成，以花边编织手工业闻名。

frites. Liberté，Venalité，et Stupidité.[①]法兰西军事思想的伟大清晰性。自杜比克以来，他们还未产生过一个军事思想家。就连他也只是个浅薄的爱冲动的上校。芒让[②]、马其诺[③]、甘末林[④]，任你们选择，先生们。三种战略思想体系。一、迎面痛击敌人。二、隐蔽起来但暴露出无法躲藏的左翼。三、像鸵鸟那样把脑袋埋进沙子里，坚信法国军事力量的伟大，然后拔脚撤退。

拔脚撤退听上去简洁而又轻松。确实，他想，每回你考虑问题过于简单时，你就变得不公正。想想所有那些在抵抗运动中表现出色的人，想想既会打仗又会组建军队的福煦[⑤]，想想那些人有多出色。想想你的好朋友，想想那些战死的人。好多事都该想想，再想想你那些最要好的朋友，那些你认识的最优秀的人。别难过，也别犯糊涂，可是这和把从军打仗作为职业又有什么关系？别去想它了，他对自己说，你是来旅行散心的。

“杰克逊，”他说，“这儿让你觉得愉快吗？”

“是的，先生。”

“很好。我们很快就会到一个地方，我想让你看看那儿。只要看一眼就行。从头到尾决不会让你不好受。”

真不知道这会儿他想怎么整治我，司机想，就因为他曾经是个

---

① 法文：法兰西和炸土豆万岁。自由、贪财和愚蠢。

② 夏尔 · 芒让（1866—1925），法国将军，毕业于著名的圣西尔军校，第一次世界大战中曾先后统领第六军、第十军。

③ 马其诺（1877—1932），曾任法国陆军部长，20 世纪 30 年代由其建议在法国东北部边境修筑了一道防线，命名为马其诺防线，以抵御德国人的进攻，但该防线并未包括法比边界，德军在二战中正是从比利时边境进入法国。马其诺防线给人一种虚假的安全感。

④ 甘末林（1872—1958），第二次世界大战中先后任法国陆军总司令、西线盟军司令，未能阻止德军切断盟军防线袭击法国，1940 年被撤职。

⑤ 福煦（1851—1929），法国元帅，第一次大战中，福煦率领新组建的第九军，成功地阻止了德军的进攻。

大人物，他觉得自己样样都懂。假如他过去真是个可敬的大人物，为什么不保持大人物的风度呢？他在战争中被打得满身是伤，连脑子都不正常了。

“那地方到了，杰克逊，”上校说，“把车停在路边，我们去看一眼。”

上校和司机走到大路上朝威尼斯方向的那一边，向湖对岸望去，只见从山上刮来的强烈冷风把湖面吹得水波翻涌，映在水中的建筑物轮廓像画在纸上的立体图一样清晰。

“前面正对着我们的就是托切洛，”上校指给他看。“以前被西哥特人[①]从大陆上赶出来的人就住在那儿。他们建造了那种带方塔的教堂。曾经有三万居民住在那里，他们盖了教堂来颂扬、祭拜自己信仰的神。后来，教堂造好以后，西雷河口被泥沙淤塞，也有可能是洪水泛滥改变了河道，使得我们刚才经过的那一带地方全被水淹了，于是蚊子繁衍，疟疾横行。人们开始病倒死去。长者们开会商量后决定迁往没有疾病流行的地方，那个地方可以从水上抵御来犯者，西哥特人、伦巴第人[②]和其他强盗无法侵入，因为他们没有海上作战的力量，而托切洛的年轻人和水打交道个个都是好身手。他们把房子拆了，把拆下的石料全装到平底驳船上，就像我们刚才见到的那种，然后建成了威尼斯。”

他停了一下。“我使你觉得厌烦了吧，杰克逊？”

“不，先生，我对威尼斯的创始者正好一无所知。”

“创始者就是托切洛人。他们坚忍顽强，在建筑方面有很出色的鉴赏力。他们从那边海岸上游的小村庄卡奥雷迁来，当西哥特人

---

① 公元5世纪时入侵意大利、法国和西班牙的哥特族人，他们不断企图扩大自己的领土，8世纪初被穆斯林消灭。

② 公元6世纪时侵入意大利并在意北部建立了王国的日耳曼民族。

入侵时，附近城镇乡村的居民全都投奔他们而去。有一个托切洛的年轻人把武器往亚历山大里亚运，他在那里找到了圣马可[①]的遗体，为了不被关卡的异教徒士兵发现，他把遗体藏在一车新鲜的猪肉下面偷运了出去。这个青年把圣马可的遗体运到了威尼斯，他是他们的庇护神，他们为他盖了一座教堂。不过在那个年代，他们已经同很远的东方国家通商，因此以我的眼光来看，他们的建筑具有很明显的拜占庭风格。以后的建筑再也没超过托切洛初期的水平。那边就是托切洛。"

是的，那的确是托切洛。

"那个有许多鸽子的广场就是圣马可广场？旁边还有一个像豪华大影院似的大教堂，是那儿吗？"

"正是，杰克逊。你的眼力不错。你观察的角度很准确。现在把你的目光投向比托切洛远一些的地方，你就能看见布拉诺漂亮的钟楼，它的倾斜度几乎和比萨斜塔一样。布拉诺是个小岛，人口密集，那儿的女人会编织美丽的花边，而男人们只管让女人们生孩子，他们在另一个岛上的玻璃工厂干活，就是那边那个小岛，你能看到那儿也有一个钟楼，它的名字叫穆拉诺。他们白天为世界上的富人制造精美的玻璃器皿，下班了就坐小轮船回家制造婴儿。并不是每个男人都和老婆一起过夜，一些男人在晚上撑着方头平底船，带着猎枪，在前面那个湖边的沼泽地外围打野鸭。每逢有月亮的晚上，枪声彻夜不停。"他停顿了一下。

"把目光投向比穆拉诺更远的地方，你就能看见威尼斯了。这是我的城市。本来还有许多地方可以指给你看，讲给你听，但是我

---

① 圣马可（？—336），意大利籍教皇（336 年在位），现存的罗马圣马可教堂据说是由他所建。

想该上路了。再好好看一眼吧，从这里看，可以了解这个城市经历过的一切。可惜没有人从这里看这个城市。”

“从这里看景色很美。”

“好了，”上校说，“上路吧。”

第五章

但是他自己却继续看着，他感到这个城市的一切都这么美，就像他十八岁那年第一次见到它时那样让他激动，那时并不明白什么，只是觉得它美。那年的冬天特别冷，平原以外的群山一片雪白。当时对奥地利人来说，必须攻破西雷河与皮亚韦旧河道的相交地带，因为那是唯一的防线。

如果能死守住皮亚韦旧河道，西雷河就成了后备防线，一旦第一道防线被攻破，还可退守西雷河。西雷河那边除了光秃秃的平原和四通八达的道路网，什么也没有，这些道路通向威尼托平原和伦巴第大平原，奥地利人在整个冬天发动了一次又一次的进攻，妄图占领他们眼下正驶过的这条直通威尼斯的路。那年冬天上校还是个中尉，正在外国军队里服役，以后他在自己的军队里总是为此受到一些怀疑，并影响了晋升。那年冬天他一直喉咙痛，这是因为经常待在水里的缘故。衣服总也干不了，于是干脆让它快些湿透，而且就那么一直湿着。

奥地利人的进攻毫无章法，但是连续不断，凶猛顽强，他们先是以密集的炮火狂轰，那阵势好像要压得你毫无还击之力，接着，当炮击暂停时，你就得赶快检查阵地，清点人数，根本没有时间照料伤员，因为进攻马上又会开始，不久，就有奥地利人冲进沼泽地，把步枪举过水面，在齐腰深的水中缓慢地向前移动，结果都被一一击毙。

假如他们在进攻开始前不停止炮击，真不知道我们能够干什么，那时候还是中尉的上校时常这样想。不过他们总是在进攻前停止炮击，随后把火力向我方纵深推进。他们完全根据书本上那套做。

假如我们失守皮亚韦旧河道，退到西雷河，他们就会将火力推进到第二和第三道防线；这两道防线实际上很难守住，奥地利人本该把全部火力都集中到离我们最近的地方，在整个战斗过程中持续炮击，直到攻破我们的防线为止。可是感谢上帝，指挥战争的总是些傻瓜，上校想，他们往往不能从全局考虑问题。

那年的整个冬天，他一直患着严重的喉炎，他还杀死了一些朝他们冲过来的人，那些人在武装带上插满了集束炸弹，背着沉甸甸的小牛皮包，头上戴着水桶状的钢盔，他们都是敌人。

然而他从未恨过他们，也没有其他任何感情。他用一只浸了松节油的短袜围住喉咙，指挥着战斗，他们用步枪和机关枪击退了敌人的进攻，机关枪虽然经受了炮击，但仍能使用。他教会了部下怎样射击，确实，这种本领在欧洲军队中是很难得的，他教他们在敌人冲过来时怎样看准目标，因为在射击间隔期间，总有一小会儿沉寂。

不过每次炮击后，你都必须迅速清点人数，看看还剩几个射击手。那年冬天他受了三次伤，但都是轻伤，只弄伤了皮肉，并没伤到骨头，他因此坚信自己不会死，在无数次进攻前的猛烈炮击中，他本来极可能被打死的。后来他终于被狠狠地干了一下，而且再也没有复原。先前他也负伤多次，但从未像这次重伤这样使他深受打击。也许是由于我丧失了不会死的信念，他想，好吧，从某种意义上看，这可是个大损失。

这个国家对他来说具有许多意义，比他能够说得出或是想说出来的还要多。现在他心情愉快地坐在汽车里，再过半小时他们就要到威尼斯了。上校吞下了两片甘露六硝酯，自 1918 年起，他就能用唾沫将药片吞进肚里，用不着喝一点水。

“你现在觉得怎样，杰克逊？”他问道。

“很好，先生。”

“到了去梅斯特雷①的岔路口时往左拐，这样我们就能看见河道里的船，还能避开车辆拥挤的大路。”

“好的，先生，”司机说，“到了岔路提醒我一声好吗？”

“当然了，”上校说。

他们朝梅斯特雷方向快速驶去，此时的情景使他又有了第一次去纽约的感觉，那时候整座城市阳光明媚，洁净而美丽。我赢得了它，他想，不过那会儿它还没受到污染。我们正在进入我的城市，他想，基督啊，这是一座多么可爱的城市。

他们向左拐了个弯，沿着河道行驶，河里停泊着渔船。上校看着那些棕色的渔网、柳条编成的渔栅和漂亮的流线型渔船，觉得心情非常愉快。这可不是什么风景如画，画算得上什么，这些东西才真是美极了呢。

汽车沿岸从一长排船边驶过；河道里的水来自布伦塔，水流非常缓慢，他想起了连绵无际的布伦塔，那一带有很大的别墅，别墅外有草坪和花园，还有悬铃木和柏树。我希望将来能安葬在那里，他想，我对那个地方非常熟悉。不过我不敢确信自己能够办到。这实在很难说。我认识那儿的一些人，他们可能会同意我埋在他们的土地上。我要去问问阿尔贝托，不过他也许会以为我是病态。

很长时间以来，他一直想着各种美丽的地方，希望被安葬在那儿，并且琢磨着自己该成为哪片土地的一部分。腐烂发臭的部分实

---

① 威尼斯市西北郊区。

际上不会持续很久，他想，你最终只会变为地下的肥料，甚至连骨头也派得上用处。我希望被埋在庭园的边沿处，但是能望得见那古老而雅致的房子和高大繁茂的树木。我觉得这么做不会给他们带来多少麻烦。我将和那片土地化为一体，孩子们傍晚在那块土地上玩耍，早晨或许会在那儿训练马儿跳障碍物，马蹄在草地上得得作响；池塘里的鲑鱼瞧见飞过的苍蝇时会跃出水面。

车子正行驶在梅斯特雷通往威尼斯的石子路上，外观难看的布雷达的工厂从他们眼前经过，那样子和印第安纳州哈蒙德市[①]的工厂如出一辙。

“这里制造些什么，先生？”杰克逊问。

“这家公司在米兰制造火车头，”上校说。“在这里制作各种金属类的产品，数量都不多。”

从这里看威尼斯，景色显得很糟糕，上校从来就不喜欢石子路，只是这条路能省下不少时间，而且能看到水道与浮标。

“这座城市自给自足，”他告诉杰克逊。“曾经是海上霸主。这里的人民坚忍顽强，只关注自己的事情，这一点胜过你在任何地方见到的人。当你真正了解这座城市后，你会觉得它比夏延[②]还要顽强，这里的人也很有礼貌。”

“我可不会说夏延是个顽强的城市，先生。”

“不过，它总比卡斯珀[③]强。”

“你认为卡斯珀是个顽强的城市吗，先生？”

“那里出产石油，是个很不错的城市。”

---

① 美国印第安纳州西北部城市，1901 年前，肉类冷藏包装是当地最大行业，后来又发展了多样化的轻工制造业。

② 美国怀俄明州首府，位于该州东南角，每年 7 月举行活动纪念早期开拓西部地区的先驱。

③ 怀俄明州中东部城市，经济以石油、天然气开采和制造油田设备为主。

“但我不认为它顽强，先生。一直如此。”

“好了，杰克逊，可能我和你在那儿看到的是不同类型的人，或许我们对‘顽强’这个词理解不同。但是威尼斯的人个个都彬彬有礼，举止谦和，城市就像蒙大拿州的库克城一样顽强。逢到节日，他们都要吃‘老爷子炸鱼’这道菜。”

“依我看，孟菲斯[①]才算得上是顽强的城市。”

“它跟芝加哥的情况不一样，杰克逊。你是黑人，才觉得孟菲斯顽强。看芝加哥顽强不顽强，主要取决于你是南方人还是北方人，跟东部和西部的人没有关系，不过那儿的人都没有礼貌。如果你想了解什么是真正顽强的城市，那就该到波洛尼亚[②]去，那儿的食物也格外鲜美。”

“我从没去过那里。”

“瞧那边是菲亚特车库，我们把车停在那儿，”上校说，“你可以把钥匙留在办公室，没人会偷。我现在去酒吧，你去车库上面停车，有人会帮着拿行李袋。”

“把你的猎枪和打猎用具留在汽车行李箱里没问题吗，先生？”

“没问题。这儿没有人偷，我已经跟你说过了。”

“我觉得你那些值钱的东西还是小心为好，先生。”

“你这么穷讲究，有时候真讨厌，”上校说。“别把你的耳朵塞住，好好听着我第一次对你说的话。”

“我听到了，先生，”杰克逊说。上校若有所思地看着他，脸

---

① 美国田纳西州西南端城市，19 世纪 70 年代的黄热病使 8 000 居民丧生，城市衰落，不久取消市级行政单位。1893 年经济恢复后再设建制，1900 年重新成为该州第一大城市。

② 意大利北部城市。

上是惯有的恶狠狠的表情。

这个狗杂种，杰克逊想，有时倒是一副友好可亲的样子。

“把我和你的行李袋都拿出来，把车停在那儿，检查一下油、水和轮胎。”上校说着，穿过酒吧门前留有油渍和轮胎印的水泥地，朝里走去。

第六章

他一进门，就瞧见酒吧的第一张桌子旁坐着个发了战争财的米兰富翁，他长得肥胖壮实，只有米兰人才有这种身架；一旁是他的情妇，穿戴奢华，十分迷人。他们正喝着内格罗尼斯酒，那是用两份苦艾酒与矿泉水调制而成的。上校心里琢磨着：不知道这家伙逃了多少税来买这个身着貂皮大衣的时髦姑娘，还有那辆敞篷轿车；他刚才看见司机在长长的盘旋车道上把车往车库上开。这对男女用他们那类人才有的毫无教养的眼光直盯着他，他微微点了点头算是致意，同时用意大利语对他们说："请原谅我穿着军服，不过这是真的军服，不是戏装。"

说完没等对方的反应，转身便朝酒吧柜台走去，在柜台那儿可以照看自己的行李，就像那两个暴发户[①]正照看着自己的东西一样。

他也许是个受勋者[②]，他想。她挺漂亮，却是个骚货。她确实他妈的长得俏。要是我有了钱，也给自己买几个这样的女人，让她们穿上貂皮大衣，不知道会是什么样？我还是把自己的事情安顿好吧，他想，让她们靠一边见鬼去。

酒吧侍者和他握了握手。这个侍者是无政府主义者，可他一点也不在意上校的身份。他还为此感到高兴、骄傲，挺乐意有这么回事，好像无政府主义者也有自己的上校。他们相识几个月以来，在某些方面，侍者似乎觉得是他发明了，或者至少是他造就了这个上校，他为此心满意足，就像一个人参与建造了一座钟楼，或者托切洛的古老教堂那样。

酒吧侍者听到了上校刚才在桌边的谈话，准确地说，是直截了当的声明，他很高兴。

他先前已经放下食品升降机，去取戈登杜松子酒和堪培利开胃酒，他对上校说："酒一会儿就从手动传送带上送来。的里雅斯特的情况怎样？"

"跟你能想象到的差不多。"

"我可想象不出什么。"

"那就别费劲了，"上校说，"这样你永远也不会得痔疮。"

"如果我能当上上校，我就不在乎。"

"我从不在乎。"

"那你很快就会拉肚子，"侍者说。

"可别告诉尊贵的帕恰尔蒂阁下，"上校说。

他和侍者爱借这个话题开玩笑，因为帕恰尔蒂阁下是意大利共和国的国防部长。他和上校同岁，在第一次世界大战中战功显赫，在西班牙也打过仗，是个营长，上校就是在那儿认识他的，那时上校还是个军事观察员。帕恰尔蒂以严肃庄重的态度出任了这个不设防国家的国防部长，他的认真劲儿使上校和酒吧侍者交上了朋友。他俩都是注重实际的人，一想到帕恰尔蒂阁下保卫意大利共和国的模样，心里就忍不住觉得兴奋。

"这事是有点滑稽，"上校说，"不过我不在乎。"

"我们应该把帕恰尔蒂阁下装备起来，"酒吧侍者说。"得给他配备原子弹。"

"我汽车后面的行李箱里就有三枚，"上校说。"是最新式的，

①② 原文为意大利文。

带有投掷把手。我们不能让他手无寸铁地上阵，我们应该为他提供肉毒杆菌和炭疽杆菌生化武器。”

“我们决不能辜负帕恰尔蒂阁下，”酒吧侍者说。“宁愿作雄狮活一天，也不当羔羊活一百年。”

“与其跪着生，不如站着死，”上校说。“尽管在许多场合，要想活命，最好还是赶紧趴下。”

“上校，别再说这种扰乱人心的话了。”

“我们赤手空拳就能把他们勒死，”上校说。“一夜之间会有一百万人拿起武器。”

“谁提供武器？”酒吧侍者问。

“一切都会妥善解决，”上校说，“这只是大战的一个侧面。”

这时，司机走进门来，上校注意到刚才他们开玩笑时，他没有留心那扇门，他为此觉得有些心烦，每逢碰到戒备防范方面出现疏忽，他总会这样。

“你他妈的一直在干什么，杰克逊？来喝一杯吧。”

“不，谢谢，先生。”

你这个古板的笨蛋，上校想。不过最好别再捉弄他了。上校打消了原来的念头。

“我们得马上走，”上校说。“我一直在这儿跟我的朋友学意大利语。”他转身朝米兰投机商坐的地方望去，但他们已经走了。

我变得越来越迟钝，他想。说不定哪天就受了人骗。甚至连帕恰尔蒂阁下都能捉弄我。

“我该付多少？”他简洁地问酒吧侍者。

侍者告诉了他，用那双聪明的意大利人的眼睛看着他，这双眼睛现在不再充满笑意，虽然两边眼角的笑纹还清晰可见。我希望他别出什么岔子，酒吧侍者想。愿上帝，或是其他什么神灵，保佑他平平安安。

“再见，我的上校，”他说。

“再见，”[1]上校说，“杰克逊，我们沿着那条长盘旋道开下去，从正北面的通道口到小汽艇停泊处去。就是那些上了清漆的汽艇。酒吧服务生会拿那两只行李袋，得让他拿，他们这儿有这规矩。”

“是，先生，”杰克逊说。

他俩走出了门，谁也没有回头望一眼。

在码头[2]上，上校给了那个拿行李袋的人一些小费，然后环顾四周，想找他认识的那个船夫。

他没有认出先迎上来的那条船上的船夫，倒是船夫招呼他说：“日安，我的上校，我是头一个。”

“到格里迪旅馆去多少钱？”

“你心里跟我一样明白，上校，我们用不着讨价还价，这里的价钱是固定的。”

“多少？”

“三千五。”

“我们花六百就可以坐交通汽艇了。”

“没人拦你，”船夫说；他是个脸膛通红但不爱生气的老人。“他们不会把你送到‘格里迪’，而是在经过哈里酒吧时把船停在码头那儿，你得打电话到‘格里迪’去，让他们派人来帮你拿行李。”

我用那该死的三千五百里拉又能买到什么，而且这是个好老头。

“你愿意让我给你找那边那个人吗？”他指着一个憔悴不堪的

①② 原文为意大利文。

老头说，那老头在码头上干些零活，随时等着别人差遣，他总是不请自来，忙着搀扶旅客上船下船，也不管人家根本不要他帮忙，做完这些毫无必要的动作后，他就一弯腰，伸出一只拿着旧毡帽的手。“他会带你到交通汽艇那儿去。二十分钟后有一艘船要开。”

“去它的吧，”上校说，“把我们送到‘格里迪’去。”

“乐意效劳，”[①]船夫答道。

上校和杰克逊弯身下到了汽艇里，它看上去很像一艘快艇，船身漆得晶亮，保养得十分仔细，小艇上安了一只改装成船用的小型菲亚特发动机，这只发动机在某个外省医生的汽车上早已用过了规定期限，是从旧汽车堆放场里买来的。这种堆放笨重的废弃机械的场地，如今你能在世界上任何一个居民集中地附近找到，发动机经过修理和改装，在这个城市的运河里又开始了它的新生。

“发动机还管用吗？”上校问，他听到一种像坦克或自行火炮被击坏后发出的声音，只是声音小一些，因为功率不大。

“还过得去，”船夫说，挥了一下空着的那只手。

“你应该弄一台环球公司生产的最小型发动机装上，那是我见过的最好最轻的小型船用发动机。”

“是啊，”船夫说，“该弄的东西还不少呢。”

“你今年的收入也许会挺不错。”

“说起来是有这种可能，有不少暴发户从米兰到里多去赌博，只是没人会两次乘坐这种船，作为一条船，它确实挺好，既牢固又舒适，只是没有凤尾船[②]漂亮。它需要一台发动机。”

---

① 原文为意大利文。

② 威尼斯河道上特有的锥形平底船，又称“贡多拉”，船身狭长，两端尖而向上翘起，能载 2 至 6 人，由船夫站在右舷用一长桨划行，这种小船造价昂贵，构造独特。

“我倒可以为你弄一台吉普车的发动机，是报废的，你可以重新整治一下。”

“别谈这事，”船夫说，“不会有这种好事，我一点不去想它。”

“你可以想，我说的是真话。”

“你当真有这个意思？”

“当然，我不会瞎保证，我明白自己能做些什么，你有几个孩子？”

“六个，两个儿子，四个女儿。”

“见鬼，你可不该相信政府。只生了六个。”

“我没有相信过政府。”

“你不必编这种话给我听，”上校说。“你相信了政府，那也是很自然的。难道你认为我们打赢了，我就有权力对人横加指责吗？”

他们驶过了皮雅扎勒罗马到卡福斯卡里之间最沉闷的一段河道；不过它并不沉闷，上校想。

用不着到处都是宫殿和教堂。这里确实一点也不沉闷。他朝船的右舷看了看，心里想。我是在水上。一座矮矮的长形建筑看上去很可爱，它的边上是一家小饭店。

我该在这里住下来。靠着退休金能过得挺自在。不需要格里迪饭店，只要住在那种房子的一间屋子里就行，可以看潮汐涨落和过往的船只。早上我就读书看报，午饭前到城里去走走，每天都到美术学院去观赏丁托列托[①]的绘画，还要去圣罗科会堂[②]，到市场后

---

① 丁托列托（1518—1594），意大利文艺复兴后期威尼斯画派画家。
② 威尼斯画派的行会会堂中的一所。

面那些小饭店去吃饭，那儿的食物既便宜又美味，晚上或许管房子的女人会给我做顿饭。

我觉得午饭在外面吃更好，这样可以散散步，得到些锻炼。这个城市是散步的好地方，我猜也许是最好的，没有哪次我走进这个城市不感到快乐，我会好好地了解它，他想，那样我就会得到很多快乐。

这是个奇特、复杂的城市，从它的任何一个地方去另一个要找的地方，比做纵横填字游戏还有趣。能够让人引以为荣的事情实在不多，其中一件就是从未轰炸过这座城市，他们尊重这座城市，这为他们赢得了荣誉。

基督啊，我爱它，他说，当我还是个无知的男孩时，我就参加了保卫它的战斗，我为此感到幸福，那时候我还不完全懂它的语言，甚至没有见过这座城市的真面貌，直到那年冬天里的一个晴朗日子，我从前线下来包扎轻伤，才突然看到海边耸立着这座城市。妈的，他想，那年冬天我们在岔道口干得真不赖。

我真巴望再为它干上一仗，现在我已经有了作战经验，也有了像样的武器装备。不过他们也有。关键的问题还是那一个，看谁能拿下制空权。

在这段时间里，他一直注视着这条年久失修的小船船头，小船曾经漆得很漂亮，船身精巧地镶着擦得闪亮的条形铜饰，船头划开棕色的水流，小心地避开了各种前进途中的障碍。

他们在一座白色的桥底下穿过，又穿过一座未造好的木桥。接着把右边一座红色的桥留在了身后，从第一座凌空而架的白桥下驶过。在通往里奥努奥沃的河道上有一座饰有浮雕的黑铁桥，他们通过了两根用铁链相连却并不靠在一起的桥桩，就跟我们一样，上校想。他注视着被潮水不断冲刷的木桩，发觉自从他第一次看到它们以来，木桩已被铁链磨损了不少。那就是我们，他想，是我们的纪念碑。在这个城市的河道里有多少为我们而竖的纪念碑？

他们的船慢慢向前驶着，一直到大运河[①]入口处右侧的航标灯下，发动机才开始发出刺耳的呻吟声，稍稍加快了些速度。

他们一路驶去，开到了美术学院下面。两边是木桩，他们的船从一艘满装厚木块的黑色柴油机船旁驶过，伸出手去就能碰到对方的船。船上的木块是给这座海滨城那些潮湿的房子生火取暖用的。

“这是山毛榉，对吗？”上校问船夫。

“是山毛榉，还有比山毛榉更便宜的木头，这会儿我想不起叫什么了。”

“山毛榉放在壁炉里烧，就跟无烟煤放在炉灶里烧一样，没有烟。他们在哪儿砍的山毛榉？”

“我不是山里人，我想是从巴萨诺过去一些的格拉珀的山后面运来的。我到格拉珀去过，去看我兄弟被埋葬的地方。那次是从巴萨诺出发去的，到了大公墓；但回来时经过费尔特，当我走下山谷，我发现山坡另一面是个很不错的天然林场。我们走到那条军用道路时，只见大量的木材正往外面运。”

“你兄弟是哪一年在格拉珀被打死的？”

“是一九一八年，他是个爱国者，听信了邓南遮[②]的热情煽动，在还未到应征入伍的年龄时，就志愿当了兵。我们从未好好了解过他，因为他过早地离开了我们。”

“你有几个兄弟？”

---

① 威尼斯市的主要河道，把该市分为两部分，长逾 3 公里，宽 30—70 米，与许多小河道相连，大运河两岸有宫殿 200 座、教堂 10 座和其他宏伟建筑。

② 邓南遮（1863—1938），意大利诗人、小说戏剧家，在第一次大战中投笔从戎，曾成为狂热的法西斯分子，后隐居写有回忆录及忏悔书。

"一共六个。两个在伊松佐河之战中被打死了，一个在贝恩斯察，另一个在卡索。后来我们又失去了我刚才说的那个兄弟，他死在格拉珀，如今只剩我一个了。"

"我一定给你弄一辆设备齐全的吉普车来，"上校说。"现在我们别再提那些不痛快的事了，让我找找我那些朋友住的地方吧。"

他们往大运河的上游航行，能够很清楚地看到他朋友住的地方。

"这是丹多洛伯爵夫人的住宅，"上校说。

她已经八十多岁了，上校想，没有说出声；可还像个小姑娘似的那么快活，一点儿也不怕死。她把头发染成了红色，看上去跟她很相配。跟她相处，总让人觉得非常愉快。她是个值得赞美的女人。

她的宫殿①是座漂亮的建筑，离运河有段距离，房子前面有花园，还有一个私人泊船处，许多凤尾船在各种时候都会停在这儿，带来各式各样的人，他们有的热情亲切，有的兴高采烈，也有的情绪悲哀，心灰意冷，不过他们中的大部分人都显得心情愉快，因为他们是来看望丹多洛伯爵夫人的。

船在运河里迎着山上吹下的冷风前行，岸上的房屋就像冬日里那样显得轮廓分明，当然，这本来就是冬日。他们观赏着这座古老城市的魅力和秀丽景色；对于上校来说，它还另有含义，他认识许多住在这些宫殿②里的主人，假如现在没人住在那里面，他也知道这些不同的建筑曾经作过何种用途。

那是阿尔瓦里托的母亲住的房子，他想，但没有说出来。

她从不在那儿住很长日子，她常住在特里维索附近的乡间房子里，那儿种了很多树。她住厌了威尼斯这儿没有树木环绕的房子。

---

①② 原文为意大利文。

她失去了一个很不错的丈夫，眼下除了家务，没什么能真正引起她的兴趣。

这个家族以前曾把房子租给乔治·戈登·拜伦爵士，从那以后再没有人睡过他那张床，低两段楼梯的房间里有一张床也没人睡，以前他常和一个船夫的妻子在那张床上睡觉。它们不是什么神圣的物品，也不是纪念物，只不过是两张多余的床，由于种种原因后来搁置未用，或许是出于对拜伦的敬重，尽管他做过一些错事，但他在这座城市还是受到人们的爱戴。要想让这座城市爱戴你，你就得是个硬汉，上校想。他们从不把罗伯特·布朗宁、布朗宁夫人和他们的狗当回事。无论他把威尼斯写得多么好，他们终究也没能成为威尼斯人。那么怎样才是硬汉呢？他问自己。你使用这个词时含义不明确，应该有个准确的定义。我想，这种人敢于在命运的舞台上赌一把，而且全力以赴，还能该罢手时就罢手。我这会儿并不是在说演戏，他想，尽管戏剧很可爱。

他看见了那座紧挨在河边的小别墅，心里想，它的样子很难看，就跟从勒阿弗尔或瑟堡坐火车进入巴黎城区前，在郊区看到的那些楼房一样。别墅的周围种满了疏于照管的树木，是的，他想，只要能避免，你不会愿意住在这儿。他曾经在这儿住过。

人们由于他的才能而敬爱他，还有他的过错，他的勇敢精神。一个一无所有的犹太小伙子，凭着自己的才干和善辩，在这个国家里搅起了一阵风暴。在我见过的人当中，没有谁比他更糟糕更卑鄙了。但是我能想到拿来跟他作比较的人，决不会孤注一掷地投入战争，上校想，加布里埃勒·邓南遮（我一直纳闷他的真实姓名是什么，他想，因为在一个崇尚实际的国家里，没有人会起邓南遮[1]这

① “邓南遮”在意大利语中的意思为“宣布”或“公告”等。

个名字，也许他不是犹太人，然而是或不是又有什么不同。）在各个兵种的军队中呆过，就如同他在各种不同类型的女人怀抱中呆过一样。

邓南遮在各个兵种的军队里都干得得心应手，总是能迅速而顺利地完成各种使命，除了在步兵部队。上校记得邓南遮在一次飞行事故中弄瞎了一只眼睛，那次他是在的里雅斯特或波拉的上空做侦察飞行；打那以后，他总是戴着一只眼罩，不知道实情的人——那时没有一个人真正知道实情——还以为他是在维里基或圣米歇尔被打瞎的，要不就是在卡索那边什么不幸的地方，因为那儿所有的人不是被打死就是被打伤，这事你很清楚。但是邓南遮，说实在的，只是在其他一些事情上作出英雄的姿态。步兵肩负着很特殊的任务，他想，也许是最特殊的。他，加布里埃勒驾机飞行，可他不是飞行员。他在步兵部队待过，可他不是步兵，事情往往就是这样。

上校记得，有一次他站着指挥突击部队的一个排，那是漫长冬季里的一个雨天，那时总是下雨，至少在部队接受检阅或训话时总是下雨。邓南遮在打瞎的眼睛上蒙了块眼罩，他脸色发白，就像市场上鳎目鱼露出的白肚皮，褐色的一面被翻在了下面，瞧那样子似乎已经死了一天多。他大声喊叫着："死亡不是结束。"[①]当时还是中尉的上校想，"到底还想让我们听多少屁话？"

但他还是一直听着演说。最后，邓南遮中校，这位作家和民族英雄——如果你需要民族英雄的话，他可是全民公认的真正民族英雄，尽管上校并不相信什么英雄——要求大家为光荣的阵亡将士默哀几分钟。他姿势僵硬地立正着，不过他那个排的士兵并没有一直听演讲，那时没有扩音器，演讲者的一些话无法听清，因此当演讲

① 原文为意大利文。

停下，开始为阵亡将士默哀时，士兵们作出的反应是异口同声地高呼“邓南遮万岁”[1]。

士兵们以前在打了胜仗后或是在打败仗前，都听过邓南遮训话，他们明白当演讲者停顿时应该喊什么。

当时还是中尉的上校很爱自己的排，他也和他们一起，像喊口令似地高喊“邓南遮万岁”，以此来为那些没用心听演讲、训话或高谈阔论的士兵遮掩。只要不是守卫无法防御的阵地，或是在进攻中机智指挥之类的事情，他总是试图在中尉有限的能力范围内，尽力做一些事，来分担士兵们的过失。

这时他正经过这座房子。那个可怜潦倒的老家伙曾经和一个尊贵而伤感的女演员在里面住过，他从没正经爱过她；他想起了女演员美妙的双手和善于变化的脸部表情，那张脸并不漂亮，但它能向你传达爱、自豪、愉快和悲伤的感情；想到她手臂轻抬时的曲线就让人心碎，他想，基督啊，他们两个都已死了，如今葬在何处我一无所知。不过我希望他俩曾在这座房子里过得快乐。

“杰克逊，”他说，“左边这幢小别墅是加布里埃勒·邓南遮的，一个伟大的作家。”

“是吗，先生，”杰克逊说，“很高兴知道有这么个人，以前从没听说过。”

“如果你愿意读读他的书，我可以为你挑几本，”上校说，“有一些英语译本很不错。”

“谢谢你，先生，”杰克逊说。“如果有时间，我很想读一读。他的房子看上去挺实用，也挺漂亮，你刚才说他叫什么名字？”

“邓南遮，”上校说。“作家。”

---

① 原文为意大利文。

那天他已经好几回让杰克逊觉得难堪，这次为了不使他困惑犯窘，他只在心里为那人补充了如下的头衔：不仅是作家，还是诗人、民族英雄、巧舌如簧的法西斯主义雄辩家、令人发怵的极端个人主义者、飞行员、指挥官、第一次鱼雷快艇进攻的舵手，不知如何指挥一个连甚至一个排的步兵中校，令我们肃然起敬的《夜曲》的伟大而可爱的作者，还是一个笨蛋。

往前一些，在圣玛丽亚·德尔·吉里奥那儿，有一个停靠凤尾船的渡口，再往前就是格里迪旅馆的木制码头。

"那就是我们要住宿的旅馆，杰克逊。"

上校指了指紧靠河边的一幢玫瑰色的华丽建筑，有三层楼，看上去小巧美观。这原是"大饭店"的一个分店，现在已独立经营，是个相当好的旅馆。如果你不喜欢客套的奉承巴结和小题大作，那么在这座有许多大旅馆的城市中，它也许是最好的一家，上校很喜欢它。

"它看上去不错，先生，"杰克逊说。

"是不错，"上校说。

摩托艇很有气派地停靠在码头的木桩旁。它每前进一点，上校想，都是这台老掉牙的发动机的英勇胜利。我们现在已经没有"旅行家"那样的战马了，也没有马尔博男爵①的"利泽特"，那匹战马在埃劳战役②中能凭自己的力量参加战斗。我们如今只能依靠翻新改装的发动机的勇气，它的汽缸盖早就有权退役休息了，可它硬是

① 马尔博男爵（1782—1854），法国将军，17 岁入伍，曾历任少校、骑兵上校，滑铁卢战役前被拿破仑提拔为将军。

② 埃劳战役（1807.2.7—8），第三次反法联盟与拿破仑战争中的一次交战，在柯尼斯堡（今加里宁格勒）以南的东普鲁士的埃劳镇（今巴格拉季翁诺夫斯克）进行，拿破仑在此战役中向俄军发动了历史上最大的骑兵冲锋，结果两军都损失惨重。

没坏，其他零件也还过得去。

“我们到码头了，先生，”杰克逊说。

“是啊，还能到什么别的地方，伙计。跳上岸去，我要跟船老大结账。”

他转身对船主说：“三千五百，对吗？”

“正是，上校。”

“我会记着去弄台旧吉普的发动机。拿着这钱，去给你的马儿买些草料。”

正从杰克逊手里接过行李袋的旅馆侍者一听笑了。

“没有哪个兽医肯给他的马看病。”

“它还能跑呢。”船夫说。

“可它参加比赛准赢不了，”旅馆侍者说。“您好吗，上校？”

“好得不能再好了，”上校说，“骑士团的伙计们都好吗？”

“大家都挺好。”

“不错，”上校说，“我要进去看看团长。”

“他正等着您呢，上校。”

“我们别让他久等，杰克逊，”上校说。“你跟着这位先生到门厅去给我办一下登记。给这个中士开个房间，”他嘱咐侍者，“我们在这里只住一夜。”

“阿尔瓦里托男爵曾来这里找您。”

“我会在哈里酒吧跟他碰面。”

“好，上校。”

“团长在哪儿？”

“我去把他找来。”

“告诉他我在酒吧。”

第七章

格里迪旅馆的酒吧就设在门厅的另一头；虽说“门厅”这个词并不能准确地形容这个优雅的大厅，上校想。乔托对圆形下过准确的定义吗？他想。没有，那是个数学问题。对于这位画家，他能记得并最喜欢的一件事是：乔托在画了一个完美无缺的圆之后说：“这很简单。”见鬼，这是什么人在什么地方说的？

“晚上好，枢密顾问官，”他对酒吧侍者说，这个侍者不是骑士团的正式成员，但上校不想伤害他的感情。“能为你效劳吗？”

“喝点什么吧，上校。”

上校透过窗子和酒吧的门朝大运河望去，他看见了那根专门系凤尾船的黑色大系绳柱，冬日黄昏的余晖映在被风吹得微起波澜的水面上。河对面是一座古老的豪华宅第，一条宽阔的黑色木制平底船正行驶在运河上，虽然船儿顺风行驶，可宽而垂直的船头还是推起阵阵波浪。

“给我来点儿干马提尼，”上校说。“要双份的。”

这时，被称作团长的侍者领班[①]走了进来。他身穿燕尾服，侍者领班大都这样穿戴。他确实称得上是个英俊的男人；那发自内心、或者说是发自心灵深处的微笑，坦率而动人地流露在脸上。

他那端正的脸上，长着威尼托[②]地区人特有的挺直的长鼻子，眼光温和、愉快、真诚，一头与他年龄相配的白发使他显得可敬；他比上校年长两岁。

他面带亲切诡秘的笑容朝上校走来，因为他俩共享着不少秘密。他伸出手来，这是只大而有力的手，手指整齐修长，保养得很好，从他的职位看，这既有必要，也很相称。上校也伸出了自己的手，它曾两次被子弹打穿，显得有点畸形。这两个威尼托的老住户就这样重逢了。他们都是男子汉，是“人类”这独一无二的俱乐部中的两个成员和两兄弟（两人都向它交纳会费），也是热爱这个古老国家的两兄弟，他们在年轻时就保卫过它，为它参加过多次战役，打败了也总是斗志不减。

他俩紧握了一会儿手，深切感受到彼此的亲密和相逢的喜悦，旅馆总管说了声：“我的上校。”

上校说：“骑士团团长。”

上校邀请骑士团团长陪他喝杯酒，可旅馆总管说，他正在工作，工作时间不能喝酒，这是规定。

“滚他妈的规定，”上校说。

“当然最好不要什么规定，”团长说，“不过每个人都得履行自己的职责。这儿的规定挺合理，我们应该遵守，特别是我，得做出当头儿的样子。”

“你当骑士团团长可不是只担着虚名，”上校说。

“给我来一点开胃酒，”骑士团团长对酒吧侍者说；这人因为某种从未公开说明也无法说明的细小原因，一直没有获准加入骑士团。“为骑士团干杯。”

就这样，骑士团团长破坏了制度、规矩和自己职务应有的表率形象，跟上校动作利索地干了一杯。他俩一点也不慌忙，骑士团团长神态自若，他们只不过干脆利索地干了一杯。

---

① 原书中有时称“侍者领班”，有时称“旅馆总管”，实为一人。
② 意大利北部和东北部大区。

“好啦，让我们来谈谈骑士团的事，”上校说，“现在我们是在密室里议事吗？”

“是的，”骑士团团长说。“我宣布这里是密室。”

“那就继续吧，”上校说。

骑士团完全是一个虚构的组织，是骑士团团长和上校在一系列有关的谈话中建立起来的。它的正式名称是布鲁萨德里军事、贵族和灵魂骑士团[①]。上校和侍者领班都说西班牙语，这种语言对建立骑士团来说，是最适宜不过的。他们用这种语言为自己的组织命名，并在名称前加了一个臭名昭著的米兰商人的名字，此人靠逃税成了亿万富翁，为了财产与年轻的妻子发生争执，并且通过正当的法律程序公开合法地控告她，说由于她的超常性欲而使他的判断能力丧失殆尽。

“团长，”上校说，“我们的头儿有什么消息吗，那位可尊敬的人？”

“一点没有，这些天来他一直沉默。”

“他一定在想些什么。”

“一定是。”

“也许在琢磨什么新的不同凡响的卑鄙花招。”

“也许是。他没对我透露过一个字。”

“不过我们可以信赖他。”

“直到他咽气，”骑士团团长说。“当他在地狱里遭受烙刑时，我们还会尊敬他，怀念他。”

“乔尔乔，”上校说，“再给团长来杯开胃酒。”

“如果这是你的命令，”团长说，“我只好遵命。”

---

① 原文为西班牙文。

他俩碰了杯。

“杰克逊，”上校叫道，“你是享受津贴的，在这儿吃饭签个字就行。明天十一点以前我不想见你，到了十一点再跟我在门厅碰头，除非你遇到了麻烦。你有钱吗？”

“有的，先生，”杰克逊说，心里却想道，这个混账的老东西，真像大家说的那样发疯了，他本可以好好招呼我一声，用不着这样大喊大叫。

“我真不想看见你，”上校说。

杰克逊自进了屋子以后，就一直以立正的姿势站在他面前。

“我看厌了你这副模样，总是愁眉苦脸，不会逗趣，看在上帝的分上，给自己找些乐子。”

“是，先生。”

“你明白我的意思吗？”

“明白，先生。”

“重复一遍。”

“罗纳德·杰克逊，部队编号T5－100678，明天早上十一点整必须在格里迪旅馆的门厅报到，我不知道明天是几号，先生，在此之前要在上校的视野里消失，要玩得尽兴，还有，”他补充道，“要合情合理地尽一切努力达到这个目标。”

“很抱歉，杰克逊，”上校说。“我真不是个东西。”

“请原谅我不同意上校的说法。”

“谢谢你，杰克逊，”上校说。“也许我不是，但愿你说得对。现在你可以出去逛了，已经为你开了个房间，你也该有个房间，你用餐签个字就行了。尽量多找些乐子。”

“是，先生，”杰克逊说。

他走了后，团长问上校：“这个年轻人怎么啦？他是不是那种忧郁的美国人？”

“是的，”上校说，“基督保佑，我们那儿有很多这样的人。他们郁郁寡欢，举止正派，可是体重超磅，又缺乏训练。他们缺乏训练是我的过错，不过我们那儿也有一些很棒的人。”

“你认为要是他们在格拉珀、帕索比奥和皮亚韦河下游，会像我们那样干吗？”

“那些好样的，会。或许比我们更好。但你知道，在我们的军队里，对故意自残的人也不枪毙。”

“耶稣啊，”团长说。他和上校都记得那些横下心不愿去死的人，从没想到一个人在星期四死去就不必在星期五死了；他们还记得，一个士兵把一个沙袋绑在另一个人的绑腿上，这样可以不留下火药烧糊的痕迹，然后退到合适的距离，在确信不会伤到对方骨头而只会击伤其小腿时开了枪，接着又朝堑壕前的矮墙上方连开两枪，好为他们的自残进行辩解。他俩都知道这种把戏，正是为了这类事情，同时出于对所有大发战争横财者的切齿痛恨，他们成立了这个骑士团。

他俩十分友爱，彼此敬重，他们都记得那些可怜的士兵是多么不愿死，他们分食火柴盒里沾满淋病脓液的东西，期望感染病菌后可以逃避下一次血淋淋的正面进攻。

他俩知道，有些士兵把几枚十生丁[①]的大硬币埋在腋窝下以求逼出黄疸来；他俩还了解，一些不同城市的富家子弟为了逃避打仗，都往自己的膝盖骨下注射石蜡油。

他俩也知道，大蒜可以用来产生某种效果，从而达到逃避冲锋陷阵的目的。他俩熟悉所有的，或者说几乎是所有的逃避诀窍，因

① 法国货币单位，一生丁等于百分之一法郎。

为他们中的一个曾经是陆军中士，另一个是步兵中尉，他们曾在帕索比奥、格拉珀和皮亚韦河三个要塞打过仗，在这些地方，大蒜都起过同样的效果。

在那之前，他们在伊松佐和卡索也参加过愚昧的屠杀。他们为那些下命令屠杀的人感到羞耻，他们从不去回想这件事，只把它当作可耻的蠢事忘却；上校特地回忆起它时，只是把它看作一个教训。因此，他们成立了布鲁萨德里骑士团，这是一个高尚的军事和宗教组织，只有五名成员。

“骑士团有什么消息？”上校问团长。

“我们把‘华丽’酒店的厨师提升为代理团长。在他五十岁生日那天，他三次表现出男子汉气概。没有进一步考查，我就接受了他的申请。他从不说谎。”

“是的，他从不说谎。可在这件事上，你对自己的判断需要谨慎。”

“我信任他。他看上去受过很深的创伤。”

“我还记得当年他是个顽强的壮小伙子，我们把他叫作小色鬼。”

“我也记得。”①

“你对骑士团冬季的活动有什么具体计划？”

“没有，最高长官。”

“你认为我们是否要以某种形式对尊贵的帕恰尔蒂大人表示一下敬意？”

“就照你的意思办。”

“这事先放一下，”上校说。他思索了片刻，示意侍者再拿一

① 原文为意大利文。

杯干马提尼来。

“为了向我们的伟大庇护者、尊贵的布鲁萨德里表示敬仰，你看我们是否要在某个有历史意义的场所，譬如圣马可广场或是托切洛老教堂，组织一次集会活动？”

“我猜想现在的教会当局不会准许。”

“那么我们就放弃在冬季里搞公开活动的一切打算，为了骑士团的利益，就在内部成员间开展工作。”

“我看这样最稳当，”团长说。“我们要重新整编一次。”

“你自己的情况怎样？”

“糟透了，”团长说。“患了低血压、溃疡病，还欠了债。”

“你快乐吗？”

“一直如此，”骑士团团长说。“我非常喜爱自己的工作。我会碰到一些性格特别、非常有趣的人，还有许多比利时人，今年他们来这儿的人就像飞来的蝗虫一样多。以前大多是德国人。正如恺撒所说：‘这些人中最勇敢的是比利时人。’但是他们的衣着并不是最讲究。你同意吗？”

“我在布鲁塞尔时看见他们穿得很好，”上校说。“那是一个衣食丰足，热闹快乐的首都。无论仗打赢了还是输了，或者打成了平局都一样。我从没见过他们打仗，虽然人人都告诉我他们打过。”

“要是我们活在以前的年代，也会到佛兰德[①]去打仗。”

“那时我们还没出生呢，”上校说，“自然也不可能去那儿打仗。”

“我倒希望我们能加入中世纪的雇佣军去打仗，那会儿你只要

---

① 欧洲中世纪伯爵领地，包括现在比利时的东、西佛兰德省和法国北部以及荷兰西南部的部分地区。

在谋略上胜过对方，敌人就会投降。你可以出谋划策，我来传达你的命令。”

“为了体现我们的正确见解，必须攻下几座城市。”

“如果他们妄图抵抗，我们就把那些城市劫掠一空，”团长说，“你想占领哪些城市？”

“不是这座，”上校说，“我想攻占维琴察[①]、贝加莫[②]和维罗纳[③]，但不一定按照这个顺序。”

“你应该再多占领两座。”

“我知道，”上校说。此刻他又成了将军，心里觉得很畅快。“我想可以把布雷西亚先放在一边，它已经不堪一击。”

“可是你自己现在状况怎样，最高长官？”团长问。攻占城市对他来说可不是件简单的事。

他十分熟悉自己那座在特里维索的小房子，它坐落在旧城墙下一条水流湍急的河流旁，水草在急流中摇动，鱼儿躲在水草下没有一点动静，黄昏时飞虫落到水面上，它们才跃出水面捕食。他也十分熟悉那些人数不超过一个连的战斗行动，对每一次行动的进程都心如明镜，就像知道该怎样合适安排一个小宴会厅或是一个大宴会厅那样。

不过当上校又成了以前的将官，而且使用起一些他根本不懂的术语时，他觉得不那么熟悉了，就跟一个只懂算术的人在听微积分。他们的交流变得有些费劲了，他希望上校回到他俩一个是中尉、一个是中士时都熟悉的事情上来。

“你打算如何处置曼托瓦？”上校问。

---

① 意大利北部城市和主教区。

② 意大利北部城市，贝加莫省省会。

③ 意大利北部城市，是意大利和北欧之间的要道。

"我不知道，上校。你和谁打仗，对方有多少兵力，听从你调遣的兵力又如何，我一概不知。"

"我想刚才你说过，我们是雇佣军，我们要以这个城市或帕多瓦为基地。"

"上校，"团长说，这回他不再遮掩了，"说实话，我对雇佣军一点不了解，也不知道他们怎样打仗，我只是说我愿意在那个年代跟随你打仗。"

"那种年代已经一去不复返，"上校说；虚幻的想象也随之消失。

见它的鬼去，也许从来就不存在什么白日梦，上校想。你也见鬼去吧，他对自己说。丢开这些胡思乱想，好好做个人，因为你已年过半百。

"再来一杯开胃酒，"他对团长说。

"上校，能允许我谢绝吗？我有溃疡。"

"可以，可以，当然可以。小伙子，你叫什么名字，乔尔乔？再来一杯干马提尼。干的，纯干的，要双份[①]。"

粉碎白日梦，他想。那不是我的职业。我的职业是杀死武装的军人。白日梦也该武装起来，如果我准备粉碎它的话。不过许多遭到我们摧毁的东西并没有武装。好吧，粉碎白日梦的人，不要再想了。

"骑士团团长，"他说。"你还是骑士团团长，滚他妈的雇佣军。"

"他们在很多年前就滚蛋了，最高长官。"

"确实如此，"上校说。

---

① 原文为意大利文。

白日梦破灭了。

“晚餐时见面，”上校说，“那儿有什么吃的？”

“你想吃的我们都有，如果没有，我会叫人弄来。”

“有新鲜芦笋吗？”

“你知道这几个月不会有，要等到四月份从巴萨诺运来。”

“那就他妈的只好算了，”上校说。“你给什么，我就吃什么。”

“几个人用餐？”旅馆总管问。

“我们俩，”上校说。“你们的小餐厅什么时候关门？”

“不论多晚，我们会一直恭候你，上校。”

“我会尽量早些，”上校说。“再见，团长，”他微笑着说，并向团长伸出那只畸形的手。

“再见，最高长官，”骑士团团长说，这时，白日梦又重新出现，而且几乎达到完美的境界。

但是它还没有完美无缺，上校明白这一点，他想：为什么我总是这么卑劣，为什么我不能洗手不干这种拿枪杀人的行当，做一个我想做的善良的好人？

我一直尽量做到有正义感，可是我生性鲁莽，我还残忍蛮横，这并不是指我在上司面前一副傲骨，从不卑躬屈膝，在全世界面前我也如此。我应当做个更好些的人，克制自己的野性，因为来日已经不多。今天晚上就来试试，他想。对谁呢？他想，在哪里呢？求上帝保佑，不要弄糟了。

“乔尔乔，”他招呼那个侍者。乔尔乔的脸白得像个麻风病人，但是并不肿胀，也没有银光。

乔尔乔不怎么喜欢上校，也许因为他是皮埃蒙特人，对谁都漠不关心；这种冷漠发生在来自边境地区的人身上，是可以理解的。

边境居民对人心存戒心，上校知道这一点，对于那些没有什么可给予别人的人，他并不期望从他们那儿得到什么。

“乔尔乔，”他对脸色苍白的侍者说。“请把刚才喝的记在我账上。”

他以惯有的步子走了出去，那步子显得有些过于自信，甚至在没有必要时也是如此。在他不断完善的计划里，他决心做个和善、体面的好人，因此，他跟门厅里的总管打了招呼，他也是个朋友；又跟副经理打了招呼，这人会说斯瓦希里语，曾在肯尼亚当过战俘，他年轻英俊，待人十分亲切友好，充满朝气，虽然还不是骑士团成员，却经历了许多磨难。

“那个当经理的骑兵军官[①]在哪里？”他问道，“我的那位朋友？”

“他不在，”副经理说。“只是这会儿不在，”他补充说。

“代我问候他，”上校说。“请派个人带我到房间去。”

“还是您以前住的那间，您还满意吗？”

“行，为中士安排好了吗？”

“已经为他作了很好的安排。”

“不错，”上校说。

上校朝自己的房间走去，侍者为他提着包跟在一旁。

“请往这儿走，上校，”侍者说，这时电梯因为液压问题，没有对准顶层电梯口的位置就停下了。

“你能不能好好摆弄一下这电梯？”上校问。

“不能，上校，”侍者说。“这儿的电压不稳定。”

---

① 原文为意大利文。

第八章

上校没说什么，在侍者的前面朝走廊走去，走廊大而宽敞，天花板很高。客房与客房之间的间距很长，显得很有气派，每个房间的窗户都朝向大运河，以前这幢建筑是座宫殿，所以除了仆人的房间，每个房间望出去的景色都很美。

上校觉得走了很长一段路，尽管并没走多远。管客房的侍者出现了，他矮矮的身个，肤色黝黑，左眼眶里镶着的玻璃眼球闪烁着微光，他往门锁里转动着一把大钥匙时，没法在脸上保持灿烂而纯粹的笑容，上校只盼着他快些把门打开。

“快把它打开，”他说。

“就好，上校，”侍者说。“不过您知道这些锁不太好使。”

是的，上校想。我知道，但我希望他能把门打开。

“你的家人都好吗？”他问侍者，这时侍者打开了门锁，房门大开，上校走进屋内，高高的深色大衣橱面擦拭得很亮，两张舒适的床放在一边，屋顶上垂下一盏枝形大吊灯，透过关着的窗户，可以看见大运河里的水被风吹得水波粼粼。

在冬日短暂而微弱的阳光照耀下，运河的水呈现出一种铁灰色。上校说：“阿诺尔多，把窗户打开。”

“风太大，上校，由于电力不足，房间里供暖情况很差。”

“因为缺少雨水，”上校说。“把窗打开，所有的窗。”

“遵命，上校。”

侍者打开了窗户，北风随即吹进屋内。

“劳驾你挂个电话给服务台，请他们接通这个电话号码。”侍者打电话的时候，上校进了卫生间。

“伯爵小姐不在家，上校，”他说。“他们认为你可以在哈里酒吧找到她。”

“在‘哈里’你能找到世界上的一切。”

“是的，上校。也许，除了幸福。”

“我他妈的连幸福也能找到，”上校向他保证。“幸福，你知道，是没有固定日期的节日。”

“这我也想到了，”侍者说。“我带来了苦味堪培利酒和一瓶戈登杜松子酒。给您来一杯用杜松子酒和苏打水调的堪培利好吗？”

“你真是个好人，”上校说。“你从哪儿拿来的，从酒吧吗？”

“不是，您还没来时我就买了，这样您就不用在酒吧多花钱了。酒吧里的东西太贵。”

“是这样，”上校同意他的看法。“不过你不该用自己的钱去做这事。”

“我只是碰了一次运气。我们俩都碰过好多次运气。杜松子酒花了三千二百里拉，不是走私货。堪培利酒八百里拉。”

“你真是太好了，小伙子，”上校说。“那些鸭子怎么样？”

“我老婆到现在还念念不忘呢。我们以前从没吃过野鸭子，因为太贵了，吃不起。一个邻居告诉我老婆烹饪的方法，后来我们同邻居们一块分享了那些鸭子，我从没尝过这么美味的东西，你用牙咬一小片鸭肉时，那感觉真是妙得难以置信。”

“我也这样认为。没有什么东西能比得上铁幕[①]那儿的肥鸭鲜

① 第二次世界大战后流行于西方的名词，指当时的苏联政府；因为西方人认为苏联竭力把自己及东欧共产党领导下的邻国封锁起来，宛如对西方各国降下了一道铁幕。

美。你知道，它们从多瑙河沿岸的辽阔平原上飞过，一路上分散飞行，停停歇歇地飞到我们这儿，但它们每年都沿着同一条路线飞来，在没有猎枪的年代就这样了。”

“我对打猎这种娱乐一点不懂，”侍者说。“我们太穷，没钱玩这个。”

“可是在威尼托，许多没钱的人也打猎。”

“是的，确实这样。整夜都能听到他们打猎的枪声。不过我们比他们要穷。我们比您想象的还穷，上校。”

“我想我能想象出来。”

“也许能，”侍者说。“我老婆把所有的羽毛都收好了，她要我谢谢您。”

“后天要是运气好，我们还会打到很多，是大个儿的绿头鸭。告诉你妻子，如果走运，就会有美味的鸭子吃，它们肥得像小猪，因为在俄国人那边吃得很好，羽毛也很漂亮。”

“您对俄国人怎么看，上校？我这么问不冒昧吧？”

“他们很可能成为我们的敌人。因此，作为一个军人，我要做好跟他们打仗的准备。不过我倒很喜欢他们。我还不知道有比我们更优秀，更强大的民族。”

“我从未有幸结识他们。”

“你会的，小伙子，你会的。除非帕恰尔蒂大人把他们阻挡在河水已经干涸的皮亚韦河沿线一带。水被一些水力发电站抽干了。也许尊贵的帕恰尔蒂大人会在那儿作战，但我认为他在那儿打不了多久。”

“我不知道帕恰尔蒂大人是谁。”

“我知道，”上校说。

“现在请你叫他们接通哈里酒吧，看看伯爵小姐是否在那儿。

要是不在，再往她家里打一次。”

上校喝完了阿诺尔多——就是那个玻璃眼珠的侍者为他调制的酒。他原先并不想喝，他知道喝酒对他有害。

但是他却以惯有的野猪般的倔脾气把它喝了，就像他以往接受生活中每一件事一样。他朝打开的窗走去，动作仍然像只猫，只不过是只老猫了；他望着大运河，现在它已经变成了灰色，宛若德加[①]在他最灰暗的日子里画的画。

“谢谢你的酒，”上校说。阿诺尔多正在打电话，他朝上校点点头，那只玻璃眼珠露出笑意。

他要是不镶玻璃眼珠就好了，上校想。他只喜欢打过仗或肢体残废的人。

其余的人也很好，你喜欢他们，和他们是好朋友；不过只有那些在战争中熬过很长时间并且注定遭到伤害的人，才会唤起你内心真正的温情和关爱。

因此，随便哪个残疾者都能来糊弄我，他想，一边喝着他并不想喝的酒。随便哪个狗杂种，只要他真受过伤，就跟每个长期在战争中待过的人那样，我就爱他。

是的，他的另一面，天性中好的一面说，你爱他们。

我宁愿谁也不爱，上校想。我宁愿寻欢作乐。

可是寻欢作乐，他天性中好的一面说，如果你不爱别人，你就不会有欢乐。

好吧，那我就比任何一个活着的狗娘养的爱得都深，上校对自己说，但是没有发出声音。

接着，他大声说，“电话接通了没有，阿诺尔多？”

---

① 德加（1834—1917），法国画家，早年为古典派，后转向印象派。

“奇普里安尼还没有来，”侍者说。“他们认为他随时会到，我不敢放下话筒，怕他马上就到。”

“办点事这么费劲，”上校说。“替我问一下有谁在那儿，这样可以节省些时间。我想确切地知道有谁在那儿。”

阿诺尔多对着话筒谨慎地说着话。

过后他用手捂住话筒说，“我在和埃托雷说话，他说阿尔瓦里托男爵不在。安德烈亚伯爵在那儿，他有些醉了，埃托雷说，但还没醉得太厉害，您还能跟他在一起乐一会儿。每天下午必到的那些女士们也都到了；有一位希腊公主是您熟悉的，还有一些人您不认识。美国领事馆的那几个废物，从中午起就一直待在那儿。”

“告诉他，等那些废物走了以后打电话来，我再过去。”

阿诺尔多对着话筒说了几句，随后朝上校转过身来，上校正向窗外看着海关大楼的圆屋顶。“埃托雷说，他很想把这些人赶走，可又怕奇普里安尼不高兴。”

“告诉他别赶走那些人。今天下午他们不需要工作，那么他们就有理由像其他任何人一样喝上几杯。我只是不想看见他们。”

“埃托雷说他会打电话过来。他要我告诉您，他认为那些人喝够了会自动撤走。”

“谢谢他打电话来，”上校说。

他注视着一条凤尾船在运河上吃力地逆风行驶，心里想，美国人喝起酒来可没准。我知道他们觉得厌倦。在这儿也是如此。他们在这个城市里觉得烦闷。这里气候寒冷，发给他们的钱不够用，燃料价格又高。我钦佩他们的妻子，她们以勇敢无畏的精神，离开家乡基奥卡克[①]来到威尼斯，他们的孩子说一口意大利语，完全成了

① 美国衣阿华州东南部城市。

小威尼斯人。不过今天就不谈个人印象，杰克。什么个人印象、酒吧间互诉衷肠、讨厌的喝酒逞能，以及领事馆公务的乏味苦闷，今天我们全都别管。

“今天第二、第三和第四副领事不在吧，阿诺尔多。”

“领事馆里有些人挺可爱的。”

“是的，”上校说。“一九一八年在这儿任职的领事就非常好。所有的人都喜欢他。让我想想他的姓名是什么。”

“您要回到遥远的过去了，上校。”

“我回忆那么遥远的过去并不是件高兴的事。”

“以前的每一件事您都能记住吗？”

“是的，每一件事，”上校说。“那个领事的名字叫凯洛尔。”

“我听说过他。”

“那时候你还没出世。”

“您认为只有生在那个年代才能知道这个城市发生的事吗，上校？”

“完全正确。告诉我，是不是人人都知道这个城市里发生的每件事？”

“不是每个人，但也差不离，”侍者说。“毕竟，床单上的名堂摆在那儿，有人必须去更换，有人必须去清洗。当然我并不是说像我们这样旅馆里的床单。”

“过去我有过一段好日子就没用床单。”

“那自然。那些船夫们跟乘客的合作精神固然是最好的，我认为他们是最好的人，但他们彼此之间总是传播各种消息。”

“自然是这样。”

“还有牧师。他们从不泄露忏悔者的秘密，可在自己人的圈子里也会议论是非。”

“可以想象得到。”

“他们的女管家也喜欢彼此传话。”

“这是她们的权利。”

“还有酒店的侍者，”阿诺尔多说。“客人们在餐桌上谈话，好像把一边的侍者当作聋子。酒店有规矩，侍者决不能偷听客人的谈话。可有时候，他没法不让那些谈话传进耳朵里。自然，我们侍者之间也说长道短，不过从不在这个旅馆里。我还可以举不少例子。”

“我相信我完全理解你的意思。”

“至于发型师和理发师，就不用提了。”

“里亚尔托[①]那儿有什么消息？”

“您在哈里酒吧能听到所有的消息，除了您自己参与其中的事。”

“我参与了什么事吗？”

“世上之事，人人知晓。”

“好啊，你说的事我听了很高兴。”

“有些人不理解在托切洛那儿发生的事。”

“要是我自己有时能理解，那才见鬼呢。”

“您多大岁数了，上校？我这样问是不是太冒昧了？”

“五十一岁了。为什么你不向门厅总管打听？我在他那儿填过供警察局核查用的登记单。”

“我乐意听您自己说，并且祝贺您。”

“我不明白你的意思。”

“不管怎样，请允许我向您祝贺。”

① 亚得里亚海北端的小群岛，威尼斯市建在该群岛上。

“我不能接受。”

“这城里的人都喜欢您。”

“谢谢你，这太抬举我了。”

正在这时，电话铃响了。

“让我来接，”上校说。听筒里传来埃托雷的声音：“请问是哪一位？”

“坎特韦尔上校。”

“这儿的阵地已经撤空，上校。”

“他们都上哪儿去了？”

“往皮亚扎方向去了。”

“好。我立刻就到。”

“要给您留张桌子吗？”

“要角落里的，”上校说完放下话筒。

“我去哈里酒吧。”

“祝您打猎好运气。”

“后天早上天不亮我就去打鸭子，躲在沼泽地里的木桶中。”

“那会很冷。”

“有可能，”上校说着穿上了军用雨衣，往镜子里看了一下自己的脸，然后戴上帽子。

“一张丑脸，”他对着镜子说，“你见过比这更丑的脸吗？”

“见过，”阿诺尔多说。“我的，每天早上刮胡子的时候。”

“我们俩都该在黑暗中刮胡子，”上校对他说，随后走出了房门。

第九章

坎特韦尔上校走出格里迪旅馆时，照耀在他身上的是那一天最后的阳光。广场的对面还有些阳光，可是船夫们宁愿躲在格里迪这边的避风处，而不去寒风习习的广场那边领受太阳的余热。

注意到了这一点，上校沿着广场走向一条朝右拐的鹅卵石路，到了路口拐弯处，他停下站住，看了一会儿圣玛利亚·德尔·吉里奥教堂。

多么美妙玲珑的建筑，好像随时会腾空跃起一样，他想。我从未想到一座小教堂会像一架 P-47 型飞机。得弄清它是何时建造的，是谁建造的。妈的，我真盼望能在这个城市里走一辈子。一辈子，他想。我这是说的什么笑话，噎得我都发不出声。咽喉被扼得要窒息。得了，伙计，他对自己说。一匹病马是无法赢得竞赛的。

而且，他想——这时候他正从几家店铺的橱窗前走过；他看见熟食店里放着帕尔梅森奶酪、圣达尼莱火腿和罐闷香肠，还有上好的苏格兰威士忌和正宗的戈登杜松子酒，接着是一家餐具店，然后是一家古董店，里面陈列着一些很不错的艺术品和古老的地图、版画，随后是一家用豪华的装修冒充成一流饭店的二流餐馆。过了一会儿，他走到支流河道上的第一座桥下，沿着桥边的台阶可以走上去——我的感觉并不是很坏。只是有点耳鸣。我记得当初刚出现耳鸣时，我还以为是树上的蝉在叫呢。我本不想问年轻的劳里，但最后还是问了。他回答说，不，将军，我没有听见蝉鸣，也没听见蟋蟀叫。除了平常的声响，夜晚十分安静。

当他登上台阶时，他感到一阵刺痛，走下桥时，他看见两个容貌可爱的姑娘。她们很美，没戴帽子，衣服质地虽然不好却很时髦。她俩兴致勃勃地交谈着，当她们用威尼斯女人的长腿迈着轻捷的步子登上台阶时，风吹动着她们的头发。上校对自己说，我最好别再看那些沿街的橱窗了，过了第二座桥和两个广场后朝右拐，再笔直向前走，就可以到哈里酒吧了。

他就这么做了，在桥上时又感到一阵刺痛，但他还是以他惯有的步伐走着，只是偶尔瞥一眼过往的行人。这里的空气中有很多氧，他想，他的脸迎着风，深深地呼吸着。

后来他拉开了哈里酒吧的门，走了进去。他又到了这里，回到了家。

吧台边上站着一个高个子男人。他非常高，长着一张很有教养但受过伤的脸，一双蓝眼睛显得很快乐，身材长而不匀称，像一头长了水牛身体的狼。他说，“我的德高望重而又满肚子坏水的上校，你好啊。”

“我的歪门邪道的安德烈亚。”

他俩拥抱在一起。上校的手抚摩着安德烈亚那件很有气派的粗呢料大衣，这大衣跟着他起码有二十个年头了。

“你看上去挺精神，安德烈亚，”上校说。

这是谎话，两个人心里都明白。

“是啊，”安德烈亚也用谎话回答道，“我得说我从没有像现在这么好。你自己的气色也格外好。”

“谢谢你，安德烈亚，我俩都是健康的老家伙，能活到把整个地球继承下来。”

“好主意。可我并不反对最近就能继承些什么。”

“你没什么可抱怨的，你会继承到六英尺四以上与你身体面积相仿的土地。”

“六英尺六，”安德烈亚说，“你这个坏老头，还在军队[1]里服苦役吗？”

“我并没有做很苦的差使，”上校说。“我正准备去圣雷拉霍打猎。”

“我知道。不过这会儿别用西班牙语说笑话。阿尔瓦里托刚才找过你。他让我转告你，他还回来。”

“很好。你那可爱的妻子和孩子们都好吗？”

“非常好，他们要我见到你时转达对你的问候。他们在罗马。瞧，你的姑娘来了，或者说是你那些姑娘中的一个。”他因为个子高，所以外面天虽然快黑了，可他还是能看清楚。不过即使天再黑，这个姑娘也会被认出来。

“请她先来跟我们喝一杯，你再把她带到角落里那张桌子去。她真是个可爱的姑娘，是吗？”

“正是。”

她走进了酒吧，高高的个儿，步子轻捷优美，头发被风吹得有点乱，浑身焕发出一股青春的活力。她的皮肤呈淡淡的橄榄色，她的侧影让你或者任何一个人见了都会怦然心动，一头光泽的深色头发披在她的肩上。

“你好，我的大美人，”上校说。

“噢，你好，”她说。“我以为碰不到你了，很抱歉，我来晚了。”

她的声音低沉而柔和。她小心翼翼地说着英语。

“你好，安德烈亚，”她说，“艾米莉和孩子们好吗？”

---

① 原文为法文。

“大概和我中午回答这个问题时一样。”

“真对不起，”她说着就脸红了。“我太兴奋了，总是说错话。我该说些什么呢？这个下午你在这儿过得高兴吗？”

“高兴，”安德烈亚说，“跟我的老朋友，最苛刻的批评家在一起。”

“那是谁？”

“苏格兰威士忌和水。”

“我看，他想取笑我时，是不会不吭声的，”她对上校说。“你不会取笑我，对吗？”

“把他带到角落里那张桌子去，跟他好好聊聊。我对你们俩感到腻烦了。”

“我可没对你腻烦，”上校对他说。“不过你的主意不错。我们坐下来喝一杯怎么样，雷娜塔？”

“我很愿意，只要安德烈亚不生气。”

“我从不生气。”

“你跟我们喝一杯好吗，安德烈亚？”

“不了，”安德烈亚说，“到你们的桌子那儿去吧，看那儿空着，我心里不舒服。”

“再见，亲爱的，谢谢你，虽然我们没能一起喝一杯。”

“再见，里卡多，”安德烈亚说。他只说了这么一句。

他把高大漂亮的脊背转向他们，朝放在吧台后面的镜子照了照，那里面能映出一个人酒醉时的模样，显示出一副令人嫌恶的嘴脸。“埃托雷，”他说，“请把这儿的一点费用记在我的账上。”

他耐心地等别人递过大衣，伸出两臂套了进去。他给了送大衣的侍者一些小费，比应该给的恰好多了百分之二十，然后走了出去。

在角落里的桌子旁，雷娜塔问道："你觉得我们伤了他的感情吗？"

"不会。他喜欢你，对我也不错。"

"安德烈亚真好。你也真好。"

"招待，"上校招呼了一声，随后问道，"你也要一杯干马提尼吗？"

"是的，"她说。"我要一杯。"

"两杯'蒙哥马利'干马提尼，十五份兑一，"上校说。

那个以前在北非打过仗的侍者微笑着走了。上校把脸转向雷娜塔。

"你真好，"他说。"你又漂亮又可爱，我爱你。"

"你总这么说，我不明白究竟是什么意思，不过我喜欢听。"

"你多大了？"

"快十九了。怎么了？"

"你还不明白这是什么意思吗？"

"不，为什么我该明白？美国人要离开时总这么说。这对他们好像必不可少似的。不过我也非常爱你，无论怎么说。"

"让我们好好过一段美妙的时光吧，"上校说。"别的什么都别想。"

"我也乐意这样。每天一到这个时候，我什么也想不清楚。"

"酒送来了，"上校说。"记住，喝酒时别说客套话。"

"我早记住了。我从不说客套话，不说什么'敬你'或是'请'。"

"我们只需举起酒杯。要是你愿意，可以碰一下。"

"我愿意，"她说。

马提尼酒像冰一样凉，是真正按蒙哥马利调制法调制的。他们碰了一下杯，感到一股快乐的暖流在胸中涌动。

“你前些时候做些什么？”上校问。

“什么也没做，等着离开这儿去上学。”

“到哪儿上学？”

“天知道。不管哪儿，只要学习英语。”

“转过脸来，抬起头看着我。”

“你不是跟我闹着玩吧？”

“不，我不是闹着玩。”

她转过脸，抬起了头，没有一点虚荣自负的表情，也没有一丝卖弄风骚的意味，上校感到心在胸膛里翻腾，就像一只睡在洞穴里的野兽翻了个身，轻柔地惊动了睡在身旁的另一只野兽。

“噢，你呀，”他说。“你想过要当天国的女王吗？”

“那样会亵渎神圣。”

“是的，”他说。“我想也是，我收回建议。”

“理查德，”她说。“不，我不能说。”

“说吧。”

“不。”

上校心想，我命令你说。过了会儿，她说，“请你以后再不要这样看着我。”

“对不起，”上校说。“我刚才不小心犯了职业病。”

“假如我们俩结婚成家，你在家里也得来职业上那一套吗？”

“不会，我发誓。决不会。打心眼里不会。”

“对谁都不会？”

“对你们女人中的任何一个都不会。”

“我不喜欢听‘你们女人’这个词，这好像又跟你的职业有关。”

“把我的职业从那扇见鬼的窗户中扔到大运河里去吧。”

“算啦，”她说。“瞧你这么快又说这种话了。”

“好吧，”他说。“我爱你，我能让职业病听话地滚开。”

“让我摸摸你的手，”她说。“好了。你可以把手放到桌子上。”

“谢谢你，”上校说。

“请别这么说，”她说。“我想摸摸它，是因为整整一星期的每天夜里，我想差不多是每天夜里，我都梦见这只手，梦很奇怪，很杂乱，我梦见这是基督的手。”

“那太糟了。你不该做那样的梦。”

“我知道。那只是做梦罢了。”

“你没服用什么麻醉品吧？”

“我不明白你的意思。我跟你说正经事的时候，请别开玩笑。我说的都是我真的梦见的事。”

“那只手在干什么？”

“没干什么。也许那不是真的。梦里大多数时间只看见一只手的形状。”

“像这只吗？”上校问，嫌恶地看着自己那只畸形的手，想起了造成这种后果的两次不幸遭遇。

“不像这只。是那只。我能用手指轻轻触摸一下吗？会弄疼你吗？”

“不会。我只是头疼，还有腿和脚。我相信那只手上不会有什么感觉。”

“你说得不对，理查德，”她说。“那只手的感觉很灵敏。”

“我不喜欢多看它。你别以为我们能对它毫不介意。”

“当然。不过你不必梦见它。”

“不会。我做其他的梦。”

“是的，我能想象得到。可我最近总梦见这只手。现在我已经小心地触摸过它了，如果你乐意，我们可以谈些有趣的事。有哪些有趣的事可以谈谈呢？”

“让我们来看看那些人，谈谈他们。”

“好极了，”她说。“不过我们别怀着恶意谈论他们。只运用我们最出色的才智。你的和我的。”

“好，”上校说。“招待，再来两杯马提尼[①]。”

他不喜欢大声地要“蒙哥马利”，因为邻桌的两个客人显然是英国人。

这个男人可能受过伤，上校想，虽然从他的神态看并不像。上帝帮助我摆脱残忍吧，让我看着雷娜塔的眼睛，他想。那是她最美丽之处；我从未见过这么长的睫毛，显得这么纯真。除了用坦率真诚的眼光看你以外，她从不那样看别的。多么美好的姑娘，我在这儿干什么呀？这么干很不道德。她是你最后的、真正的和唯一的爱，他想，这不是邪恶。这只是不幸。不，他想，这是无比的幸运，你非常幸运。

他们坐在角落里一张小桌子旁，右边有四个女人围坐着一张大桌子。其中一个女人穿着丧服，那身丧服看上去像演出用的戏服，这使上校联想到在马克斯·赖恩哈特[②]的《奇迹》中扮演修女的黛安娜·曼纳斯夫人。这个女人的脸显得丰满而快乐，很吸引人，与她穿的丧服一点不协调。

---

① 原文为意大利文。

② 马克斯·赖恩哈特（1873—1943），奥地利的著名导演，《奇迹》是他最富丽堂皇的代表作，该戏演出人员达两千多人，将现代戏剧与宗教仪式结合一体，蔚为壮观。

桌子旁的另一个女人，头上的白发看上去要比普通人的白发白三倍，上校想，她的脸也很讨人喜欢。其余两个女人的脸，上校觉得没有什么特别之处。

“她们是同性恋者吗？”他问姑娘。

“我不知道，”她说。“她们都是挺可爱的人。”

“我认为她们是同性恋者。不过也可能只是好朋友。或许两种情况兼而有之。我对此并不在意，不是批评指责她们。”

“你彬彬有礼的时候很可爱。”

“你认为‘绅士’这个词是从‘彬彬有礼’[①]那儿派生出来的吗？”

“我不知道，”姑娘说，她用手指轻轻地抚摩着他那只有伤疤的手。“当你彬彬有礼的时候，我就喜欢你。”

“我要非常努力地做到彬彬有礼，”上校说。“你认为坐在她们桌子后面的那个狗崽子是谁？”

“你那彬彬有礼的模样保持得并不久啊，”姑娘说。“让我们问问埃托雷。”

他们朝坐在第三张桌子旁的男人望去。他的脸很怪，像放大了的黄鼠狼或是雪貂的脸，神情黯然，脸上疙疙瘩瘩凹凸不平，就像用廉价望远镜看到的坑坑洼洼的月球表面，还有，上校想，这张脸很像戈培尔的脸，要是戈培尔先生乘坐的飞机着火燃烧，他又来不及跳伞逃命，就会落下这么一副丑脸。

那张脸上的眼睛一直不停地盯着人看，似乎只要盯着对方看个够，同时在心里反复琢磨，就能找到问题的答案。他的一头黑发看上去好像和人类没有什么关系，原来的头发似乎连头皮一起被剥掉

① “彬彬有礼”的英语单词为 gentle，“绅士”为 gentleman。

了，现在的头发是后来植上去的。真有意思，上校想，他可能是我的同胞？是的，他肯定是。

他跟坐在身旁的一个女人说着话，那女人上了岁数却精神饱满。说话时他的眼睛依旧直勾勾地看人，嘴角边还流出一点口水。这个女人挺像《妇女之家》杂志插图中的母亲形象，上校想。《妇女之家》是的里雅斯特军官俱乐部定期收到的多种杂志中的一种，每到一期，上校都要翻阅。那是一份不错的杂志，他想，里面既有性行为常识，又有精美的食谱。这两样都能勾起我的欲望。

可是你觉得那家伙究竟是什么人呢？他看上去像一幅漫画里的美国人，像被绞肉机绞到一半就掉出来，随后又被放到油锅里稍微炸了一下似的。我这会儿又做不到彬彬有礼了，他想。

埃托雷一脸憔悴地朝他们走来，他爱开玩笑，可是生来对人缺乏礼貌。上校问他，"那位圣人是谁？"

埃托雷摇摇头。

那人个子较矮，皮肤黝黑，光泽的黑发跟那张奇怪的脸一点不般配。看他的样子，上校想，似乎忘了长了岁数该换假发。不过这张脸确实不同寻常，上校想，就像凡尔登[①]四周的山丘。我认为他不可能是戈培尔，他一定是在那几个家伙的末日里，当《众神的黄昏》[②]奏响时变成了这张脸。《来吧，甜蜜的死亡》[③]，他想。他们最终肯定都为自己买到了一大块美味的"甜蜜的死亡"。

"你不想要一块'甜蜜的死亡'三明治吧，雷娜塔小姐？"

"我不想要，"姑娘说。"虽然我喜欢巴赫，也相信奇普里安尼能够做这样的三明治。"

---

① 法国城市。

② 《众神的黄昏》一译《神界的黄昏》，是瓦格纳创作的三幕歌剧。

③ 《来吧，甜蜜的死亡》是巴赫的一首作品。

“我没说巴赫的坏话，”上校说。

“我知道。”

“见鬼，”上校说。“巴赫其实是我们的盟友。就跟你一样，”他加了一句。

“我觉得咱们不必老拿我打比方。”

“女儿，”上校说。“什么时候你才能懂，我跟你开玩笑是因为我爱你？”

“现在，”她说。“我懂了，可你要知道，不太粗鲁的玩笑才有趣。”

“很好。我懂了。”

“这一星期中你想到我几次？”

“时刻在想。”

“不，告诉我实话。”

“时刻在想。这是实话。”

“你认为对我们两人来说，事情已经糟糕到这种程度了吗？”

“我不知道，”上校说。“有些事我不想知道，这也是其中一件。”

“我希望对我们俩来说，事情不至于这么糟，我没想到会糟到这种程度。”

“你现在知道了。”

“是的，”姑娘说。“我现在知道了。现在知道，并且牢记在心，永不忘却。这样说对吗？”

“说‘现在知道’就够了，”上校说。“埃托雷，那个长着一张给人灵感的脸的家伙，旁边还坐着一位漂亮太太，他不住在格里迪吧？”

“不，”埃托雷说。“他住在隔壁的旅馆里，有时到格里迪来用餐。”

“很好，”上校说。“如果我心情沮丧，瞧见他就会开心起来。跟他在一起的女人是谁？他的妻子？母亲？女儿？”

“这可难住我了，”埃托雷说。“我们从没留意过他在威尼斯的行踪。他一点引不起我们的爱、恨、厌恶、恐惧或是疑惑。您真想了解他的情况？我可以去问问奇普里安尼。”

“我们别再谈他了，”姑娘说。“你说呢？”

“不谈他了，”上校说。

“我们没有多少时间在一起，理查德。别为他浪费时间。”

“我看着他的时候，就像在看戈雅[①]的画。脸也是画。”

“看着我的脸，我也看你的脸。请不要去管他。他不是上这儿来伤害任何人的。”

“让我看你的脸，但你不要看我的。”

“不，”她说。“这不公平。我整个星期都得记住你的脸。”

“那么我该干什么呢？”上校问她。

埃托雷走了过来。他总躲不开搞阴谋，他已经迅速地收集到了情报，就像一个威尼斯人会干的那样；他说：

“我有个同伴在他住的那家旅馆工作，他说这个人每次喝三至四杯威士忌，然后一头埋进写作之中，写得十分顺畅，直至深夜。”

“我想那样大概会写出精彩的作品。”

“或许吧，”埃托雷说。“可但丁不像是那样写作的。”

“但丁也是个老家伙[②]，”上校说，“我的意思是指他作为一个

① 戈雅（1746—1828），西班牙画家。

② 原文为法文。

人而不是作为一个作家。”

“我同意，”埃托雷说。“除了在佛罗伦萨，你找不到一个了解他生平的人会反对这个见解。”

“操他妈的佛罗伦萨，”上校说。

“这可不容易办到，”埃托雷说。“许多人都想这么干它一下，但是干成功的很少。你为什么讨厌它，上校？”

“太复杂了，一言难尽。我年轻时，自己团的补给兵站就设在那儿，”他说“补给兵站”这个词时，用了意大利语。

“这个我能懂。我也有自己的理由不喜欢它。你知道哪个城市好？”

“知道，”上校说。“这个城市。米兰的一部分；还有波洛尼亚。还有贝加莫。”

“奇普里安尼储藏了许多伏特加，万一俄国人来时用得着，”埃托雷说；他喜欢开些粗俗的玩笑。

“他们会带来自己的伏特加，免交关税。”

“我仍然相信奇普里安尼为他们作了准备。”

“那么他是唯一一个会这样做的人，”上校说。“告诉他别收下级军官开出的敖德萨银行①支票。谢谢你告诉我有关我同胞的情况。我不再多占用你的时间了。”

埃托雷走了。姑娘把脸转向上校，凝视着他那苍老而坚毅的眼睛，把双手放在他那只受过伤的手上，说：“你刚才非常彬彬有礼。”

“你真是美极了，我爱你。”

“这话听上去真令人高兴。”

---

① 乌克兰南部港市。

“我们上哪儿去吃晚饭？”

“我得先往家里打个电话，问问我能不能出来。”

“你为什么这会儿看上去这么忧郁？”

“是吗？”

“是的。”

“我没有忧郁，真的。我跟平时一样快乐。这是实话。请相信我，理查德。可是，假如你是一个十九岁的姑娘，爱上了一个五十多岁的男人，而且知道他不久就会死去，你会有什么感觉呢？”

“这话可有点太直率，”上校说。“不过你说这话时真美。”

“我从来不哭，”姑娘说。“从不。我给自己立了这个规矩。可我现在想哭。”

“别哭，”上校说。“我现在挺温文尔雅，让别的都见鬼去吧。”

“再说一遍你爱我。”

“我爱你，我爱你，爱你。”

“你能尽量努力不死吗？”

“能。”

“医生怎么说？”

“还可以。”

“没有恶化？”

“没有，”他撒谎说。

“那么让我们再喝一杯马提尼，”姑娘说。“你知道，遇见你以前我从没喝过马提尼。”

“我知道。可你现在挺能喝。”

“你不是该吃药了吗？”

“是的，”上校说。“我该吃药了。”

“让我给你吃好吗？”

“行，”上校说。“你给我吃吧。”

他俩依旧坐在角落里的桌子旁。一些人出去了，另一些人又进来了。上校吃完药后觉得有些晕眩，但他不去管它。每次服药后都这样，他想。真他妈的见鬼。

他看见女孩注视着他，便朝她笑笑。这是五十年来他惯有的微笑，从一开始会笑的时候就这样笑，这种笑容就跟祖父的珀迪牌猎枪一样完好如故。我猜想那支猎枪被我哥哥拿走了，他想。他打枪总是比我准，这枪该给他。

“听着，女儿，”他说。“别为我难过。”

“我没有。一点也不。我只是爱你。”

“这种职业不太好，是吗？”“职业”一词他用了西班牙语oficio，当他们谈话时不用法语，又不愿当着别人面讲英语时，他们就说西班牙语。西班牙语是一种粗糙的语言，上校想，有时比玉米棒子芯还要粗糙。但是它却能一语中的地表达出你想说的意思。

“这种职业够糟的[①]，”他重复说，“我说的是爱我。”

“是的。但这是我唯一拥有的。”

“你没再写些诗？”

“那都是些小女孩的诗。就像小女孩的画一样。在某个特定的年龄，人人都有才华。”

你在这个国家到了什么年龄才会老呢？上校想。在威尼斯没有人会老，但是他们成熟得很快。我自己在威尼托区时就成熟得很快，以后再也没有像二十一岁时那么成熟。

“你母亲好吗？”他亲切地问。

---

① 原文为西班牙文。

“她很好。她不愿见客人，几乎不见任何人，因为她太忧伤。”

“如果我们生个孩子，她会介意吗？”

“我不知道。她非常聪明，这你了解。不过我想，我总得嫁人。我实在不愿意那样。”

“我们俩可以结婚。”

“不，”她说。“我仔细想过了，觉得我们不应该那么做。这个决定就跟决不哭泣的决定一样。”

“也许你做了错误的决定。基督知道我做过一些错误的决定，因而使许多人丧失了性命。”

“我想你也许夸大了事实。我不相信你会做出许多错误的决定。”

“不是很多，”上校说。“但也够多了。干我们这行错三次就算多的，而我就错了三次。”

“我想听听是什么事。”

“你听了要厌烦的，”上校告诉她。“我自己一想起来就非常不好受，何况是一个局外人。”

“我是局外人吗？”

“不是。你是我的至爱。是我最后的、唯一的和真正的爱。”

“你做出那些决定是很久以前还是最近？”

“第一次在很久以前，第二次过了相当长一段时间，最后一次就在不久前。”

“你能说说是什么事吗？我很想为你分担一些痛苦。”

“让它们见鬼去吧，”上校说。“大错已经铸成，代价也已付出。你不该为此受折磨。”

“能告诉我吗，究竟为了什么？”

“不能，”上校说。这个话题到此为止了。

“那让我们来找点乐趣吧。”

“是啊，”上校说，“属于我们的生活只有一次。”

“或许不止。还有来世。”

“我不这么看，”上校说。“把你的脸侧过去，美人。”

“是这样吗？”

“是这样，”上校说。“正是这样。”

那么，上校想，我们已经进入最后一局了，我甚至不知道是第几局。我以前只爱过三个女人，并且三次失去了她们。

你失去她们，就跟你失去一个营的情形一样；由于错误的判断、根本无法执行的命令和难以对付的困境，还有残忍。

我一生中失去了三个营和三个女人，现在我有了第四个，也是最可爱的一个，天知道究竟会有怎样的结局？

你告诉我，将军——只是顺便问一下，我们现在不是开军事会议，而是讨论一下情况，对局势直率地交换意见，就像你经常向我指出的那样：将军，你的骑兵到哪儿去了？

我想过这个，他对自己说。指挥官不知道他的骑兵在哪里，而他的骑兵又未准确了解自己的处境和使命，他们就会——这是指他们中的一部分，有一部分就够了——把事情搞糟，如同骑兵在所有战争中的表现一样，这都是因为他们有那些高大的战马。

“美人儿，”他说，“我最心爱的和最亲爱的[①]。我是个很乏味的人，真对不起。”

“我从没觉得你乏味，我爱你，我只盼望今晚过得快乐。”

“我们一定会很快乐，”上校说。“你知道有什么特别的事让我

---

① 原文为法文。

们高兴吗？”

“我们可以为我们俩高兴，为这座城市高兴。你常常是高高兴兴的。”

“是啊，”上校赞同地说。“我常常这样。”

“你认为我们能再一次这么高兴吗？”

“当然，肯定行。为什么不？”

“你看见那个长着一头鬈发的年轻人吗？他的鬈发是天生的，他只要灵巧地把它往后抚一下，就会显得更英俊。”

“我看到了，”上校说。

“他是位非常出色的画家，不过他的门牙是假的，他以前曾有过一点鸡奸的[①]倾向，另外一些鸡奸者在里多[②]一个月圆之夜袭击了他。”

“你多大了？”

“马上就到十九了。”

“你怎么知道这些事？”

“我从一个船夫那儿听来的。这个年轻人现在是个很出色的画家。如今已经没有什么真正优秀的画家了。他才二十五岁，就镶了假牙，这可真糟。”

“我真心实意地爱你，”上校说。

“我也真心实意地爱你。不管这对美国人意味着什么。我也以意大利方式爱你，虽然这样做违背了我的理智和意愿。”

“我们不该期望得太多，”上校说。“因为我们常常有机会得到它。”

---

① 原文为法文。
② 威尼斯一岛屿海滩浴场。

“我同意，”她说。“可我想得到我现在所希望的。”

他们都不作声了。过了一会儿姑娘说，“那个男孩，现在当然是个男人了，他和许多女人来往，以此遮掩他干的那些事。他为我画过一幅像，如果你喜欢，可以送给你。”

“谢谢，”上校说。“我会很喜欢的。”

“那幅画画得挺浪漫，头发比我自己的要长一倍。我看上去好像正从海里升起来，可头上一点没湿。实际上，从海里出来时，头发被水浸得笔直，发梢变成一绺绺的，看上去就像一只要死的老鼠。爸爸为这幅画付足了钱，虽说那上面的人一点不像我，可是却像你想象中的我。”

“我也想象过你从海里出来的模样。”

“当然啦，样子挺丑。不过你或许会喜欢把这幅画拿去作纪念。”

“你可爱的母亲不会介意吗？”

“妈妈不会介意，我想，她倒喜欢有人拿走这幅画。我们家里有一些更好的画。”

“我非常爱你和你母亲，你们两个。”

“我一定告诉她，”姑娘说。

“你认为那个脸上坑坑洼洼的蠢货真是作家吗？”

“是的。既然埃托雷这么说了。他爱开玩笑，可从不说谎。理查德，什么是蠢货？告诉我真话。”

“这可有点难解释。我想这是指那些从不好好干他自己那一行，却又爱自以为是的讨厌家伙。”

“我得学会恰当地使用这个词儿。”

“别用这个词儿，”上校说。

过了会儿上校问道：“我什么时候才能拿到那幅画？”

“只要你愿意，今晚就行。我让人包好了从家里给你送去。你把它挂在哪儿呢？”

“挂在我屋子里。”

“不会有人进去对我评头品足，说些不中听的话吗？”

“不会。他们都非常好，不会那样。我还要告诉他们，这是我女儿的画像。”

“你有过女儿吗？”

“没有。我一直想要一个。”

“我可以给你当女儿，也可以当其他的什么。”

“那就乱伦了。”

“我相信在这么一座古老的城市里，这事不会让人觉得有多可怕。人们在这个城市里见识过的事多着呢。”

“听着，女儿。”

“好吧，”她说。“这么叫挺好的。我喜欢。”

“很好，”上校说，他的声音有点浑浊。“我也很喜欢。”

“现在你明白为什么我知道不该爱你还是爱你了吗？”

“我说，女儿，我们上哪儿去吃晚饭？”

“你喜欢上哪儿都行。”

“你想在‘格里迪’用餐吗？”

“当然。”

“那你给家里打个电话，征询一下意见。”

“不，我决定不问，我只捎个口信告诉他们我在哪儿吃饭，这样他们就不会担心了。”

“你真的比较喜欢‘格里迪’吗？”

“是啊，那儿的餐厅很漂亮，你又住在那儿，有谁想看看我们，都可以让他们看看。”

“你什么时候变成这样了？”

“我一直这个样啊，我从来不在乎别人怎么想。我从没做过什么丢人的事，除了小时候撒过谎，发过脾气以外。”

“我真盼望咱们能结婚，生上五个儿子，”上校说。

“我也这么想，”姑娘说。“把他们送到世界的五个角落去。”

“世界有五个角落吗？”

“我不知道，”她说。“我这么说了，听起来就像有这么回事。我们现在又很快乐了，是吗？”

“是的，女儿，”上校说。

“你再说一遍。就像刚才那样说。”

“是的，女儿。”

“哦，”她说，“人肯定非常复杂。能让我握住你的一只手吗？”

“它实在太丑，我讨厌看它。”

“你不了解你自己的手。”

“这可是见解问题，”他说。“我说你不对，女儿。”

“或许是我错了。不过我们现在又很快乐了，那些不愉快的事都烟消云散了。”

“这就像太阳升起来时，缭绕在山沟丘壑间的雾气顿时消散一样，”上校说。“你就是那轮太阳。”

“我还是希望当月亮。”

“你就是月亮，”上校对她说。“只要你喜欢，你可以是任何一颗星球，我会告诉你这颗星球的确切位置。基督啊，只要你喜欢，女儿，你也可以是一个星座。不过，那只是一架飞机。”

“我要当月亮。她也有许多烦恼。”

“是的。她的哀伤定期到来。不过月亮在缺损之前总是圆的。”

“有时候我觉得它高悬在运河的上空显得那么忧伤，我看了都不忍心。”

“它在那儿很久了，”上校说。

“你想我们要再来一杯‘蒙哥马利’吗？”姑娘问道。上校这时注意到那些英国人都走了。

先前除了姑娘那张可爱的脸，他什么都没留意，这样下去，我非被毁了不可，他想。不过从另一方面看，这也是专心一意的表现，可这样也太大意了。

“好的，”他说。“为什么不呢？”

“它会使我产生美好的感觉，”姑娘说。

“奇普里安尼调的酒，也会在我身上产生这种作用。”

“奇普里安尼真聪明。”

“他可不只是调酒聪明。他非常能干。”

“说不定哪天他会拥有整个威尼斯。”

“不会是整个，”上校不同意。“他永远不会得到你。”

“是的，”她说。“除了你，谁也别想得到我。”

“我想要你，女儿，可我不想占有你。”

“我知道，”姑娘说。“这是我爱你的另一个原因。”

“让我们把埃托雷叫过来，请他给你家打个电话。你可以告诉他们画像的事。”

“你说得完全正确。如果今晚你就想要那幅画，我一定吩咐仆人包好后给你送去。要是你愿意，我就请妈妈接电话，告诉她我们在哪儿吃饭，请求她答应。”

“不用，”上校说。“埃托雷，两杯‘蒙哥马利’，要上等的‘蒙哥马利’，放几枚蒜味橄榄，不要大个的；还要麻烦你给这位女士的家里打个电话，接通电话后就告诉她。所有这些事请尽量办得快些。”

“是，上校。”

“现在，女儿，让我们继续快乐吧。”

“你一开口，快乐就开始了。”

第十章

他们沿着一条通往“格里迪”的马路的右侧走。风吹在他们的背上，吹着姑娘的头发。风儿把她后面的头发吹得飘散开来，又飘飞到脸上。他们边走边看着商店的橱窗，姑娘在一个灯光明亮的珠宝橱窗前停下脚步。

橱窗里陈列着许多漂亮的古老珠宝，他俩一件件地观赏着，彼此指点着其中最好的珠宝，这样他们握着的手便自然松开了。

“有什么你真想要的东西吗？明天早上我可以来买，奇普里安尼会借给我钱。”

“不，”她说。“我什么都不想要，可我注意到了，你从来都不送礼物给我。”

“你比我富裕得多。我可以为你带些军队小卖铺里的玩意儿来，还能请你吃顿饭，喝点酒。”

“还能带我坐凤尾船游览，到郊外许多美丽的地方去。”

“我没想到你喜欢那些硬石头作礼物。”

“不对。我只是因为赠送的礼物能带给人一种思念，你戴在身上时，可以看看它，想一想它。”

“我懂了，”上校说。“可是我那点军饷能为你买什么呢？买得起像你那串方形绿翡翠一样的饰品吗？”

“你还不明白。我这是祖辈传下来的翡翠，是祖母传给我的，她的母亲把它留给了她，而她的母亲也是从自己母亲那儿得到的。你认为戴着死者留下来的翡翠跟那是一回事吗？”

“我从未想过这事。”

“假如你愿意，假如你喜欢翡翠，你可以把它拿去。对我来说，它只不过是件饰品，跟巴黎的时装一样。你不喜欢穿军服，对吗？”

“对。”

“也不喜欢戴佩剑？”

“对，再说一遍，不喜欢。”

“你不是那种一本正经的军人，我也不是那种循规蹈矩的女孩。不过要是送我一样能长久保存的东西，让我戴在身上，那我每次戴上时都会感到很幸福。”

“我明白了，”上校说。“我一定会那么做。”

“你不懂的事，跟你一说你就明白了，”姑娘说。“而且很快就作出了令人高兴的决定。我要你把这翡翠拿去，把它当作一件吉祥物放在口袋里，你觉得孤单时，就摸摸它。”

“我工作时不常把手放在口袋里。我的手里通常转动着一根小棍或别的东西，要不就用铅笔在地图上指指划划。”

“但是你可以过一段时间偶然把手放进衣袋里摸一摸。”

“我工作时从不觉得孤单，费脑筋的事太多，没时间感到孤单。”

“可你现在并不工作啊。”

“是的。只是在做充分的准备，以应付过量的工作。”

“不管怎样，我要把它送给你。我确信妈妈会理解的。再说我也不必马上告诉她，她从来不检查我的东西。我肯定我的女佣也永远不会告诉她。”

“我想我不该把它拿走。”

“你应该的，请一定收下，好让我高兴。”

“我不能确定这样做是否体面。”

“就像不能确定你是否是童男一样。只要能让你所爱的人感到快乐，就是最体面的。”

“好吧，”上校说。“管它是好是坏，我收下了。”

“现在你该说谢谢，”姑娘说，接着把绿翡翠一下塞进他的口袋，动作就像珠宝窃贼一样灵巧快捷。“我把它带在身边，是因为整个星期我都在考虑这件事并做了决定。”

“我还以为你总在想我的手。”

“别不高兴，理查德。你永远也不该犯蠢。你要用那只手去摸绿翡翠，难道你没想到吗？”

“没有，我是很蠢。你想要橱窗里的哪件东西？”

“我喜欢那个小黑人，那脸是用乌檀木刻的，戴的无檐帽用碎钻石镶拼而成，帽顶上有颗小红宝石。我要把它当胸针戴。很久以前，在这座城市里，人人都戴这种小黑人，他们的脸就跟最忠实的仆人一样。我很早就想要这么个别针，不过我希望是你送给我。”

“我明天早上就送给你。”

“不。等你离开前，我们用午餐时送我。”

“好，”上校说。

“现在我们得走了，否则吃晚饭就太迟了。”

他们俩挽着胳臂往前走，登上第一座桥时，一阵大风迎面扑来。

上校感到一阵刺痛，他对自己说，他妈的让它滚一边去。

“理查德，”姑娘说，“把那只手放进口袋里，摸摸它，让我高兴高兴。”

上校照她的话做了。

“那感觉真奇妙，”他说。

第十一章

他们从格里迪旅馆的正门走了进去，门厅内灯火通明，暖意融融，大风和严寒被留在了门外。

“晚安，伯爵小姐，”门厅总管说。“晚安，上校。外面一定很冷。”

“是的，”上校答道，不再添上粗俗下流的词语来描绘风的强度和寒冷的程度，而在平时只有他和总管两个人时，他总要说些粗话，供彼此取乐。

他们走进通向电梯和主楼梯的长长的走廊，右面一直通到酒吧、餐厅以及去大运河的出口处，骑士团团长从酒吧里走了出来。

他穿着一件剪裁得很长的白色礼服，朝他们微笑着说，“晚安，伯爵小姐。晚安，上校。”

“团长先生，”上校说。

团长微笑着鞠了一躬，说：“我们的晚餐座位安排在最里边，冬天没有人来这儿，餐厅显得太大。我给你们留着桌子，我们有上好的龙虾，如果你们喜欢，第一道菜就上它。”

“真的很新鲜吗？”

“早晨用筐从市场运来时，我瞧见了，是活的，深绿色，还挺不友好地乱动乱爬呢。”

“你喜欢用大龙虾作第一道菜吗，女儿？”

上校有意用了这个称呼，团长和姑娘也都注意到了，但是这个词对他们每个人却各有含意。

“我想为你们点这只龙虾，以防那些暴发户冷不防进来。他们这会儿正在里多赌博。我并不是想向你们推销。”

“我喜欢吃大龙虾，”姑娘说。“吃冷的，放点儿蛋黄酱。蛋黄酱要稠一些，”她用意大利语说。

“这不会太贵吧？”她挺认真地问上校。

“噢，女儿[1]，”上校说。

“摸摸你右边的口袋，”她说。

“我看不会太贵，”团长说。“要不我来买下它，我用一个星期的工资付账足够有余。”

“委托人买下了，”上校说。“委托人”这个词在军用密码中是“攻占的里雅斯特的特遣部队”的代称。“它只花了我一天的工资。”

“把你的手放到右边的衣袋里，你会觉得很富有，”姑娘说。

团长觉察到这是他们俩之间开的玩笑，于是便悄悄地走开了。他为这个他所尊敬和赞赏的姑娘高兴，也为他的上校高兴。

“我很富有，”上校说。“可是如果你用它来取笑我，我就打算还给你了，还要当着大家的面，放在这块亚麻桌布上。”

他想也没想就进行了反击，拿她开起了粗鲁的玩笑。

“不，你不会，”她说，“因为你已经爱上了它。”

“我会把任何一样我喜欢的东西从你见过的最高悬崖上抛下，而且不等听到它落地弹起的声音就转身离开。”

“不，你不会，”姑娘说。“你不会把我从任何悬崖上抛下。”

“不会，”上校同意说。“原谅我刚才说的那些粗话。”

“你没说什么特别粗鲁的话，我根本就没信，”姑娘说。“现在

---

① 原文为西班牙文。

我是该去女盥洗室梳洗得更漂亮些，还是到你的房间去？”

“你想去哪儿？”

“当然想去你的房间，看看你住得怎样，环境好不好。”

“旅馆里的人会如何想？”

“在威尼斯没有什么事能瞒过人。不过人们都知道我的家庭，也都知道我是个好女孩。他们还知道是你和我。我们可以信任自己的声誉。”

“很好，”上校说。“是走楼梯还是坐电梯？”

“坐电梯，”她说，他听出她的声音有了变化。“你可以叫个侍者来，或者我们自己开。”

“我们自己开，”上校说。“我对电梯的性能早就摸得一清二楚。”

电梯开得很稳，只有微微的晃动感，可是最后有一下回落，上校想：摸得一清二楚了吗，嗯？你最好再去摸摸清楚。

现在，走廊在他眼里不仅仅是漂亮，而且令人兴奋。把钥匙插进锁眼里也不再是一个简单的过程，而是一种仪式。

“进去吧，”上校推开房门时说。“这儿就是这个样子。”

“很迷人，”姑娘说。“但是把窗户敞开着太冷了。”

“我来关上。”

“不，不用。你喜欢开着，就让它开着吧。”

上校吻了她，把她那美丽颀长、充满活力而又柔软匀称的身体拥进怀里；他自己的身体也还结实有力，只是伤痕累累。他吻她的时候，什么也不想。

他俩亲吻了很长时间，挺直地站在一股寒气之中专注地吻着，那寒气是从面朝大运河的窗口中吹进来的。

“噢，”她说。接着又说了一声：“噢。”

“我们没有亏欠生活什么，”上校说。“一点也没有。”

“你和我结婚吗？我们要生五个儿子吗？”

“要！要。”

“这事就这么定了，是吗？”

“当然。”

“再吻我一次，让你军大衣的扣子压痛我，可是别压得太痛。”

他们站在那儿，专心致志地亲吻着。“我会让你失望的，理查德，”她说。“在每件事上都会让你失望。”

这话听上去就像一句平淡的陈述，上校好似在听那三个营中某一个营的军情通报，营长毫无隐瞒地报告了真实情况，告诉他最坏的消息。

“你确信吗？”

“是的。”

“我可怜的女儿，”他说。

现在，“女儿”这个称呼里已经没有什么隐含的意思了，她的确就是他的女儿，他可怜她，爱她。

“没关系，”他说。“你去梳梳头，再涂点唇膏什么的，然后我们去美美地吃一顿晚饭。”

“再说一遍你爱我，把你的纽扣紧紧地贴着我。”

“我爱你，”上校十分庄重地说。

接着他贴近她的耳边，极其温柔地悄声说道：“我只爱你，我最美好、最真纯，也是最后和唯一的爱。”他的声音是那么轻，仿佛他们两人相距十五英尺，而他是一个正在巡逻的年轻中尉。

“真好，”她说，用力地吻了他一下，他立即觉得牙龈上渗出了带咸味的鲜血。我喜欢这样，他想。

“现在我要梳梳头，涂点唇膏，你可以看着我。”

“你要我把窗关上吗？”

“不用，”她说。“就这么冷点挺好。”

“你爱谁？”

“你，”她说。“我们俩运气不够好，对吗？”

“我不知道，”上校说。“去吧，去梳梳头。”

上校走进浴室，打算洗漱一下吃晚饭。房间里唯一令人不满的就是浴室。当年因为把格里迪当作宫殿建造，又急于完工，因此在建筑结构上没有考虑浴室的位置，后来利用走廊补建了浴室，如果有人要用浴室，需要提前通知，以便及时烧水并放好干净的浴巾。

这浴室是由房间一角随意隔出一块建成的，上校觉得，它像一个怕遭袭击的防守阵地，而不像准备进攻的战场。他洗了洗脸，督促自己照了下镜子，看看是否还有唇膏的痕迹。他端详着自己的脸。

这张脸像一个漫不经心的工匠在木头上凿出来的，他想。

他先看了看那些形状各异的凹凸疤痕，这是整形手术之前就留下的，又看了看脑部的细小疤痕，经过高明的整形手术，这些疤痕只有内行才能看出来。

不错，这就是我能奉献出来的相貌①或外表②，他想。这真是他妈的可怜的奉献。唯一庆幸的是被太阳晒成了褐色，总算遮掩了一点儿丑陋。可是，基督啊，我是多么丑啊。

他没有注意自己那双旧钢刀似的眼睛和眼角上细细长长的笑纹，也没有注意受过伤的鼻子，那鼻子很像最古老的古罗马斗士雕

①② 原文为法文。

像的鼻子，同样也没去注意那张本性和善但有时却显得冷酷无情的嘴。

见你的鬼去，他对着镜子说。你这百孔千疮的倒霉鬼，还能重新和女人交往吗？

他从浴室走回房间，又像第一次冲锋陷阵时那样年轻了。一切没有价值的东西都留在浴室了。他想，那里一直就是放这些东西的地方。

昔日的雪在哪里？以往的雪在哪里？那一切都流进了厕所。①

那个名叫雷娜塔的姑娘打开了高高的衣柜门，柜门里面全镶着镜子，她对着镜子梳理头发。

她梳理头发并不是爱慕虚荣，也不是为了让上校高兴，虽然她知道这能让他高兴。她挺费劲地梳着，一点不顾惜头发，因为她的头发非常浓密，就像农妇或贵族美女的头发那样充满生气，很难梳理得服服帖帖。

"风儿把头发吹得缠结在一起，"她说。"你还爱我吗？"

"爱，"上校说。"我能帮你一下吗？"

"不，我从来不用别人帮着梳头。"

"你朝我侧身站着。"

"不。这些轮廓特征都要留给五个儿子，也可以让你把头枕在上面。"

"我只想着你的脸，"上校说。"谢谢你提醒我，我的注意力又

① 原文为法文。

出毛病了。”

“我太无礼了。”

“没有，”上校说。“在美国，人们用钢丝和海绵橡胶侍弄头发，那些玩意儿就跟坦克座椅里的东西一样。你从来弄不清那么弄究竟有没有道理，除非你跟我一样，是个爱淘气的坏孩子。”

“这儿可不一样，”她说，把已经分成中缝的头发往前梳，头发全都梳到了一侧的脸颊下，然后再把它斜着朝后拢，头发便披散在双肩上。

“你喜欢头发弄得整齐吗？”

“它还不太整齐，可是很可爱。”

“假如你赞赏整齐的发型，我可以把头发盘上去或是梳成类似的式样。不过我不会用发卡，那东西看上去挺傻。”她的声音是如此美妙，总是让他想起帕勃洛·卡萨尔斯[①]演奏的大提琴，使他觉得好似有伤口在心里隐隐作痛，难以忍受。可是你一切都能忍受，他想。

“我非常喜欢你现在的样子，”上校说。“你是我认识或见过的女人中最美的，甚至比那些优秀画家笔下的美人还美。”

“真奇怪，那幅画怎么还没送来。”

“我很高兴能得到这幅画，”上校说，这会儿他不知不觉地又变成了将军，“可那画布看上去就像死马的皮。”

“请别这么粗鲁，”姑娘说。“今晚我不喜欢你粗鲁。”

“我不小心记起了我那肮脏职业的[②]行话。”

“别这么说，”她说。“用你的手臂搂住我，要温柔些，做得好

---

① 帕勃洛·卡萨尔斯（1876—1973），西班牙大提琴家、指挥家和作曲家，以完美的音乐表现和音乐修养而闻名。

② 原文为法文。

一些。那不是肮脏的职业，那是最古老最崇高的职业，尽管大多数从事这种职业的人并不够格。”

他紧紧地抱住她，但小心不把她弄痛。她说：“我不喜欢你成为一个律师或是一个牧师，也不喜欢你做商人，也不要你取得什么伟大成功。我就爱你干自己的职业，我爱你。要是你乐意，请在我耳边说悄悄话。”

上校紧抱着她，用自己那颗受过创伤的心在她耳边真诚而温柔地说着悄悄话；他的低语轻得刚刚能听清，就像一条安静的狗紧贴在你耳旁低吠。“我爱你，小魔鬼。你也是我的女儿。我不在意我们会失去什么，因为月亮是我们的母亲和父亲。现在让我们下楼去吃饭吧。”

他说最后一句话时声音轻极了，不爱他的人是无法听出来的。

“好的，”姑娘说。“好的。但是得先吻我一次。”

第十二章

他们坐在酒吧最深处一角的桌子旁，上校的背紧靠在墙角上，他的两侧是墙壁。团长很懂他的心思，因为他自己曾在一个一流的步兵团连队里当过优秀的中士，他决不会在餐厅中央为上校安排座位，正如他不会愚蠢地选择一个无用的防御位置一样。

“龙虾，”团长说。

大龙虾很中看。它比通常的龙虾要大一倍，那舞动双钳的凶样已被煮得没了踪影，此时就像一座它自己的纪念碑。它的两只眼睛向外暴出，长而优雅的触须天线似地伸展着，似乎能了解那对愚蠢的眼睛所不了解的事。

它有点像乔治·巴顿[①]，上校想。不过它受感动的时候，大概从不会流泪。

“你觉得这龙虾肉老吗？”他用意大利语问姑娘。

“不，”团长弯腰端着龙虾，向他俩解释说。“一点不老，只是个头大，你们知道这个品种。”

“好吧，”上校说。“拿去切成段。”

“你们要喝些什么？”

“你要喝什么，女儿？”

“要你想要的。”

“卡普里白葡萄酒，”上校说。“要干的，冰得够劲的。”

“我已经冰好了，”团长说。

“我们真快乐，”姑娘说。“我们又快乐了，一点不悲伤。它是一只挺中看的龙虾，对吗？”

“是的，”上校答道。“这家伙要是能嫩些就更好。”

“会很嫩的，”姑娘对他说。“团长不会撒谎，人们不撒谎，是件很美好的事，对吗？”

“非常好，可是很难得，”上校说。“我刚才正想着一个名叫乔治·巴顿的人，他一生中恐怕就没说过真话。”

“你说过谎吗？”

“我说过四次谎，不过每次都是在极度疲乏后说的。但那不是理由，”他补充说。

“我还是个小女孩时，说过很多次谎。但大都是为了编故事，或者说我希望那样。我从没有为了自己的利益而说谎。”

“我有过，”上校说，“一共四次。”

“你要是不说谎，能当上将军吗？”

“如果我像别人那样说谎，早就当上三星上将了。”

“当了三星上将，会使你感到更快乐吗？”

“不，”上校说。“不会。”

“把你的右手，那只实实在在的手，放到衣袋里去，告诉我你的感觉。”

上校照她的话做了。

“很奇妙，”他说。“可是你知道，我要把它还给你。”

“不，请别这样。”

“我们现在不谈它。”

正在这时，龙虾切好端了上来。

---

① 乔治·巴顿（1885—1945），美国陆军上将，在第二次世界大战中屡建战功，后死于车祸。

虾肉很嫩，尤其是尾部活动肌的肉特别滑嫩鲜美，两只螯钳里的肉也非常美味，既不少也不过分饱满。

“龙虾在月圆时最肥，”上校告诉姑娘。“月亏时捕上来的龙虾就不好吃。”

“这我以前并不知道。”

“我想可能是因为月圆时它可以整夜捕食，也可能是月圆时吃的东西比较多。”

“这些虾是从达尔马提亚[①]沿岸运来的吧？”

“是的，”上校说。“那是你们最富饶的捕鱼海岸，或许我该说，我们最富饶的海岸。”

“就这么说，”姑娘说。“你不知道，说法是多么重要。”

“把它写在纸上让人看，会显得更重要。”

“不，”姑娘说。“我不同意，除非你说的是真心话，否则写出来也毫无意义。”

“要是你没有心，或者你的心一钱不值，那又会怎样？”

“你有心，你的心不是一钱不值。”

我他妈的一定要换个新的心，上校想。我不明白，我的肌肉都还好好的，为什么这颗心脏这么衰弱。不过他什么都没说，只是把手伸进了衣袋。

“摸上去真奇妙，”他说。“你看上去也很奇妙。”

“谢谢，”她说。“我这一星期都会记着这句话。”

“你可以经常照照镜子。”

“我烦照镜子，”她说。“一涂唇膏，就得不停地张开、闭拢双唇，好让唇膏抹均匀，这一头又密又浓的头发也很难侍弄，这可不

---

① 南斯拉夫西部沿海地区，濒临亚得里亚海。

是一个女人或是一个热恋中的少女该过的生活。既然你想当月亮和各种星球，还想和你的丈夫一起生活，为他生五个儿子，那么老是照镜子，摆弄女人的那一套装扮技巧，可不会让人觉得兴高采烈。”

“那么我们马上结婚吧。”

“不，”她说。“我已经为此做了决定，就像决定其他不同的事情一样。我花了整整一星期时间才做出这个决定。”

“我也经常做决定，”上校对她说。“可是做决定很容易使我感情受到伤害。”

“我们别说这事了。它会使我们觉得不好受。我想咱们最好还是看看团长会给我们上什么菜。你喝酒啊，你还没喝过一口呢。”

“我这就喝，”上校说。他喝了一口，酒很凉，色泽很淡，挺像希腊葡萄酒，但没有那么稠，酒味醇厚芳香，像雷娜塔一样。

“这酒很像你。”

“是的。我知道。所以我让你尝一下。”

“我在尝，”上校说。“现在我要把这满满一杯喝下去。”

“你真是个好男人。”

“谢谢，”上校说。“我要在这个星期里记住你的话，努力做个好男人。”然后他叫道：“团长。”

团长应声而来，他一脸喜色，还带着点诡秘，似乎忘记了他的溃疡。上校问他：“你这儿有什么好肉给我们吃吗？”

“我不太清楚，”团长说。“不过我可以去看看。你的那位同胞就坐在不远的桌子旁。他不让我把他的座位安排在餐厅的角落处。”

“不错，”上校说。“我们可以为他增添点写作素材。”

“他每晚都写，你知道。我是听一个同行说的，他就在他住的那个旅馆里工作。”

“很好，”上校说。“这说明他很勤奋，即使他的天赋不怎么样。”

“我们都很勤奋，”团长说。

“只是方式不一样。”

“我得去看看究竟有些什么肉。”

“仔细问问。”

“我很勤奋。”

“你还很精明。”

团长走了后，姑娘说：“他是个挺可爱的人。他对你很好，我真高兴。”

“我跟他是好朋友，”上校说。“我希望他能为你来一道上好的牛排。”

“有一种非常好的牛排，”团长又出现在他们面前。

“就要牛排吧，女儿，我在军队食堂里老吃这个。你喜欢煎得嫩一点吗？”

“要很嫩的。”

“带血的①，”上校说。“就像约翰用法语对侍者说的那样。生一些②，有点发蓝③，或者，只要把它煎得嫩点就行。”

“要嫩的，”团长说，“那么你呢，上校？”

“炒小牛肉片，加马萨拉酒调味，奶油炖花椰菜。如果有醋油拌洋蓟，也来一份。你要什么，女儿？”

“土豆泥和蔬菜沙拉。”

---

①② 原文为意大利文。

③ 原文为法文。

“你还是个在长身体的小姑娘呢。”

“是啊。可我不愿意长得太大，也不愿长得太胖。”

“就这些吧，”上校说。“有没有大坛装的瓦尔波里切拉酒？”

“我们没有这种坛装的酒。这里是上等旅馆，你知道。只进瓶装的酒。”

“我忘了，”上校说。“这酒当年三十分就能买一升，你还记得吗？”

“我们把空的酒坛从军车上往火车站上的士兵身上扔，还记得吗？”

“我们从格拉珀返回的路上，把剩下的手榴弹都给扔了，看着它们沿着山坡一路滚下去，你记得吗？”

“有人看见爆炸，还以为是一次突围行动。你那时从不刮胡子，我们都穿着灰色的夹克，上面佩戴黑色火焰①徽章，里面套一件灰色运动衫，对吗？”

“我喝了白兰地②，醉得半死，舌头连味道都辨不出来了，对不对？”

“我们那时肯定很坚强，”上校说。

“我们那时是很坚强，”团长说。“我们都是些爱捣乱的坏小子，而你是这伙坏小子里最叫绝的一个。”

“没错，”上校说。“我想我们那会儿是真够坏的。你原谅我吗，女儿？”

“你有那时的照片吗？”

“没有，除了和邓南遮先生一起照的那张集体合影外，没有别的照片。其中大多数人的结局都很糟。”

---

①② 原文为意大利文。

“除了我们俩，”团长说。“现在我该走了，去看看牛排做得怎样。”

上校的思绪回到了过去，他又成了陆军少尉，坐在军用卡车里，满脸尘土，只露出一双钢铁般坚硬的眼睛，眼圈又红又痛。

有三个至关重要的高地，他想。格拉珀一带有阿萨洛内和珀蒂卡，右边还有一个高地，名字我记不起来了。我就是在那儿成熟起来的，他想，每天夜里醒来我都是大汗淋漓，梦见自己无法让士兵们从卡车上跳下来。当然，事实证明他们还是不跳下来的好。这就是我们的职业。

“在我们那个军里，你知道，”他对姑娘说，“实际上没有一个将军打过仗。这很奇怪，而且最上边的那些头儿讨厌打过仗的人。”

“将军们真的也打仗吗？”

“是的。当他们是上尉或中尉的时候。后来，只有在撤退时才指挥打仗，天下还有这等荒唐事。”

“你打过很多仗吧？我知道你打得不少，给我说说。”

“我打过太多的仗，足以让那些伟大的思想家视为傻瓜。”

“说说吧。”

“我还是个男孩时，在科尔蒂纳到格拉珀的当中地带跟欧文·隆美尔①打仗，我们占据着格拉珀。他当时是上尉，我是代理上尉，实际是少尉。”

“你认识他吗？”

---

① 欧文·隆美尔（1891—1944），纳粹德国元帅。第一次世界大战期间在意大利、罗马尼亚等地作战，第二次世界大战中任德国非洲军团司令。他善于出奇制胜，被称为“沙漠之狐”。1944 年因参与暗害希特勒的密谋败露，被迫服毒自杀。

“不认识。打完仗后我们才认识，还在一起交谈。他是个很不错的人，我喜欢他。我们经常一起滑雪。”

“你以前喜欢过很多德国人吗？”

“非常多，我最喜欢的是恩斯特·乌德特[①]。”

“可是他们做了错事。”

“当然。但谁能不犯错误呢？”

“我从来就不喜欢他们，也不会像你那样对他们持宽容的态度，因为他们杀害了我的父亲，烧毁了我们在布伦塔的别墅。有一天我看见一个德国军官在圣马可广场用手枪打鸽子。”

“我懂，”上校说。“但是，女儿，请你尽量理解我的态度。我们自己也杀了那么多人，总应该对别人仁慈一些吧。”

“你杀了多少人？”

“确切的数字是一百二十二个，不包括那些无法确定的。”

“你不感到悔恨自责吗？”

“从不。”

“也没有做过噩梦？”

“没做过噩梦。但常做怪梦。有一段日子打完仗以后，夜里总是在梦中打仗。但是最常做的是有关地形的怪梦。你知道，我们能活下来，全凭着地形好这一偶然因素，因此地形便一直留在脑海里的梦境中。”

“你梦见过我吗？”

“我想梦见。可是没能梦见。”

“或许那幅画能帮上忙。”

---

① 恩斯特·乌德特（1896—1941），德国飞行员，在第一次世界大战中曾击落62架飞机。

“我希望能这样，”上校说。“请别忘了提醒我把翡翠还给你。”

“请别这么狠心。”

“我们俩都很珍惜我们伟大而崇高的爱情，可我也同样看重自己的那一点点体面，我不能要了一样丢了另一样。”

“不过你应该给我点特权。”

“你已经得到了，”上校说，“翡翠在我衣袋里。”

团长走了过来，一个头发梳得溜光的小伙子跟在他身旁，手里端着牛排、小牛肉片和蔬菜。那小伙子对什么都不屑一顾，却竭力想成为一个像样的二等侍者。他是骑士团的成员。团长动作娴熟地摆好菜肴，他的举止表现出对菜肴和就餐者的尊重。

“请用餐，”他说。

“把瓦尔波里切拉打开，”他对小伙子说。那小伙子长着一双不信任人的眼睛，就跟猸的眼睛一个样。

“你们为什么要嘲弄那个人？”上校问，他指的是那位正在大嚼大咽的麻脸同胞，坐在他边上的那个上了岁数的女人，则用一种乡下人的优雅慢慢地吃着。

“该你告诉我。不是我告诉你。”

“今天之前我从未见过他，”上校说。“有他在场，很难咽下食物。”

“他对我倒挺屈尊俯就的，很努力地说着意大利语，可说得太糟。他到哪儿都照《贝德克尔旅行指南》[1]行事，对食物和酒类没有一点鉴赏力。那女人待人很亲切，我相信是他的姑妈。不过我并不了解实情。”

---

① 卡尔·贝德克尔（1801—1859），以出版导游书册而闻名的德国出版商。

“看他那模样，我们能应付。”

“我相信是这样。必要的时候。”

“他问起过我们吗？”

“他问我你们是谁。伯爵小姐的姓他很熟悉，他在旅行指南里读到过那些属于她家族的宫殿。小姐，他对你的姓名留下很深的印象，是我把你的姓名告诉他的。”

“你认为他会把我们写进他的书里吗？”

“我肯定他会。他会把每件事都写进书里。”

“我们俩应该被写进一本书，”上校说。“你在意吗，女儿？”

“当然不，”姑娘说。“可我更愿意让但丁写。”

“但丁可不在这儿，”上校说。

“你能告诉我一些打仗的事吗？”姑娘请求道。“说一些可以让我知道的事。”

“行。任何你想听的我都可以讲。”

“艾森豪威尔将军是个什么样的人？”

“严格地说，属于‘埃珀沃思同盟会[①]’。也许这么说不公正，情况还要复杂得多，因为受到其他各种影响。他是一个不同凡响的政治家。政治家型的将军。对政治非常在行。”

“其他的将领呢？”

“我们还是别提他们吧。他们在自己的回忆录中谈得够多了。他们大都是扶轮国际社[②]的成员，个个都会花言巧语。你从没听说

① 基督教卫理公会的一个青年社团组织，以卫理公会创始人约翰·卫斯理的出生地命名，其宗旨是在教会的指导下，资助有益的社会活动和基督教徒联谊会活动；该同盟会会员人数最多时达二百万，遍布美国和加拿大各地。

② 由芝加哥的 P. P. 哈里斯律师在 1905 年创建的联谊团体，成员大都是富商及各行业中有地位的人。

过这个组织吧。这个组织的成员都佩戴珐琅质圆形小徽章，上面刻着他们的名字，没有姓，假如你连名带姓称呼他们，就得罚款。从来没打过仗，从来没有。”

“就没有优秀的将领吗？”

“有，有很多。当过步兵学校校长的布雷德利[①]，还有其他不少人。譬如闪电将军乔[②]就是很棒的一个，非常了不起。”

“他是谁？”

“曾经指挥我所在的第七军团。他思维清晰，作战迅速，指挥准确。现在是参谋长。”

“我们常听说的那些伟大将领，诸如蒙哥马利[③]元帅和巴顿将军，他们是什么样的人？”

“忘了他们吧，女儿，蒙蒂这个人只有在十五比一的绝对优势下才肯出击，而且还拖拖拉拉。”

“我一直认为他是个杰出的统帅。”

“他不是，”上校说。“最糟的是他本人清楚这一点。我曾亲眼看见他走进一家旅馆，脱下军服，穿上引人注目的衣服，在晚上出来鼓动老百姓。”

“你不喜欢他？”

“不。我只把他看作一个英国将军，随它是什么意思。你别再说什么‘杰出的统帅’了。”

---

① J. 布雷德利（1813—1981），美军将领。1943 年任第二兵团司令，在北非战役中迫使 25 万轴心国军队投降，1944 年 6 月参加诺曼底登陆，同年晋升为美国第 12 集团军司令。

② 即劳顿 · 柯林斯（1896—1987），第二次世界大战中任美军第七军团参谋长，以英勇善战闻名，在诺曼底登陆战役中指挥出色，1945 年晋升为中将。

③ B. L. 蒙哥马利（1887—1976），英国陆军元帅，第二次世界大战中盟军指挥官之一，他坚持在每次出击前，在人力、物力上作好充分准备。

“但是他打败了隆美尔将军。”

“是的。可你难道以为就没别人先削弱了隆美尔的力量吗？况且十五个对一个，谁打不赢？当年我们在这儿打仗的时候，团长和我还是小伙子，我们打了整整一年胜仗，以三四倍的优势兵力对付敌人，每次都赢。打过三次大恶仗。正因为如此，我和团长总是爱说说笑话，一点儿不严肃。我们打了胜仗，可那年也死了十四万人，为此，我们虽然会愉快地说笑，却从不骄傲自负。”

“如果这也是一门可研究的学问，那是多么悲伤的学问啊，”姑娘说。“我痛恨那些战争纪念碑，虽然我敬重阵亡的将士。”

“我也不喜欢纪念碑，不喜欢导致纪念碑建造起来的过程。你看到了这件事的结果吗？”

“没有。不过我很想知道。”

“还是不知道的好，”上校说。“快吃牛排吧，要不就凉了。真抱歉，我又扯到了自己的职业。”

“我既恨它又爱它。”

“我相信我们俩的感情相同，”上校说。“不知那位跟我们隔着两张桌子的麻脸同胞在想什么？”

“想他打算写的下一本书，要不就在想《贝德克尔指南》里关于某件事是怎么说的。”

“吃完饭我们要不要坐凤尾船乘风兜一圈？”

“那一定很有趣。”

“我们离开时要不要和那个麻脸打声招呼？我想他的心和灵魂，或许还有他的好奇心，都长满了麻点。”

“我们什么也别对他说，”姑娘说。“如果我们想说什么，团长都可以向他转达。”

接着，她就一心一意地吃起牛排来，过了会儿问道：“人们说男人过了五十，脸上就有自己生活的痕迹，你觉得这么说对吗？”

“我希望不是，因为我不愿意在自己脸上留下标记。”

“你啊，”她说，“你。”

“牛排还行吗？”上校问。

“好极了。你的小牛肉片怎样？”

“很嫩，调味汁也不甜腻。牛排的配菜你喜欢吗？”

“花椰菜很脆，挺像芹菜。”

“我们本该要些芹菜。可我想这儿不会有，要不团长会端上来的。”

“我们不是吃得挺高兴吗？要是我们俩总能在一块吃饭就好了。”

“我跟你提过这个建议。”

“还是别说这个了。”

“好吧，”上校说。“我也做了一个决定。我打算从军队退职，在这个城市住下来，靠我的退休金过简朴的日子。”

“这太好了。你穿着普通人的衣服会是什么模样呢？”

“你见过。”

“我知道，亲爱的。我只是说着玩。你有时也开玩笑，还挺粗鲁。”

“我穿上那种衣服一定不错，不过你们这儿得有好裁缝。”

“我们这儿没有，可罗马有。我们可以一块开车去罗马做衣服，对吗？”

“对，我们可以住在城外的维泰博，只在晚上进城去试衣服、吃晚饭，夜里就开车回到住处。”

“我们会遇到那些电影演员，坦率地谈谈我们对他们的印象，说不定还会和他们一起喝一杯，是吗？”

“我们会遇见不计其数个。”

“我们能看见他们第二次或第三次结婚吗？能看到教皇为他们祝福的仪式吗？”

“如果你对那些仪式心向往之，那就能。”

“我不向往，”姑娘说。“这也是我不跟你结婚的一个原因。”

“我明白了，”上校说。“谢谢你。”

“但是我爱你，无论那意味着要付出什么，你和我都很明白那意味着什么，不管我们活着还是死去，我永远爱你。”

“我不认为你死了以后还能爱，因为你自己已经不存在了，”上校说。

他开始吃洋蓟，一次拿一片，把厚实的一端往深盘子里蘸着醋油。

“我不知道你能不能，”姑娘说。“但我要尽力。你不觉得有人爱你更好吗？”

“是的，”上校说。“我觉得自己好像站在一个光秃秃的小山上，满山都是坚硬的岩石，无法挖掘掩蔽工事；山上没有突起的石壁，也没有隆起的山坡，可是突然间我不再暴露在光天化日之下，我浑身都有了盔甲。附近没有 88 口径的大炮。”

“你该把这些告诉我们那位满脸都是月球陨石坑的作家朋友，他今晚就会把它写进书里。”

“我该把这些讲给但丁听，如果他还在的话，”上校说着，突然变得粗鲁起来，犹如受到风暴侵袭的大海。“我要告诉他，在这种情况下，如果把我转移到或是抬到一辆装甲车里，我会怎么做。”

正在这时，阿尔瓦里托男爵走进了餐厅，他用目光寻找着他们。他是个猎人，很快便发现了他们。

他走到桌子前，吻了吻雷娜塔的手，说：“你好，雷娜塔。”他算得上是个高个子，一身城里人装束，显得身材很匀称，在上校认识的人中，他是最腼腆的一个。他显得腼腆并不是由于无知，也不是因为心绪不宁或是有什么缺陷，而是生性如此，就像某种动物，譬如非洲紫羚羊，你永远也不会在丛林中见到，必须带着猎狗才能寻到它的踪迹。

“上校，”他笑着说，只有真正腼腆的人才这么笑。

这不是自信者毫不拘束的微笑，也不是心怀恶意者那种不易消失的奸笑，它和妓女或政客那种故作姿态、有所企图的假笑毫不相干。这是一种奇特而少见的笑，它比一口井还深，来自与最深的矿层一样深的幽深处，它就在那里。

“我只能待一会儿。我是来告诉你，现在看起来正是打猎的好时机。野鸭从北面黑压压地飞过来一片。有很多大个头的鸭子，是你喜欢的那种，”说着他又笑了。

“坐下吧，阿尔瓦里托，请坐。”

“不坐了，”阿尔瓦里托男爵说。“如果你愿意，我们两点半在停车库见面，你自己有车吗？”

“有。”

“太好了，我们就在两点半出发，傍晚时分还有段时间能看见野鸭。”

“好极了，”上校说。

“再见，雷娜塔，再见，上校。两点半见。”

“我们从小就认识，”姑娘说。“他大约比我大三岁。他一生下来就显老。”

“是的，我知道。他是我的好朋友。”

“你觉得你那位同胞在《贝德克尔指南》里找到他了吗？”

“我无法知道，”上校说。“团长，”他问道。“我那位不同凡响的同胞在《贝德克尔指南》里找到男爵家族了吗？”

“说实话，上校。我没看见他吃饭时拿出过那本书。”

“给他打满分，”上校说。“瞧，我相信瓦尔波里切拉这种酒还是新鲜些的好。它不像那些名酒[①]，如果装瓶以后长久存放，只会产生沉淀。你同意吗？”

“我同意。”

“那该怎么办呢？”

“上校，你知道，大旅馆里的酒卖得贵。你在‘里茨’弄不到比纳尔德酒。我建议你去买几坛好葡萄酒。你可以说那是雷娜塔伯爵小姐庄园上产的，是送你的礼物。然后我再为你把酒装进玻璃瓶内，这样，我们既有了好酒，又省了钱。如果你愿意，我可以对经理解释一下。他是个很好的人。”

“跟他解释一下吧，”上校说。“他不是个只认商标喝酒的人。”

“就这样办。”

“你现在先喝这个，你知道，这也不错。”

“是不错，”上校说。“可比不上‘钱伯尔登’。”

“我们当年常喝什么？”

“什么都喝，”上校说。“不过现在我得讲究点，或者说得确切些，不是一味讲究，而是根据口袋里有多少钱来决定。”

“我也想讲究些，”团长说。“可是完全徒劳。”

“最后一道菜你们想上什么？”

“奶酪，”上校说。“你想要什么，女儿？”

---

① 原文为法文。

姑娘自从看见阿尔瓦里托以后就有些沉默。她的脑子里在想着什么事。她的思维十分清晰，只是暂时分神没有注意他们的交谈。

“奶酪，”她说。“请上奶酪。”

“哪种奶酪？”

“都拿上来，让我们看看，”上校说。

团长离开后，上校问道：“你怎么了，女儿？”

“没什么。一点都没什么。我一直好好的。”

“你最好别再这么走神了，我们可没有多少时间这么奢侈。”

“是的，我同意。我们专心吃奶酪吧。”

“我不必把它当成玉米棒子芯吧？”

“不，”她说。她不懂这句口语，但却准确地理解了它的含义，因为她一直在想着这件事。“把你的右手放到口袋里去。”

“好，”上校说。“我放。”

他把右手放进口袋，碰到了那样东西。他先用指尖摸摸它，后来又用手指摸，最后用残废了的手掌摸着它。

“请原谅，”她说。“现在我们又开始享受快乐的时光。我们要满心欢喜地好好享用奶酪。”

“好极了，”上校说。“不知道他们有些什么奶酪？”

“给我讲讲你最后那次打仗的事，”姑娘说。“然后我们迎着寒风去乘凤尾船。”

“那不太有趣味，”上校说。“当然，对我们来说，这种事总是有趣的。不过，这次战争中只有三个，或许是四个阶段真正使我觉得有兴趣。”

“为什么？”

“因为我们是同遭到重创的敌人作战，他们的通讯已被破坏，官方报纸说我们歼灭了几个师，可那是徒有虚名的师。根本不是真正的师。他们还没来得及迎战，就被我们的战术航空机消灭了。只有在诺曼底作战时困难重重，因为地势对我们不利。我们要为乔治·巴顿的装甲部队顺利通过打开一个突破口，并坚守在突破口两侧。”

“你们是怎样为装甲部队攻下突破口的？请给我说说。”

“首先要攻占一座叫圣洛的城市，那是通往四面八方主要干道的咽喉，然后再占领周围的城镇和农村，以确保交通畅通。敌人有一条主要防线，可是他们无力调遣兵力集中反击，因为我们的战斗轰炸机把他们堵截在半途中。你听得腻味吗？我可觉得厌烦透了。”

“我不觉得厌烦，我以前从没听人说得这么明白。”

“谢谢你，”上校说。“你当真想多了解些可怕的实情吗？”

“请说下去，”她说。“我爱你，你知道，我想跟你一起分担。”

“没人能为别人分担这种行当，”上校告诉她。“我只是在给你说这些事的过程。我可以在叙述中穿插些事例，让你听起来觉得有点趣味，觉得真像那么回事。”

“那就请加上些吧。”

“攻占巴黎实在算不了什么，”上校说。“只是一次感情上的经历，而不是正规的军事行动。我们打死了一些打字员，捣毁了几处德国人留下的掩蔽工事，他们在撤退时总是用这些工事做掩护。我猜测，那些德国人认定今后不会再需要那么多文职办公人员，因此把他们留下当士兵使用。”

“难道攻占巴黎不是一件伟大的事吗？”

“勒克莱尔①手下的人，还有其他一些三、四流的蠢货，打了

① 勒克莱尔·德·奥特克洛克（1902—1947），法国将军和战斗英雄，1944年参加诺曼底登陆，同年8月与戴高乐胜利进入巴黎，曾获“巴黎解放者”的荣誉。

许许多多发子弹以显示这次行动了不起，那些子弹全都是我们供给的。实际上没什么了不起。为了庆祝他们的死，我曾喝过一大瓶1942年产的佩里埃-儒埃。”

“你参加战斗了吗？”

“是的，”上校说。“我可以毫不含糊地说，是的。”

“这件事没给你留下刻骨铭心的印象吗？不管怎么说，那是巴黎，并不是每个人都占领过它。”

“法国人自己在四天前就占领了它。但是我们称之为SHAEF的盟军最高司令部却有一个伟大的计划。这个司令部包括后方所有的军事政治家，他们佩戴着画有火焰图案的徽章，而我们徽章上则是四叶红花草，这既作为标识，也为了祈求好运气。这个宏大计划中的重要一项就是包围这座城市。因此，我们不能轻率地攻下它。

“同时我们还在等待可能到来的伯纳德·劳·蒙哥马利将军或元帅，他没能堵住法莱斯①的突破口，因此向前挺进十分困难，最终没有按时到达。”

“你们一定盼着他来，”姑娘说。

“哦，是的，”上校说。“极其盼望。”

“难道真的没有崇高的或者真正令人高兴的事吗？”

“当然有，”上校对她说。“我们从巴默东打起，接着抵达圣克鲁门，穿过那些我所熟悉和喜爱的街道向前挺进，我们的人一个也没死，我们还尽量不使城市遭到破坏。我们在星辰饭店抓获了埃尔莎·马克斯韦尔②的男管家。那是一次非常复杂的行动。有人告发

---

① 法国西北部卡尔瓦多斯省集市城镇，1944年盟军收复法国时曾在该地激战，后因此而闻名。

② 埃尔莎·马克斯韦尔（1883—1963），美国报刊撰稿人、社会名流，以在上流社会频频举办社交聚会而闻名。

他是日本人的杀手。实在是件新鲜事。据说几个巴黎人就是被他杀死的。于是我们派了三个人，爬上他隐蔽藏身的屋顶去抓他，后来才弄清他是个印度支那青年。”

“我开始有点儿明白了。可是这令人觉得沮丧。”

“那些事总是令人沮丧。不过，你不必对我们这个行当的事情动真情。”

“难道你认为，在大战略家的时代也是如此吗？”

“我确信还要糟。”

“但是你的手受了伤很光荣，对吗？”

“是的，非常光荣。是在一个寸草不生的山冈上受的伤。”

“让我摸摸它，”她说。

“小心手心那儿，”上校说。“它被射穿了，伤口一直裂着。”

“你应该把它写下来，”姑娘说。“我是认真说的。这样可以让不少人了解这些事情。”

“不，”上校表示不赞同。“我没有这方面的才能，再说，我知道的事情太多。任何善于编造的作家都会比亲身经历者写得更令人信服。”

“可是有些军人却写了。”

“是的，萨克森伯爵[1]，腓特烈大帝[2]，苏秦先生[3]。”

“还有我们时代的。”

“你很顺口就用了‘我们’这个词。不过我喜欢。”

“许多当代的军人不也写了吗？”

---

① 萨克森伯爵（1696—1750），法国将军和军事理论家，著有战争学著作《我的梦想》。

② 腓特烈大帝（1712—1786），普鲁士第三代国王，在摧毁神圣罗马帝国方面起过主要作用，著有论文《反对权术主义》。

③ 中国战国时期的政治家和战略家。

“是有许多。可是你读它们吗？”

“不读。我读的书大部分是古典作品，也读画报中的社会丑闻。还有你的信。”

“把信烧了，”上校说。“它们毫无价值。”

“求你，别这么粗鲁。”

“我不了。能讲些什么使你不厌烦的事儿呢？”

“说说你当将军的事吧。”

“噢，这个，”他说，向团长打了个手势，要他拿瓶香槟来。他要的是1942年产的罗德雷牌的，他喜欢这种酒。

“那时当将军的住在一个活动房里，他的参谋长也住在活动房里。将军有波旁威士忌，而别人则没有。将军手下的处长们住在指挥所里。我本可以跟你讲讲他们，但你会觉得枯燥无味，我还可以告诉你有关一处，二处，三处，四处和五处①的事情，德国佬那边还有六处，可是这些都会使你听了心烦。此外，将军还有一张罩着塑料布的地图，那上面标着三个团的所在位置，每个团由三个营组成，这些全用色笔标出。

“图上还标出了各种分界线，这样各营在规定区域以外活动时，就不会彼此误伤。每个营有五个连，各个连应该都是优秀的，可实际上有好的也有差的。将军手下还有师属炮兵营、坦克营和许多后备部队。地图上的那些坐标反映了他的全部生活。”

团长来为他斟罗德雷牌的香槟时，他停了一下。

“集团军，”他没好声气地把这个词译成了意大利语，“cuerpo d’ Armata 指示你该干什么，然后你得决定如何去干。你口授命令，但大多数情况是通过电话传达。你把你器重的那些人折磨得要

---

① 分别代表人事处、情报处、训练作战处和后勤处等。

死，逼他们去做显然无法做到的事，但这是命令。为了执行命令，你不得不费尽心思，每天起早摸黑地干。”

“你就不想把这些写出来吗？即使只为了让我高兴？”

“不，”上校说。“那些敏感而又狂热的年轻人，只参加了一天或三、四天战斗，以后就凭着初步的印象写起书来。那些书写得不错，里面的事也有根有据，不过要是你自己打过仗，你就会觉得那些书枯燥无聊。另外一些人根本没打过仗，却靠写书发了横财。他们跑到后方去发布战地消息，这些消息几乎没有一个准确，但是却传播得很快。那些待在后方的职业作家，从来没去过前线，对打仗的事屁也不懂，可写起书来却好像他们经历过枪林弹雨。我不知道该把这种罪行归入哪一类。

“还有一个相当油滑的海军上尉，连单桅帆船都不会指挥，却写了大战的内幕情况。每个人或迟或早都有可能写书。我们也许会读到一本好书。可是我不写，女儿。”

他做了个手势，示意团长给他斟酒。

“团长，”他说。“你喜欢打仗吗？”

“不。”

“可是我们打过仗。”

“是的。打过很多。”

“你身体怎样？”

“除了溃疡和心脏稍微有些不适外，一切都很好。”

“哦，”上校说，感到心脏直往上悬，喉头一阵窒息。“你只对我说过有溃疡。”

“现在你知道了，”团长说，还没说完脸上就露出了他那特有的明朗可亲的笑容，那笑容同太阳升起一样实在。

“发作过多少次？”

团长伸出两个手指，就像一个人很有信心地进行猜测时会做的那样，也像是在默不出声地打赌。

“我比你领先了点，”上校说。“不过我们都别被它吓倒。问问唐纳·雷娜塔，是不是还想要点这么好的葡萄酒。”

“你没告诉我你又发过病了，”姑娘说。“你应该告诉我。”

“自从我们上次见面以来，我身体一直好好的。”

“你不觉得这是因为我的缘故吗？如果真是这样，我就过来跟你在一起，照顾你。”

“只不过是一块肌肉出了点差错，”上校说。“一块主要的肌肉。它工作正常，就像劳力士牌的蚝型表一样准确完好，恒久不变，令人头疼的是，当它发生故障时，你却无法送它到代理商那儿去修理，它何时停止工作，你也不知道，因为你死了。”

“请别再说了。”

“是你问我的，”上校说。

“那个像漫画里画的麻脸呢？他没有这种病吗？”

“当然没有，”上校告诉她。“假如他是个平庸的作家，他会长生不老。”

“可你不是作家。你怎么知道这些？”

“对，”上校说。“这是上帝的恩惠。可我也读过一些书。当我们没结婚时，总有很多时间读书。读过的书或许没有一个国家的商船那么多，但也不少。我能把一种作家同另一种作家区分开，我可以告诉你，平庸的作家总是长命百岁。他们应该领取长寿奖金。”

“你能跟我说些逸闻趣事吗？别再提那些事了，我听了心里很难受。”

“我能跟你说上几百件。件件属实。”

“只要告诉我一件。然后我们把酒喝完去坐凤尾船。”

“那样你不会觉得冷吗？”

“哦，肯定不会。”

“我不知道该给你讲什么，”上校说。“有关打仗的每件事，在没打过仗的人听来，总会觉得没意思。除非编些骗人的故事。”

“我想听听攻占巴黎的事。”

“为什么？是因为我曾说过，你很像玛丽-安托瓦内特[1]在囚车里的样子吗？”

“不，那可是对我的抬举。我知道我和她的侧面有点儿像，但我从没坐过囚车。我喜欢听攻打巴黎的事。当你爱上了一个人，而他又是你心目中的英雄时，你就想知道跟他有关的所有事情和地方。”

“请把你的脸侧过去，”上校说。“我讲给你听。团长，那只可怜的瓶子里还有酒吗？”

“没有了，”团长答道。

“再拿一瓶来。”

“我已经冰好了一瓶。”

“很好，拿上来吧。现在接着说，女儿。我们在克拉马特和勒克莱尔将军的部队分手，他们向蒙特鲁日和奥尔良门进军，我们直接向巴默东挺进并且保护圣克鲁门的桥梁。这样说太专业化了，你不觉得枯燥吗？”

“不。”

“有张地图看着讲就更好。”

“继续说吧。”

---

① 玛丽-安托瓦内特（1755—1793），法国国王路易十六的王后，后被处死于断头台。

“我们保住了桥梁，在河对岸建了桥头堡，把那些守桥的德国人不管是死是活全都扔进了塞纳河。”他停了一下。“当然，他们只作了象征性的防守。他们本该把桥炸掉。我们把所有的德国人都扔进了塞纳河。我相信，他们几乎都是办公室工作人员。”

“说下去。”

“第二天早上，我们接到报告，说德国人在许多地方加强了防御工事，在芒特-瓦莱里安放置了大炮，坦克在街道上来回巡逻。这些消息有一部分是确实的。上面指示我们不要急于挺进，因为将由勒克莱尔将军攻占这座城市。我执行了这个命令，尽可能以缓慢的速度前进。”

“你是怎么做的？”

“推迟两个小时进攻，喝点香槟；管它是爱国者、通敌者还是热心者送来的，一概收下。”

“难道没有什么伟大恢宏的场面，就像书里描写的那样？”

“当然有，那是城市本身。人们喜气洋洋，年老的将官们穿上存放多年的军服走在马路上。我们也非常高兴，因为不用再打仗了。”

“一点儿也没打过仗吗？”

“只打过三次。都不激烈。”

“攻占这么一座城市，难道只打了三次？”

“女儿，我们从朗布依埃到这座城市一共打了十二次，不过只有两次称得上是打仗。一次在图休勒诺布尔，另一次在勒比克。其余的只不过是一盘菜上的调料。要是不算那两个地方，我根本无需打仗。”

“告诉我一些关于战争的真实情况。”

“对我说你爱我。”

“我爱你，”姑娘说。“如果你乐意，可以在小报[1]上公开发表。我爱你结实挺直的身躯和那双奇特的眼睛，虽然它们发怒时总让我感到害怕。我爱你那只手和其他所有的伤痕。”

“我最好还是讲些好听的事，”上校说。“首先我要告诉你，我爱你，句号。”

“你为什么不买些好的玻璃器皿？”姑娘突然问道。“我们可以一起去一趟穆拉诺。”

“我对玻璃器皿一点也不懂。”

“我可以教你，那很有趣。”

“我们过着动荡不定的生活，不需要好的玻璃器皿。”

“你退职后定居在此地时用得着。”

“我们可以到那时再买。”

“我希望现在就买。”

“就依你。但是明天我要去打鸭子，今天又很晚了。”

“我能和你一起去打鸭子吗？”

“只要阿尔瓦里托肯邀请你。”

“我能让他邀请我。”

“我不太相信。”

“对你女儿的话表示不相信，这可不礼貌，因为她是个成年人了，是不会说谎的。”

“好吧，女儿，我收回刚才说的话。”

“谢谢你。为了这一点，我就不去了，免得添麻烦。我留在威尼斯，和妈妈、姨妈，还有外婆一起去做弥撒，然后去探望穷人。家里就我一个孩子，我要尽很多责任。”

---

① 原文为意大利文。

"我总是纳闷你在做些什么。"

"我做的就是这些。还有，让女仆给我洗头，修手指甲和脚趾甲。"

"你不能做这些了，因为星期天要打猎。"

"那我就放在星期一做。星期天把所有的画报看一遍，包括那些有暴力内容的。"

"那上面或许还有伯格曼小姐的照片。你还希望长得像她吗？"

"再也不了，"姑娘说。"我只希望像我自己，而且还要更好些，我希望你爱我。"

"还有，"她突然毫不掩饰地说，"我希望能像你。今天晚上我能像你一点儿吗？"

"当然能，"上校说。"我们现在在哪座城市？"

"威尼斯，"她说。"我认为它是最好的城市。"

"我完全赞同。谢谢你没再要我讲战争中的事情。"

"哦，不过以后你还必须讲给我听。"

"必须？"上校说，那双奇特的眼睛里闪射出凶狠果敢的光，清晰得如同盖着伪装的坦克炮口直对着你瞄准。

"你是说必须吗，女儿？"

"我说了。但我没有你想的那种意思。或者，如果我说错了，请你原谅。我的意思是以后请你给我讲些真实的情况，要是有我不懂的事，就给我解释一下，行吗？"

"如果你想用'必须'这个词儿，你就用吧，女儿。让它见鬼去吧。"

他笑了，眼睛又像平日一样和善可亲，然而他知道，这双眼睛并不太和善。可他现在对此已无能为力，只有尽量对他最后的、真正的和唯一的爱和善些。

“其实我并不介意，女儿。请相信我。我对发号施令的事很熟悉。在你这个年纪时，我常从发号施令中获得快感。”

“但是我不想发号施令，”姑娘说。尽管她下决心不哭，可眼睛里还是噙满了泪水。“我只想侍候你。”

“我明白。但你也乐意下命令。这没什么错。像我们这种人都会这样。”

“谢谢你说‘像我们这种人’。”

“这么说并不难，”上校说。“女儿，”他又添了一句。

就在这时，门厅总管走到桌子前说道：“对不起，上校。外面来了一个人，我相信，小姐，是您的仆人。他拿着一个大包裹，说是给上校的。我不知该把它放在存放室还是把它送到您的房间去？”

“送到我房间去，”上校说。

“劳驾，”姑娘说。“能不能拿到这儿来让我们看一看？我们不介意有旁人在场，是吗？”

“把它打开，送到这儿来。”

“好的。”

“过后你再小心些把它送到我房间去，重新包好，包得严实点，明天中午我要带走。”

“好的，上校。”

“你因为要看一看它而激动吗？”姑娘问。

“非常激动，”上校说。“团长，请再来瓶罗德雷，端张椅子放在合适的位置，好让我们细细欣赏那幅画像。我们都是绘画艺术的爱好者。”

“没有冰镇的罗德雷了，”团长说。“如果您愿意要点佩里埃-

儒埃——”

“拿来吧，”上校说。接着又添了一句：“劳驾。”

“我不会像乔治·巴顿那样讲话，”上校说。“我认为没必要。而且他也死了。”

“可怜的人。”

“是的，他的一生都很可怜，虽然他有很多钱，还有很多装甲坦克。”

“你不喜欢装甲坦克？”

“是的，也不喜欢坐在里面的大多数人。装甲车把人变成了恃强凌弱者，这是走向怯懦的第一步；我说的是真正的怯弱。或许这是难以理解的自闭恐怖症。”

然后他看了看姑娘，笑了。他后悔对她说了她无法理解的事，就像把一个在海滩浅水区游泳的人拉进了深水区；他想竭力消除她的疑惑。

“原谅我，女儿。我说的许多话都不公正。但是比起你在那些将军回忆录里读到的东西却要真实得多。当一个人获得一颗或更多的星以后，真理对于他便难以企及，如同我们的祖先难以找到圣杯一样。”

“可你也当过将军啊。”

“时间并不长，”上校说。“那些上尉们，”这位前任将军说，“他们知道确切的真理，而且多半能讲给你听。如果他们不能，你可以把他们撤离岗位。”

“要是我撒谎，你也要把我撤走吗？”

“那要看你撒的什么谎。”

“我在哪方面都不想撒谎。我不愿意被撤走。这事听起来挺可怕。”

“是的，”上校说，“你把他们送走，让他们带上十一份不同的文件，那上面写着撤职的原因，每一份上都有你的签名。”

“你撤过很多人的职吗？”

“相当多。”

门厅总管拿着一幅镶在大画框里的画像走进餐厅，他那模样很像一条张着大帆的船。

“拿两张椅子来，”上校对二等侍者说，“放在这儿。小心别碰着画布。扶着画框，别让它滑下来。”

然后他对姑娘说，“我们得换只画框。”

“我知道，”她说。“这只不是我挑的。你别要这只画框，下星期我们去选只好的。现在看看这幅画，别看画框。看看它画得像不像我。”

这是一幅画得很美的肖像，既不冷峻，也不媚俗，不追随传统程式，也不模仿现代派。如果丁托列托还活着，你就希望他用这种方法画你的姑娘，如果他不在了，你就会找委拉斯开兹[①]画。但这幅画也不是他们俩的风格。它就是一幅纯粹的光彩照人的肖像画，在我们这个时代，有时能够见到这样的画。

“太美了，”上校说。“确实非常可爱。”

门厅总管和二等侍者扶着画，也从画框的两边侧着身子看。团长对画赞叹不已。隔着两张桌子的美国人也在看，用他那双新闻记者的眼睛审视着，想弄清是谁画的画。画像的背面对着其余的就餐者。

“太妙了，”上校说，“这样的东西可不能送给我。”

“我已经送了，”姑娘说，“我肯定我的头发从没长得盖

① D. 委拉斯开兹（1599—1660），西班牙著名画家。

过肩。”

“我认为很可能这么长过。”

“假如你喜欢，我要尽力把它留得这么长。”

“试试吧，”上校说。“你这个美丽绝伦的人儿。我非常爱你，你和画像上的你。”

“假如你愿意，可以把这话讲给侍者们听。我肯定他们绝不会感到震惊。”

“把画拿到楼上我的房间去，”上校对门厅总管说。“非常感谢你把画拿到这儿来。如果价钱合适，我准备买下它。”

“价钱公道，”姑娘对他说。“我们能否请他们把画连椅子一块儿往那边挪挪，让你的同胞好好观赏一下？团长可以告诉他画家的地址，他还能去画室参观。”

“这幅肖像实在太美了，”团长说。“不过应当送到房间里去。不该让罗德雷或佩里埃-儒埃来评论。”

“拿到我的房间去，劳驾了。”

“你说‘劳驾了’前面该停顿一下。”

“谢谢你，”上校说，“我被这幅画深深地打动，不能完全为自己说的话负责了。”

“让我们都不要负责。”

“我赞成，”上校说。“团长是个非常负责的人。他一直如此。”

“不，”姑娘说。“我认为他那样说不单是出于责任心，而且也出于某种恶意。在这个城市里，我们每个人都免不了有心怀恶意的时候。我想他也许不愿意那个人用记者的眼光审视幸福美好的东西。”

“管它是什么呢。”

“我从你那儿学会了这句话，现在你又从我这儿学了回去。”

“事情常常如此。”上校说，“你在波士顿赚到的，在芝加哥失掉。”

“我一点也不懂这话。”

“解释起来太难了，”上校说。接着又说道，“不，当然不是这样。把事情弄明白是我的主要职责。让太难解释这种鬼话滚一边去。我的意思是，这就像职业足球赛，足球[①]，你在米兰赢了，却在都灵输了。”

“我不怎么喜欢足球。”

“我也是，”上校说。“尤其不喜欢陆军队和海军队的比赛；那些职务很高的高级军官总喜欢说些美国足球术语，这样他们就彼此都明白在谈些什么。”

“我想今晚我们会过得很愉快。即使在这种情况下，无论会发生什么。”

“我们要不要把这瓶刚拿来的酒带到船上去？”

“要，”姑娘说。“不过得带那种深的酒杯。我会告诉团长。我们去拿了外衣就走。”

“好，我吃点药，再签一下账单，随后就走。”

“我真希望能代替你吃药。”

“我很庆幸不是这样，”上校说。“我们是自己去挑一只凤尾船呢，还是让他们去叫一只到码头上来？”

“让我们试试运气，就请他们叫艘船到码头来。我们会有什么损失吗？”

“我猜不会。大概什么也不会。”

---

① 原文为意大利文。

第十三章

他们走出旅馆的边门，来到码头上，一阵风朝他们迎面刮来。从旅馆里射出的灯光照亮了凤尾船漆黑的轮廓，把水映成了绿色。它看上去多美，就像一匹骏马或是一艘赛艇，上校想。我以前怎么就没留意过凤尾船呢？是什么样的手和眼睛建造出如此匀称有致的形体①？

“我们到哪儿去？”姑娘问道。

她站在码头上，身旁停泊着一只黑色的凤尾船。风把她的头发吹得往后直飘，从旅馆门窗里射出的灯光照耀着她，使她看上去像一尊立在船头的塑像。处处都像，上校想。

“我们乘船穿过公园，”上校说。“或者掉头穿过博伊斯，让他把我们送到阿尔梅诺维莱。”

“我们去巴黎吗？”

“行啊，”上校说。“告诉他带我们往最容易行驶的地方划一小时。我不想让他顶着风划。”

“由于风大，水位涨高了不少，”姑娘说。“我们要去的一些地方恐怕过不了桥。我能告诉他上哪儿去吗？”

“当然，女儿。”

“把冰桶放到船上，”上校对出来送他们的二等侍者说。

“团长嘱咐我在您上船时告诉您，这瓶酒是他送您的礼物。”

“好好谢谢他，告诉他不必这样。”

“他最好先顶着风划一会儿，”姑娘说。“然后我就知道该上哪儿去了。”

“团长让我送来这个，”二等侍者说。

这是一条折好的美国军需部发的旧毛毯。雷娜塔正跟船夫说着话，她的头发随风飘拂。船夫身穿一件厚厚的藏青色绒衫，没有戴帽子。

“谢谢他，”上校说。

他往二等侍者手里塞了张纸币，侍者把它推还给他。“您已经在账单上付了小费。您和我以及团长现在都没有挨饿。”

“你的妻子和孩子都好吗？”

“我没有妻子和孩子。你们的中型轰炸机炸毁了我在特里维索的房子。”

“真对不起。”

“您不必道歉，”二等侍者说。“您是步兵，跟我一样。”

“请允许我表示歉疚。”

“好的，”二等侍者说。“可那又有什么区别？祝你快乐，上校。也祝你快乐，小姐。”

他们上了凤尾船，像往常一样，轻巧的船身起了一阵晃动。他们立即挪动了一下位置，使船在黑暗中保持平衡。船夫开始划桨，将船身稍稍偏向一侧，以便控制，这时船才真正平稳下来。

“现在，”姑娘说。“我们到家了，我爱你。请你吻吻我，要用全部的爱。”

上校把她紧紧搂进怀里，她的头微微朝后仰，他不停地吻着她，直到把一切抛置脑后，只留下不顾一切的狂热。

---

① 这句话套用了英国诗人威廉·布莱克（1757—1827）的诗《老虎》中第一节的第三、四行。

“我爱你。”

“不管这是什么意思，”她打断了他。

“我爱你，我知道这究竟是什么意思。画像很美。但是找不出一个词来形容你。”

“性子野？”她问。“还是粗心大意，或者不整洁？”

“不。”

“最后那个词是我从家庭教师那儿最早学来的。意思是说你的头发没梳整齐。晚上没把头发梳一百下就是疏忽大意。”

“我想用手抚弄它，把它弄得更乱。”

“用那只受伤的手？”

“是的。”

“那我们坐的位置反了。换一下。”

“好，这个命令很合理，而且表达简洁明了。”

调换位置是件挺有趣的事，他俩小心不让游船失去平衡，可后来还是又小心地调整了一下位置。

“好了，”她说。“用另一只手臂紧紧抱住我。”

“你知道你想要什么吗？”

“当然知道。这样说是不是不像个姑娘？‘不像个姑娘’这个词也是从家庭教师那儿学来的。”

“不，”他说。“这样说很可爱。把毯子拉好，别让风吹着。”

“风是从高山上吹来的。”

“是的，在高山那一边，是从别的更远的地方刮来的。”

上校听见波浪的拍击声，感觉到刺骨的冷风和毛毯那熟悉的粗糙质地，也感觉到姑娘温暖美妙的身体。他用左手轻轻摸着她隆起的胸部，然后用那只受过伤的手抚弄她的头发，一次，二次，三次。接着又亲吻她，这次比不顾一切还厉害。

“请停一停，”她说，声音几乎是从毯子底下发出的。“现在让我来吻你。”

“不，”他说。“让我再吻你。”

风儿很冷，一阵阵从他们脸上吹过。但是毯子底下没有风，什么也没有，只有他那只残废的手，在两岸陡峭的大河里搜寻着岛屿。

“在这儿，”她说。

他吻了她，寻找着岛屿，找到了，又失去了，后来终于永久地找到了。管它是好是坏，他想，永久和一切。

“我的宝贝，”他说。“我亲爱的，来。”

“不，要紧紧地抱住我，也紧紧地守住这隆起的地方。”

上校什么也没说，他正在干一件事，或者说在实施一次行动，除了男人偶尔的勇敢之外，这是他所相信的唯一一件神秘的事。

“请别动，”姑娘说，“然后再使劲儿动。”

上校继续着；他在风中躺在毯子里，心里明白：除了为祖国所做的那些事情外，这是他作为男人保留着的唯一一件能为女人做的事，无论你怎样评价。

“请别，亲爱的，”姑娘说。“我想我受不了了。”

“什么都别想，完全不要想。”

“我不想。”

“别想。”

“哦，请别说话。”

“这样好吗？”

“你知道。”

“你肯定知道。”

“哦，请别说话，别说。”

对，他想。来，再来一次。

她没有说话，他也没出声。这时，一只大鸟从凤尾船关着的窗户外远远飞过，一下就消失了，看不见了；他们什么也没说。他用那只健全的手臂轻轻搂着她的头，用另一只手臂搂着隆起的地方。

“请把它放在该放的地方，”她说。“你的手。”

“这样行吗？”

“不。只要紧紧地抱住我，努力真心地爱我。”

“我真心地爱你，”他说；就在这时，凤尾船向左拐了个急弯，风吹在他的右脸颊上，拐弯时，他那双有经验的眼睛望见他们拐过的一幢宫殿的轮廓，他指给她看，说道：“你现在是背风，女儿。”

“但是这太快了。你知道一个女人的感觉吗？”

“不知道。只知道你告诉我的。”

“谢谢你说的‘你’，不过你真的不知道吗？”

“是的。我从没问过，我想。”

“现在猜一下，”她说。“等我们过了第二座桥时再说。”

“喝一杯这个，”上校说，伸出手准确地够到了装着冰镇香槟的木桶，取出香槟，开了瓶塞。团长已经事先开了瓶盖，又在瓶口塞了一只普通的塞子。

“这对你有好处，女儿。这对我们所有的病都有好处。对一切忧郁症和犹豫不决都很管用。”

“这些病我都没有，”她说，尽量按照家庭教师教她的语法规则说话。“我只是个女人，或者说是个姑娘，或者随便是个什么人，做了她不该做的事。来，让我们再来一次。我现在是背风。”

“现在岛屿在哪儿？在哪条河里？”

“你在做探索呢。我还是一片陌生的国土。”

“并不完全陌生，”上校说。

“请别这么粗鲁，”姑娘说。“请温和些进攻，像上次一样。”

“这不是进攻，”上校说。“这是另一种事。”

“管它是什么，管它是什么，只要现在我是背风。”

“好吧，”上校说。“好，只要你愿意，或者受得住温和的进攻。”

“来吧，就这样。”

她说话时像只温驯的猫，尽管那些可怜的猫不会说话，上校想。接着他就不再想了，很长时间他都没再想什么。

凤尾船这时驶进了一条支流河道。当它拐弯从大运河驶出来时，被风吹得朝一侧猛烈倾斜，船夫只得把整个身体的重量压向另一侧船舷。上校和姑娘也在毯子底下朝另一侧移动，寒风从毯子边上往里直灌。

他们俩很长时间都没说一句话。当他们驶过最后一座桥时，上校注意到游船顶部与桥洞之间只有几英寸的空隙。

“你感觉好吗，女儿？”

“我非常好。”

“你爱我吗？”

“别再问这么傻的问题。”

“水位已经很高了，我们刚刚勉强过了最后一座桥。”

“我知道该往哪儿走。我是这里出生的。”

“我在自己的家乡有时就认错路，”上校说。“生在这儿可不能代替一切。”

“但是很管用，”姑娘说。“这你也知道。请把我抱得再紧些，这样我们就能成为彼此的一部分，哪怕只一小会儿。”

“我们可以试试，”上校说。

"我能成为你吗？"

"这个问题太复杂了。当然，我们可以试试。"

"现在我是你了，"她说。"我刚刚攻下巴黎。"

"天哪，女儿，"他说。"你现在手头有一大堆头疼的事要处理。接下来还要集结二十八师接受检阅。"

"我不管它。"

"我得管。"

"他们不好吗？"

"那还用说。他们的指挥官也很好。但他们是国民警卫队，运气不好。这是一支被称作'绝密'的部队，但是那些绝密往往从随军牧师口中泄露出来。"

"这些事我一点儿也不懂。"

"它们不值得解释，"上校说。

"你能告诉我一些攻占巴黎的真实情况吗？我非常想听，每当我想到你攻打过它，我就觉得我正跟内伊元帅[①]一起坐在这条船里。"

"这可不是件好事，"上校说。"不论怎么说都不是，特别是他撤离俄国那个大城市[②]时打了许多后卫仗之后。他在一天之内常常要打十次、十二次、十五次仗。或许还更多。后来他连人都认不出来了。请不要跟他同坐在任何一条游船里。"

"他一直是我心目中的大英雄。"

"是啊。也曾是我的。直到卡特勒-布拉战役[③]为止，也许不是卡特勒-布拉战役。我的脑子不行了。就统称为滑铁卢战役吧。"

---

① 米歇尔·内伊（1769—1815），拿破仑手下最著名的元帅，以骁勇善战著称。

② 指莫斯科，内伊在1812年随拿破仑远征俄国，法军自莫斯科撤退时，任后卫部队指挥。

③ 布鲁塞尔通往沙勒罗瓦公路上的一个地方，滑铁卢战役的前两天，法军元帅内伊曾在此击败英军。

"他在那儿干得很糟吗？"

"糟透了，"上校告诉她。"忘了这事吧。他从莫斯科撤退时，一路上打了不计其数的后卫仗。"

"但是人们都称他为勇敢者中最勇敢的。"

"你不能靠这个过活。你得永远是勇敢者中最勇敢的，而且还得是机敏者中最机敏的。同时你还需要充足的军械供给。"

"给我讲讲巴黎吧，求你。我们不能再做爱了，我知道。"

"我不知道。谁说的？"

"我说的，因为我爱你。"

"好吧。你说的，你爱我。那么就让我们用行动表示吧。让不能见鬼去吧。"

"你认为我们能再来一次吗？不会伤着你吗？"

"伤着我？"上校说。"我什么时候被伤着过？"

第十四章

“请你别使性子，”她说，一边为他们俩拉好毯子。“跟我一起喝一杯这个。你知道你已经被伤着了。”

“确实，”上校说。“让我们忘记它。”

“好，”她说。“我从你那儿学会了那个词，或者那两个词。我们已经把它忘了。”

“你为什么喜欢这只手？”上校问，把手放到该放的地方。

“请你别装成一副蠢样儿。让我们什么也别想，什么也别想，什么也别想。”

“我是犯蠢，”上校说。“不过我什么也不去想，不去想，不想什么，连明天也不想。”

“要做个好心的温和的人。”

“我一定会。我还要告诉你，就是现在，一件军事秘密。一件相当于英国最高机密的绝顶秘密。我爱你。”

“这真好，”她说。“你把它说得真好。”

“我也挺好，”上校说，一边留意地看着正朝他们靠近的一座桥。他看出船顶与桥洞之间还有空隙。“这是我引人注意的第一个特点。”

“我总是用错词，”姑娘说。“你要爱我。我希望我能爱你。”

“你做到了。”

“是的，我做到了，”她说。“用我整个身心。”

他们现在顺风而行，他们俩都累了。

“你想——”

“我不想，”姑娘说。

“试着想想，”

“好吧。”

“喝一杯这个。”

“为什么不？这酒真不错。”

是不错，桶里还放着冰，这酒喝上去又凉又清纯。

“我能留在‘格里迪’吗？”

“不能。”

“为什么不能？”

“这不合适。对他们。对你。至于我，就他妈的见鬼去吧。”

“那么我想我该回家了。”

“是的，”上校说。“这个想法很合理。”

“你用这种口气说一件伤心的事，真让人难过。我们就不能再想点别的借口吗？”

“不能。我送你回家，你好好睡一觉，明天我们再碰面，就按你说的时间和地点。”

“我可以往‘格里迪’打电话吗？”

“当然可以。我总是醒得很早。你一醒来就给我打电话吗？”

“是的。但你为什么总醒得那么早？”

“一种职业习惯。”

“噢，我不希望你干这种职业，也不希望你死。”

“我也是，”上校说。“我正准备退职不干。”

“好，”她说，显得困倦而又惬意。“然后我们一起去罗马定做衣服。”

“从此以后幸福地生活。”

“请别这么说，”她说。“请求你，求你，别说。你知道我决定不哭的。”

“你现在就哭了，”上校说。“真见鬼，你做了这个决定，要失去什么？”

“请送我回家吧。”

“这是我首先要做的事，”上校说。

“你首先得温和些。”

“我会，”上校说。

他们，正确地说是上校付了船钱，那个健康敦实的船夫很有礼貌，也很可靠，他知道一切，却装作什么也不知道。随后他们走到了皮亚泽塔，穿过一个冷风飕飕的大广场，踩着广场又旧又硬的路面往前走。他俩紧紧相拥，心头交织着重重悲伤和幸福。

“这就是那个德国人开枪打死鸽子的地方，”姑娘说。

“我们很可能把他打死了，”上校说。“或者打死了他的弟弟。也可能绞死了他。我不知道。我不在犯罪调查处。”

“在这些被水磨蚀过的古老而冰冷的石头上，你仍然爱我吗？”

“是的。我愿意就地摊个铺盖卷证实一下。”

“这可比那个杀死鸽子的人还要野蛮。”

“我本来就野蛮，”上校说。

“并不总是野蛮。”

“谢谢你说‘并不总是野蛮’。”

“我们得拐弯了。”

“我想我知道。他们打算什么时候把这讨厌的电影院拆掉，建一座真正的大教堂？这是五纵队杰克逊的愿望。”

“等再有人把圣马可的遗体藏在猪肉底下从亚历山大里亚运回

这里的时候。”

“那得是一个托切洛的小伙子。”

“你就是一个托切洛的小伙子。”

“是的，我是皮亚韦河下游的小伙子，是格拉珀的小伙子，从珀蒂卡直接来到这儿。我也是帕索比奥的小伙子，假如你明白其中的含义的话。在那种地方生活，比在任何地方打仗还要糟。在我们排里，士兵们分食了装在火柴盒里的淋球菌，那是有人从斯基奥带来的。他们这样做是想逃离那地方，因为那儿实在难以忍受。”

“但是你留下了。”

“是的，”上校说。“我总是最后一个离开团体活动，我是指节日欢宴，不是政治集会。我是一个真正不受欢迎的人。”

“我们走不走？”

“我想你已经做出了决定。”

“是的。可是当你说你是不受欢迎的人时，我又取消了。”

“保留原来的决定。”

“我能坚持自己的决定。”

“我知道。你能坚持他妈的任何事情。但是，女儿，有些时候是不该坚持的，傻瓜才这么干。有时候得迅速改变决定。”

“要是你喜欢，我就改变。”

“不。我认为这个决定是正确的。”

“可是要等到明天早晨的话，这段时间不是太长太可怕了吗？”

“这得看一个人运气的好坏了。”

“我会睡得很熟。”

“是的，”上校说。“在你这个年龄要是不能睡好觉，准会有人把你抓出去绞死。”

“噢，请别这样。”

“对不起，”他说。“我的意思是，把你枪毙。”

“我们快到家了，如果你想温存些，满可以说话温存些。”

“我已经温存得要发臭了，让别人温存去吧。”

他们走到了宫殿的前面，现在宫殿就矗立在眼前。除了按一下门铃或是用钥匙开门，没有其他的事可做。我曾经在这个地方迷过路，上校想，我这一辈子还从未迷过路。

“请吻吻我道声晚安，要温存些。”

上校这么做了，他爱她，这种爱使他自己都难以承受。

她从手提包里取出钥匙，开了门，然后走了进去；只留下上校一个人和磨损了的人行道，还有从北面刮来的寒风，以及灯光照在物体上投下的影子。他向住处走去。

只有游客和情人才坐凤尾船，他想。至于其他人，除非要在没有桥的地方过运河。我也许该去哈里酒吧或者其他这类地方。不过我想还是回家去。

第十五章

这儿实际上就是他的家，如果可以把一间旅馆客房看作家的话。他的睡衣放在床上，台灯旁边有一瓶瓦尔波里切拉，床边的冰桶里放着矿泉水，紧挨在边上的银盘里有一只玻璃杯。已从画框里取出来的肖像摆在两张椅子上，他躺在床上也能看得见。

一份巴黎版的《纽约先驱论坛报》就放在床上三只枕头的边上。阿诺尔多知道他要用三只枕头。他的备用药瓶，不是他随身放在口袋里的那瓶，搁在台灯旁。衣柜里镶着镜子的几扇门开着，这样，他从一侧的镜子里也能看见那幅肖像。床前放着一双他的旧拖鞋。

我要买下它，上校说，是对他自己说，因为房间里除了画像，没有其他任何人。

他打开已经开了瓶的瓦尔波里切拉，在那只玻璃杯里为自己倒了一杯酒，然后小心、准确，并且钟爱地把瓶塞塞好。这只玻璃酒杯比旅馆里用的一般杯子都好；通常用的杯子都容易碰碎。

“为你干杯，女儿，”他说。“为了你的美丽和可爱。你知道吗，在你拥有的一切中，你身上那股好闻的气味也总是那么可爱？无论是在大风中，还是在毯子里，或者在分手吻别时，你身上那股气味总是那么美妙。你知道，很少有人像你这样，而且你根本不用香水。”

画像上的她看着他，不说话。

“见他妈的鬼，”他说。“我可不要和画像谈话。”

你觉得今晚有什么出错了吗？他想。

我想，我有错。好吧，明天一整天我都努力做个好样儿的，从天一亮就开始。

“女儿，”他说，这回他是对她说，而不是对画像说。“请你明白我爱你，我希望对你体贴温存。请你永远跟我在一起。”

画像依然故我。

上校从口袋里拿出绿翡翠，细细看着，当翡翠从他那只受伤的手中轻轻滑落到另一只好手里时，他感觉到它既清凉又温润，因为它像所有优质的玉石一样，能够吸收热量。

我应该把它放进信封里，然后再锁起来，他想。但是我他妈的还能给它找到哪个更安全的地方呢？我必须把它尽快还给你，女儿。

不过，这玩意儿挺有趣。它的价值不会超过二十五万。我得挣四百年才能挣满这个数。得仔细算算。

他把翡翠放进睡衣口袋，在上面盖了块手帕，然后扣上衣袋。你学会的第一件实用的事就是，他想，给所有的衣袋缝上袋盖和扣子，我想我学会这种事未免太早了些。

翡翠给人的感觉真好。它坚硬而又温暖，紧贴着他那平坦、结实、衰老但却温暖的胸脯。他留意到风还在继续刮。他看着画像，又倒了一杯瓦尔波里切拉，接着读起巴黎版的《纽约先驱论坛报》来。

该吃那些药片了，他想。该死的药片。

但他还是把它们吞下了，然后继续读《纽约先驱论坛报》。他在读雷德·史密斯的文章，他非常喜欢他。

第十六章

天还未亮，上校就醒了。他看看身边，证实没有人跟他一起睡觉。

风还在猛烈地刮着。他走到打开的窗子前观察天气。大运河对岸的东方还没有亮，但他的眼睛却能看出河水在汹涌地波动。今天的潮水大得见鬼，他想。也许把广场都淹了。这也很有趣，只是对鸽子不利。

他走进卫生间，手里拿着登有雷德·史密斯文章的报纸，还有一杯瓦尔波里切拉。要是团长能搞到那种大坛装的酒，那我真要高兴死了，他想。这种酒最后总是有沉淀物。

他坐在那儿，拿着报纸，心里想着那一天的事。

就该来电话了。不过也可能来得很晚，因为她要多睡一会儿。年轻人总是睡得晚，他想，美人更要睡得晚些。她肯定不会这么早打电话来，商店要到九点才开门，或许还要晚些。

他妈的，他想，我还拿着这块鬼石头呢。怎么就能做出那种事？

你知道是怎么搞的，他对自己说，一面看着最后一版的广告，你让自己在那儿干的次数够多了，这不是发疯或病态，她正希望我这么干。这对我是件好事，他想。

我这样做人现在只有这点好事，他思考着。我还是我，去他妈的。管它是好是坏。在你这辈子倒霉的生活中，几乎每天早晨都这么坐在厕所里，现在口袋里揣着这块东西这么坐着，你感觉如何？

他不是在对任何人说话，也许，除了是对后世子孙。

有多少个早晨你就这样跟其他那些人排成一行坐着？那是最可恨的事。还有刮脸。如果你想走开独处一会儿，想点什么或者什么也不想，只是找个僻静的隐蔽处呆着，你准会发现那儿已经有了两个步兵或是睡着一个年轻人。

在军队里，隐私少得跟在一个营业性的公厕里一样。我从没去过营业性的公厕，但我推测那儿的管理是差不多的，我能学着经营一个，他想。

我要把光顾我那个公厕的主要人物委派为驻外大使，那些不能胜任的则可以当军长或在和平时期主持军区工作。不要难受，小伙子。他对自己说，现在是早晨，时间还太早，你还没做完自己的事。

你怎么处置他们的妻子？他问自己。给她们买顶新帽子或者全部枪决，他说，整个过程都一样。

门半关着，他往门上的镜子里照了照，里面映出一张有些失真的脸。这一枪打偏了，他对自己说，他们没有好好瞄准。小伙子，他说，毫无疑问，你是个憔悴不堪、满身伤病的老东西。

现在你必须刮刮胡子，对着镜子照照这张脸。然后去理一下发。在威尼斯这点事很容易办。你是步兵上校，小伙子。你不能像圣女贞德和获名誉晋级的乔治·阿姆斯特朗·卡斯特①将军那样到处跑。那是个英俊的骑兵。我猜想，当个英俊的骑兵，有个漂亮的

---

① 乔·阿·卡斯特（1839—1876），美国骑兵军官，在南北战争中英勇善战，迫使南方联盟军总司令李将军早日投降。1867年因私自探望妻子，被军事法庭判擅离职守罪；后由于大草原印第安人的反美情绪高涨，又被官复原职，1868年晋升陆军中将。1876年6月袭击蒙大拿州小比格霍恩河附近的印第安人营地时被打死，250多名士兵无一生还，仅剩一匹战马。

妻子和一个空洞无物的脑袋，一定挺有趣。但是当他的骑兵团在小比格霍恩河附近的高地上面临末日时，他或许会怀疑自己是否选错了职业；当时他们被滚滚烟尘中的敌军马群团团围住，战马的铁蹄把长满北美艾的灌木丛践踏得一片狼藉；在生命行将结束时，留给他的只有熟悉而好闻的黑色火药气味，以及他手下的士兵们互相射击或自杀的场面，因为他们害怕落入印第安人婆娘的手中。

那具尸体支离破碎得难以描述，当时的《纽约先驱论坛报》就是这么报道的。在那个高地上，你最终彻底地认识到自己犯了一个真正的、实实在在的错误。可怜的骑兵，他想。他的所有梦想就这样结束了。当一个步兵倒是件好事。除了噩梦，你从来不抱任何梦想。

好了，他对自己说，我们就到此为止，天马上就要大亮了，我又能够看那幅画像了。如果我把它还回去，我就是个该死的东西。我要留着它。

噢，基督，他说，我真想看看她现在睡觉的模样。我知道她的模样，他对自己说。那样子美妙至极。她睡着时就跟没睡着一样。似乎只是在休息。我希望她在休息，他想。我希望她在好好休息。耶稣基督啊，我多么爱她，我希望永远不要伤害她。

第十七章

天刚一亮，上校就看见了那幅画像，他一眼就看到了，那种敏锐就像任何一个有文化教养的人一样，当他不得不去阅读并填写一些他并不相信的表格时，只要东西在那儿，他一眼就会看到。不错，他对自己说，我有眼睛，目力仍旧十分敏锐，它们一度还雄心勃勃。我率领过一支代号为“暴徒”的部队，他们遭到了猛烈的攻击，二百五十个人中只有三个人活了下来，他们的余生靠在城市的一隅乞讨度过。

那是莎士比亚的话，他告诉画像说。胜利者仍然是无可置疑的冠军。

或许有人能在短短的一个回合中把他打倒。但我还是崇敬他。你读过《李尔王》吗，女儿？吉恩 · 滕尼[①]先生读过，他是个世界冠军。不过，我也读过。士兵们也都喜欢莎士比亚先生，尽管这有些不可思议。他写的那些事情让人觉得他本人就是一个士兵。

除了这么仰着头，你就没有什么为自己辩解的了吗？他问画像。关于莎士比亚，你还想知道什么？

你不必辩解。你只要好好休息。别的都不用管。那没好处。你的辩解和我的辩解都他妈的没道理。可是谁能命令你走出去，用我们的办法吊死你自己？

没有人能，他对自己，也对画像说。我当然不能。

他用那只好手往下摸索，发现客房侍者在原先那瓶瓦尔波里切拉的旁边又新放了一瓶。

如果你喜欢一个国家，上校想，你就不妨承认。的确，承认吧，小伙子。

我曾爱过三个国家，又三次失掉它们。值得赞许的是，我们又重新取得了两个。不，夺回了两个，他更正道。

我们还要夺回另一个。肥驴佛朗哥[②]将军在打猎时，完全遵循医生的嘱咐，坐在折叠座椅里，只打人工驯养的鸭子，身边还要有摩尔人骑兵作护卫。

是的，他温和地对姑娘说。在清晨第一道最美的光线照耀下，她正目光清莹地看着他。

我们一定会夺回来，把他们全部脑袋朝下吊在汽车加油站外面。你们已经得到警告，他补充说。

“画像，”他说，“为什么你不能跟我一起躺在床上，而要在远离我十八条硬石头马路的地方？或许还要远。现在我不像从前那么灵敏了，无论什么时候。”

“画像，”他对姑娘也对画像说，或者是对两个姑娘说，可眼前并没有姑娘，而画像是画出来的。

“画像，把你那见鬼的下巴抬起来，这样比较容易伤我的心。”

这当然是一件可爱的礼物，上校想。

“你会巧施计谋吗？”他问画像。“又快又好的计谋？”

---

① 吉恩·滕尼（1897—1978），美国职业拳击运动员，世界最重量级拳击冠军，自 1925 年至 1928 年共参加 76 场比赛，胜 56 场，其中 41 场为直接击倒对方取胜，17 场比赛不分胜负。第二次世界大战中任海军指挥官。

② 佛朗哥（1892—1975），西班牙军队领袖，国家元首。1936 年发动政变成为西班牙元首后，推行独裁统治。二战期间，他与德国亲近但不对其承担军事和外交义务，外交政策较为成功。战后，西班牙被排斥在联合国外，各国认为佛朗哥是最后一个尚存的法西斯独裁者。

画像默然无声，上校自己回答道，你知道得很清楚，她会。她在你出生以来最美好的那一天用计谋智胜了你，而且在你谨慎地准备逃离时，她能坚持下来投入战斗。

“画像啊，”他说。“儿子，女儿，或者我真正的爱，或者无论什么；你知道是什么，画像。”

画像仍旧一声不响。可是上校这会儿又是将军了，在清晨这段最好的时间里，借着瓦尔波里切拉的作用，他很清醒，就像刚刚第三次读完瓦塞尔曼[①]一样，他清楚地知道画像是说不上什么逃离的，他为自己对画像的胡言乱语感到羞愧。

“我要做个他妈的最出色的小伙子，是你直到今天为止还没见识过的。你可以告诉你的主人。”

画像一如既往，默默不语。

她也许愿意对一个骑兵说话，一个将军，已经有了两颗星，它们在他的肩上已经有些磨损，在他吉普车前那块磨蚀得斑驳不清的红色饰板上闪着白光，他从来不用司令部的汽车，也不坐用沙袋作防护的防弹车。

“见你的鬼去，画像，”他说。“或者让无所不能的随军牧师对你透露点绝密消息，他是为全体士兵而被派来的，对任何宗教信仰都适用。你可以靠着那个过活。”

“见你的鬼去吧，”画像说，虽然并没张开嘴。“你这个下贱的大兵。”

“对，”上校说；现在他又成了上校，放弃了先前的一切头衔。

---

① 雅各布·瓦塞尔曼（1873—1934），德国小说家，在 20 年代至 30 年代期间声名显赫。

“我爱你，画像，非常爱。不要对我苛刻。我非常爱你，因为你是如此美丽。可是我更爱那个姑娘，爱她更胜于你百万倍，你听见了吗？”

没有迹象表明她听见了，他于是也感到厌倦。

“你被固定在不动的位置中，画像，”他说。“不管有没有画框。可我准备撤出阵地了。”

画像仍旧保持沉默，自从门厅总管把它送来并在二等侍者的帮助下拿给上校和姑娘看以来，它始终是沉默的。

上校看着她，他看出她无力为自己辩解，因为现在房间里的光线很好，或者说差不多是很好的。

他也看出来了，这是他真正的爱的肖像，于是他说：“请原谅我说的那些蠢话。我真的不愿意再这么粗野了。或许我们俩能再幸运地睡上一会儿，然后你的女主人兴许会打电话来？”

说不定她这会儿就要打了，他想。

第十八章

门厅侍者把小报从门底下塞了进来，报纸刚从门缝中露头，上校就轻轻地把它捡了起来。

他几乎是从侍者手里接过报纸的。他不喜欢这个侍者，因为有一次，当他离开房间一会儿又返回去时，他发现这个侍者正在翻他的旅行袋，可能已经翻了一会儿了；他是忘了带药瓶返回去取的，当时那个家伙已经翻遍了他的旅行袋。

“我想在旅馆里不太适合说‘举起手来’，”上校说。“但是你给自己城市的脸上抹了黑。”

接着是一阵沉默。这个长着一张法西斯分子脸的人穿着一件条纹背心，只是沉默不语。上校说：“继续干，小伙子，把没翻到的再翻个够。我的换洗用品里没有放军事机密。”

从那以后，他们之间就不太友好。每次上校一听到，或是看到晨报快要从门底下进来时，总是悄无声息地从穿条纹背心的人手里一把拿过来，他已经以此为乐了。

“好啊，今天你赢了，蠢货，”他用那会儿能想起来的最地道的威尼斯方言说。“你去上吊吧。”

但是他们这种人不会去上吊，他想。他们只需继续把报纸塞到那些并不恨他们的人的门底下去。当过法西斯分子，这可是个不简单的行当。也许他不是法西斯分子，你怎么知道。

我不能恨法西斯分子，他想。也不能恨德国佬，因为很不幸，我是个军人。

“听着，画像，”他说。“因为我们杀过德国佬，我就该恨他们吗？我该把他们视作军人和人来憎恨吗？这样解释在我看来实在是太容易了。”

好了，画像，忘掉这些。忘掉这些。你还没到要弄懂这些事的年龄，你比你照着她模样画的那个姑娘还小两岁。她比地狱要年轻，也比地狱更古老；那是个很古老的地方。

“听我说，画像，”他说。他心里明白，只要他活着，每天清晨醒来，他总得要有个人说说话。

“刚才我说了，画像，让那也去见鬼吧。你还太年轻，那些你也没法懂。不论那个想法有多么正确，你就是不能说出来。有很多事情我永远也不能对你说，或许这样对我有好处。时间差不多快到了。你认为什么对我有好处，画像？”

“怎么了，画像？”他问她。“你饿了吗？我是饿了。”

他打铃让侍者送早餐来。

他知道，尽管天已大亮，已经看得清大运河里被风刮起的铅灰色大浪，潮水涌上了他房间对面的宫殿台阶，可是在几小时内不会有电话来。

年轻人睡得很香，他想。他们该好好享受。

“为什么我们要变老？”他问那个镶着玻璃眼珠的侍者，那人正进来把菜单递给他。

“我不知道，上校。我想这是很自然的过程。”

“对，我也这么想。要一份煎蛋、茶和烤面包片。”

“您不想要点美式点心？”

“除了我以外，一切跟美国沾边的东西都滚蛋。团长来了吗？”

“他给您弄来了用两公升大坛装的瓦尔波里切拉，外面用柳条筐包着，我已经把它装到长颈瓶里，现在给您拿来了。”

“是吗，”上校说。“基督保佑，但愿我能给他一个团。”

“我认为他并不真的想要。”

“是的，”上校说。“我自己也确实不想要。”

第十九章

上校悠闲地吃了早餐，就像一个拳击手在遭到猛烈重击后，听见裁判数到“四”，知道自己该如何在剩下的五秒钟内再真正放松一次那样。

“画像，”他说。“你也该放松一下。可这是唯一一件对你来说很困难的事。这就是绘画的静态性质。你知道，画像，几乎没有肖像画，确切说是绘画具有动态。有一些作品能做到。但为数不多。

“我希望你的主人到这儿来，我们就能做有动态的事。像你和她这样年轻漂亮的姑娘，怎么知道这么多事呢?

“在我们美国，如果一个姑娘确实长得美，她一定是得克萨斯州人，要是运气好，她或许会告诉你现在是几月份。她们在计数方面都很精。

“有人教她们计数，教她们行为检点，教她们如何用卷发筒。有时候，画像，你心里会闪过邪念，如果确实有的话，你就该和这样一个姑娘在一张床上睡觉：她的头发用卷发筒卷着，好让自己明天看上去漂亮。不是今晚。今晚她们并不漂亮。是为了明天，明天得跟人比一比。

“这个姑娘，雷娜塔，就是你。她正在睡觉，头发上没有用卷发筒，头发随意地披散在枕头上。对她来说，它们是一头华丽漂亮的黑色烦恼丝。她总忘了梳理，除非家庭女教师提醒她。

“我看见她那漂亮的长腿迈着大步走在街上，听凭风儿吹拂她的长发，健美的胸脯在绒衫下高高隆起，接着我又看见得克萨斯州的夜晚和那些被卷发筒卷着的头发，它们被金属的卷筒夹得紧紧的。

“跟我在一起不用卷头发，亲爱的，”他对画像说，“我会用沉甸甸的银元或其他东西来付钱。”

我不该粗鲁，他想。

然后，他又对着画像说话，这会儿他没有把她当作某个特定的人。“你真是他妈的美，美得发腻。你这祸水妞儿。雷娜塔比你大两岁。你还不到十七岁。”

我为什么不能拥有她，不能爱她和依恋她，永远不粗鲁、不干坏事？为什么不能生五个儿子，把他们派到世界的五个角落去，不管这些角落在哪里？我不知道。我想我们拿到的牌都是注定的。你愿意重新发一次牌吗，庄家？

不，他们只发给你一次牌，然后你自己摸，这样就可以和他们赌了。要是我能摸到一张他妈的好牌，就能赢了他们，他告诉画像。可画像毫无反应。

“画像，”他说。“你最好换一种目光，这样才适合少女的身份。我打算去洗个澡，刮刮脸，这些事你永远也不用做，然后我穿上军装去城里走走，虽然现在时间还早。”

他小心地挪动着那条伤腿下了床，这条腿总是犯疼。他又用受过伤的手关了台灯。房间里的光线很充足，他已经白白浪费了近一小时的电。

他为此感到懊悔，如同他懊悔所有的错误一样。他从肖像前走过，随意地瞥了一眼，然后朝镜子里看着自己。他已经脱下了睡衣睡裤，可以非常客观真实地看待镜子中的自己。

“你这千疮百孔的老东西，”他对着镜子说。画像是属于过去的东西。镜子是现实存在，属于今天。

肚子扁平，他不出声地说。胸部正常，除了里面一块有缺陷的肌肉。既然注定要上断头台，那就躲也躲不了，不论是好是坏，或是别的什么、令人畏惧的什么。

你已年过五十，你这个老家伙。现在去洗个澡吧，好好擦洗一下，完了后穿上军装。已经又过了一天了。

第二十章

上校走到旅馆门厅的接待台前，但是门厅总管还没有来，只有值夜班的门房在那儿。

“你能为我把一件东西放进保险柜吗？”

“不行，上校。只有等副经理或门厅总管来了，才能开保险柜。不过我可以为您保管您想保管的东西。”

“谢谢你，不麻烦了，”他把一只印有“格里迪”字样的信封放进上衣左侧内的口袋里，扣上纽扣。信封里放着绿翡翠，信封上写着他的名字。

“我们这儿现在没有真正的犯罪现象，”夜班门房说。

夜班时间很长，因此他很乐意跟人说说话。“从前也没有，上校。只有各种不同的见解和党派。”

“你的政治情况怎样？”上校问；他也很孤独。

“要看你指哪方面。”

“我明白。你们目前的情况怎样？”

“我认为一切都很好。也许不如去年好。但也还不错。我们在大选中被挫败，看来要等待一段时期。”

“你为此做些工作吗？”

“做得不多。我对待政治多半靠内心感觉而不是靠头脑。当然我也用头脑，不过我在政治上没有什么长进。”

“当你在政治上有长进时，就别指望有什么心了。”

“也许是。你们军队里有政治活动吗？”

“很多，”上校说。“但不是你说的那种。”

“好吧，我们最好别讨论这个了。我并没想烦扰您。”

“我只是提个问题，自己想到的问题。随便聊聊。并不是审讯你。”

“我也觉得不是。您不像是审讯官，上校，我知道你们的骑士团，尽管我不是成员。”

“你可以成为其中一员。我会跟团长提一提这事。”

“我跟他是一个城市的人，只是不在一个地区。”

“那是个好城市。”

“上校，我在政治上还比较幼稚，我认为所有体面的人物都值得尊敬。”

“哦，你会变成熟的，”上校安慰他说。“不要担心，小伙子。你们的党还年轻。免不了会有些失误。”

“请您别这么说。”

“大清早不妨开个玩笑。”

“请告诉我，上校，您对铁托是怎么看的？”

“有各种看法。但他是我的近邻。我认为最好不要议论邻居的事。”

“我很想了解。”

“了解起来很困难。你难道不知道，人们不会回答这类问题？”

“我希望他们能回答。”

“他们不会，”上校说。“处在我的位置也不会。我只能告诉你，铁托先生面临很多问题。”

“好，现在我明白多了，”实际上还只是个孩子的夜班门房说。

“希望你明白了，”上校说。“我不认为这是什么学问，没有什么价值。好，再见，我该去散散步，这对我的肝脏或其他方面有好处。”

“再见，上校。今天天气不好。[①]”

“非常不好，[②]”上校说，一边把雨衣上的腰带束紧，又把背部和下摆拉拉顺，随后走进外面的大风里。

①② 原文为意大利文。

第二十一章

上校坐十分钱的渡船过运河，付了一张通常总是很脏的纸币，和那些不得不早起的人们站在了一起。

他回头望了望格里迪旅馆，瞧见了他房间的窗户；窗户仍旧敞开着。天空不像要下雨的样子，只有仍旧从山上刮来的阵阵寒风。渡船上的人个个看上去都很冷，上校想，我真希望给船上每个人发一件这种防风的雨衣。上帝啊，每个穿过这种雨衣的军官都知道，它们根本不防水，那么是谁能够从中大发横财呢？

一件柏帛丽[①]就不会透水。我猜想，某个有本事的混蛋早就把他儿子送到格罗顿[②]或者坎特伯雷[③]去了，财大气粗的承包商的孩子都到那儿去，而我们的雨衣在漏水。

我的那些军官同事中有谁分享了他的好处？我很想知道陆军的本尼·迈耶斯是怎样一种人。很可能不止一个人。很可能，他想，肯定有许多人。你说得这么简单，一定是还没睡醒。它们总算还能挡风。雨衣。蠢蛋雨衣。

渡船停在运河对岸的两根标桩之间，上校注视着黑色的人流从这个黑色的交通工具中涌上岸。它能算交通工具吗？他想。交通工具必须有轮子或者配有路轨吗？

没人会为你这些想法付你一便士，他想。今天早上不会。不过我亲眼见过，当赌桌上的筹码一放下，有些想法就值一大笔钱。

他已经到了城市的边沿地带，这里的尽头面临亚得里亚海，他最喜欢这个地方。一路过来的时候，他穿过了非常狭窄的街道，他没有数走了多少条街、过了多少座桥，也没在意街道的方向，只是设法确定自己所在的地方，以便顺利走到市场，不要拐到死路上去。

你玩这种把戏，就像有些人常玩坎菲尔德双人纸牌戏或单人纸牌戏一样。但是这样做也有好处，可以一边走，一边观看房屋、街景、商店、饮食店和威尼斯的古老宫殿。如果你喜欢威尼斯这座城市，那么这就是最有趣味的游戏。

这是一种“孤独旅行”④，但你为眼睛和心灵赢得了愉悦。如果你能在城市的这一边不走弯路，顺利到达市场，你就赢了这场游戏。但是你不能选择太方便的办法，也不能数街道和桥梁。

在城市的那一边，要玩的游戏就是离开“格里迪”，准确无误地穿过丰达门特诺沃，顺利抵达里亚尔托群岛。

你可以从那儿上桥了，过了桥就能到市场。他最喜欢市场，每到一个城市，他最先去的就是市场。

就在这时，他听见身后有两个年轻人正议论他。听他们的声音，他断定他们非常年轻。他没回头看，但是仔细地听着他们讲话，跟他们之间保持着一点距离。他想等走到路口拐弯时再转身看看他们。

他们是去上班，他判断。他们以前可能是法西斯分子，也可能是有点什么名堂的人，或许他们说话的德性就是这样。但他们现在的谈话完全是针对个人的外表，并不是谈一般的美国人。他们谈

---

① 指商标名为柏帛丽的雨衣。

② 美国马萨诸塞州城镇，该镇有著名的格罗顿预科学校和劳伦斯学院，前者被称为“新政”政治家的发祥地。

③ 英格兰肯特郡的一个区和城市，该地有肯特大学等多所院校，还有许多著名的大、小教堂。

④ 原文为意大利文。

我，我的灰白头发，我走路时微瘸的步态，我的军用靴。他们这种人不喜欢实用的军用靴，他们喜欢走在石板路上咔咔响、擦得漆黑油亮的皮鞋。

他们发现我的军服不够优雅。议论我为什么这个时候出来散步。一口断定我不能再做爱。

上校走到下一个路口时，迅速地向左拐弯，看了看他要面临的情况，同时目测了一下实际距离。街道拐角处正好是弗拉里教堂半圆形的后殿，当那两个年轻人转过街角时，上校已经不在那儿了。他站在这座古教堂半圆形后殿的死角里，听见他们走过时的说话声，便从里面走了出来，两手插在雨衣口袋里，他转过身，就这样穿着雨衣，双手插在口袋里，面对着他们。

他们停下脚步，他看了看他们两个的脸，笑了，这笑容苍老、疲惫、毫无生气。然后他又看了看他们的脚——你看这种人时总要看看他们的脚，因为他们总是穿很窄的皮鞋，如果让他们把鞋脱下来，就会看到被挤得变形的棒槌状脚趾。上校朝人行道上吐了口唾沫，什么也没说。

这两个人正如上校一开始猜测的那样，曾经当过法西斯分子，现在他们怀着仇恨和某种别的感情看着他。然后他们像沼泽地里的鸟一样，迈着鹭鸶的大步走了，上校想，还有点像飞行的麻鹬；他们一边走，一边回过头看看，眼里露出仇恨的目光，他们等待着与上校之间的距离拉开得足以能够逃脱时说最后一句话。

真可惜，他们不是十个对我一个，上校想。他们本来也许想打架的。我不该谴责他们，因为他们已经被打败了。

但是他们用那种行为对待我这样身份和年龄的人，是很不像话的。还有，以为所有五十岁的上校都听不懂他们的语言，这不聪明，认为上了年纪的步兵不会在这大清早以一对二的悬殊与他们较量，这也不聪明。

我憎恨在这座城市里干仗，因为我爱这里的人民。我要避免这种事发生。但是那两个没教养的年轻人，怎么没意识到他们在跟哪个种类的动物打交道？怎么就不知道你为什么会这样走路？也不知道打过仗的人身上必然会留下某种特征，就像渔夫的手会表明他是个渔夫，那手上的道道凹痕都是被船索勒的。

不错，他们只看到了我的后背和屁股，还有两条腿和军用靴。但是他们也许能从你走路的姿势看出什么。也许他们根本不能。不过，当我找机会正面看着他们，想着教训他们一顿并把他们吊死时，我相信他们明白了。他们完全明白了。

一个人的生命价值究竟是多少？军队里付的人身保险是一万美元。可这他妈的跟生命价值有什么相干。对了，这两个混蛋出现以前，我正想着这件事，我这些年来为政府节省了多少钱，而本尼·迈耶斯之流又从政府的大料槽里私吞了多少。

的确如此，他说，但是，如果按照每条人命一万元计算的话，那次在夏托的战斗中你又造成了多大的损失。是啊，我想，除了我自己，没人能真正明白这种事。也没有必要对他们解释。指挥你的司令官有时把战争看作是赌运气。回想在军队里的情景，他们都知道这种事是必定要发生的。你照着命令去做，表现出刽子手的凶残，你就是英雄。

基督啊，我对嗜杀成性的暴行充满了憎恶，他想。但是你接到了命令，就得去执行。这种错误使你无法好好入睡。可是睡觉他妈的跟这又有什么关系。它从来也没使人好过些。错误有时候肯定能钻入睡袋，它们能钻到里面，一直在那儿缠着你。

打起精神来，年轻人，他说。你想打架时，得记着你身上带着不少钱。如果弄丢了，你就成了穷光蛋。你现在这两只手已经无力挥拳击败对手，而且你也没带武器。

别沮丧，年轻人，或者男子汉、上校、不得志的将军。我们马上就到市场了。你不知不觉就走到了这里。

不知不觉可不好，他又加了一句。

第二十二章

他喜欢这个市场。市场里的大部分地方挤满了人，挤挤挨挨的人群把几条街也塞得水泄不通。异常的拥挤使你不由自主地要推开身边的人。每当你停下来看看，买点东西或者欣赏一番时，面对滚滚而来的清晨购物者的人流，你就成了一座抵抗的孤岛①。

上校喜欢仔细看看那些一排儿摆开又堆得高高的奶酪和大香肠。我们家乡的人会把这种猪牛肉混合的香肠②当成普通的香肠，他想。

他对摆摊的那个女人说，“让我尝尝这香肠。只要一小片。”

她切了纸那样薄的一小片递给上校，模样挺凶但又挺可爱。上校尝了尝，香肠有一股烟熏味，里面放了黑胡椒，这种肉一嚼就知道是吃山里橡子长大的猪身上的。

“我买四分之一公斤。”

男爵在狩猎埋伏处准备的便餐是斯巴达克式的，上校尊重这种习惯，因为他明白打猎时不应吃得太饱。然而他还是觉得不妨用这种香肠来补充一下便餐，和船夫以及同行者一块儿分享。也可以给负责叼猎物的博比一片，它在打猎中常常浑身湿透好多次，冷得直打抖，可仍然忠于职守。

“这是你摊子上最好的香肠吗？”他问女摊主。“有没有另外留出来给老顾客的？”

“这是最好的香肠，还有许多其他种类的香肠，您知道的。但这是最好的。”

“给我称八分之一公斤好一点儿、调料味淡些的香肠。”

“我这儿有，”她说。“还比较新鲜，正是你想要的那种。”

这段香肠是为博比买的。

但是在意大利，不能对人说香肠是给狗买的，这里还有许多人挨饿，拿香肠喂狗实属罪孽深重，被视作是愚蠢的行为。你可以在一个为生存而干活的人面前用很贵的香肠喂狗，因为他知道狗在水里和寒风中工作是什么滋味，但是你不能在购买时讲明它的用途，除非你是傻瓜，要不就是在战争中或战后大发横财的百万富翁。

上校接过包好的香肠，付了钱，继续往市场里面走。他闻着烘咖啡的香味儿，看着肉摊上每一块肉那厚厚的膘，仿佛在欣赏荷兰画家的作品；那些画家的名字没人记得了，但他们以淋漓尽致的准确性画出了所有的猎物和食品。

一个市场最像一个好博物馆，譬如普拉多博物馆或美术学院陈列馆，上校想。

他走了一条近路来到鱼市场。

只见鱼市场里光滑的石板上、篮筐里和绳拎把的箱子里装满了个大体壮的灰绿色龙虾，它们的身体泛出一点品红的色泽，这似乎暗示着它们将在沸水中死去。这些龙虾都是用阴险狡诈的手段捕到的，上校想。它们的一对螯都被绑着。

这儿有比较小的比目鱼、几条长鳍金枪鱼和一些鲣鱼。这些鲣鱼，上校想，样子挺像船形的子弹，瞪着远洋鱼的大眼睛，即使死了也很有尊严。

要不是它们嘴馋贪吃，它们是不会被逮着的。那些可怜的比目

---

① 原文为法文。
② 原文为意大利文。

鱼，生活在浅水里，自然就成了人们的盘中餐。可是这些成群结队的鲣鱼却生活在蓝色的深水里，在各个大海洋里漫游。

你呆呆地想什么呢，他想。让我看看还有些什么鱼。

有许多鳗鱼，都还活着，但已没有了往日在自己王国里的悠然自得。一些对虾看上去很不错，可以把它们串在短剑般的炙叉上烤着吃，这种炙叉在布鲁克林可以当作餐桌上的碎冰锥派用处。还有一些中等个儿的虾，灰色中透出乳白色，它们也在等待被扔进沸水时化为不朽的那一刻，等待着被剥了壳的尸体在大运河的落潮中漂浮。

这种行动敏捷的小虾，上校想，触须比那个日本老海军上将的胡子还长，为了我们的利益送了命。噢，基督的虾，他想，逃逸的能手，还有充满奇妙灵性的两根轻鞭，你怎么就不知道渔网和灯光的危险?

一定是因为疏忽大意所致，他想。

他又看到许多很小的蚌蛤，这种蚌蛤的边缘锋利如剃刀。如果你注射的伤寒疫苗还有效，那么就该生吃蛤肉，这种小的贝类味道非常鲜美。

他走过这些摊位，在一个摊位前停下，向摊主打听他的蚌蛤是从哪儿来的。人家告诉他是从没有污染的好地方捕来的，于是上校要了六只撬开壳的蚌蛤，他喝了里面的汁液，又用摊主递给他的弯刀准确地伸进壳缝，把里面的肉挖了出来。摊主把刀递给他，是因为他凭经验看出来，上校挖蛤肉的本领比他强。

上校只为蛤肉付了很少的钱，但已经多于这些捕捞者能得到的数目。他想，现在我该去看看那些河里和水渠里的淡水鱼，然后回旅馆去。

第二十三章

上校回到了格里迪旅馆的前厅。船夫拿了钱便离开了，现在呆在旅馆里一点儿风也没有。

从市场那儿搭船回旅馆，在大运河里是往上游行驶，需要两个人划船。那两个人工作得很努力，上校除了该付的船费外，又多给了一些。

“有电话找过我吗？”他问一直在值班的门厅总管。

总管的脸棱角分明，为人处事灵巧聪明，动作敏捷，彬彬有礼的态度中没有一点阿谀奉承。他那蓝色制服的长翻领上，不显眼地别着表明他职务的两把交叉的钥匙。他是旅馆的门厅总管。职位跟上尉的级别很接近，上校想。是个军官而不是个绅士。在从前，那是军士长，不过他总是跟高级军官打交道。

“伯爵小姐打来过两次电话，”总管用英语说。或者，把我们都使用的这种语言随便称作什么都可以，上校想。现在都把它称作英语。那是从前人们遗留下来的叫法。应当允许他们保留这种语言的名称。但克里普斯[①]不久很可能对语言名称实行节制配给。

“请立刻替我接通她的电话，”他告诉总管。

总管开始拨电话号码。

“您可以在那儿接电话，上校，”他说。“我已经为您接通了。”

“你真快。”

“在那儿接，”总管说。

在电话间里，上校拿起了话筒，下意识地脱口说道："我是坎特韦尔上校。"

"我去过两次电话，理查德，"姑娘说。"但是他们说你出去了。你上哪儿去了？"

"去了市场。你好吗，亲爱的？"

"这个时候没人听我们在电话里谈话。我是你亲爱的，怎么叫都行。"

"你。你睡得好吗？"

"梦中好像在黑暗中滑雪。不是真的滑雪，但黑暗却是真的。"

"应该是那样。你为什么醒得这么早？你把我的总管吓着了。"

"没有太失少女的身份吧？我们能马上见面吗，在哪儿？"

"时间和地方都听你的。"

"你还带着翡翠吗？画像小姐给了你什么帮助？"

"这两个问题的回答都是肯定句。翡翠在我上衣左面的口袋里，用扣子扣着。画像小姐和我一直聊到深夜，大清早我们又聊开了，这使我各方面都感觉舒畅多了。"

"你爱她胜过爱我吗？"

"我可没有反常。或许我有点夸大其词。不过她确实很可爱。"

"我们在哪儿碰头？"

"到弗洛里安去吃早饭怎样？就在广场的右侧。广场大概被水

---

① 斯塔福德·克里普斯（1889—1952），英国政治家，1942年2月参加战时内阁，第二次世界大战后先后任贸易大臣、财政大臣，极其重视投资和支付平衡。

浸没了，去看看挺有意思。”

“如果你要我这么做，我二十分钟以后就到那儿。”

“我要你来，”上校说，随后挂上了话筒。

走出电话间后，他突然感到不舒服，接着又觉得似乎被魔鬼赶进了一座铁笼内，那铁笼造得像一只铁肺或者像铁的断头台。他脸色发灰地走到总管的接待台前，用意大利语说道：“多米尼科，伊科，劳驾给我一杯水。”

总管去拿水了。他靠在台子上休息。只稍稍休息了一会儿，幻觉便消失了。总管拿了一杯水回来，他吞下了四片药，而通常只服用两片。他继续稍事休息，像一只飞疲乏了停下歇脚的鹰。

“多米尼科，”他说。

“我在。”

“我有件东西放在这信封里，请你把它放到保险柜里。以后由我本人或通过书面委托请人来领取，刚才你替我拨电话给她的那个人也有权领取。你需要一份书面文件吗？”

“不，没有必要。”

“可你要是有什么事呢，伙计？你并不是长生不死的，对吗？”

“是这样，”总管对他说。“不过我可以把这写下来留着，我死了以后还有经理和副经理。”

“他们俩都是好人，”上校赞同地说。

“您不坐一会儿吗，上校？”

“不了。除了那些在命运的旅馆里准备接受生死转换的男男女女，谁会坐下呢？你坐下吗？”

“不。”

“我能站着休息，也能靠在一棵该死的树上休息。我的同胞们都坐下了，躺下了或者摔倒了。得给他们几块能量饼干，让他们止住哭泣。”

他滔滔不绝地说着，因为说得太多反而不能很快恢复自信。

“他们真有能量饼干吗？”

“当然。这种饼干里有一种抑制生理勃起的物质。它像原子弹，只不过起反作用。”

“我很难相信。”

“我们有一些绝顶重要的军事机密，只在将军夫人们中间流传，能量饼干是其中最不重要的秘密。下一次我们将从五万六千英尺的高空向整个威尼斯抛撒肉毒中毒菌。人们将对此束手无策，”上校解释说。“它使人们交叉感染炭疽病和肉毒中毒症。”

“这太可怕了。”

“情况可能更糟，”上校要他相信。“这已不是秘密，已经公布于世。当它发生时，如果你调对了电台，可以听见玛格丽特唱美国国歌《星条旗》。我认为那是可以办到的。我不认为她的嗓子有多么出类拔萃。也根本比不上我们当年听过的那些好嗓子。不过现在事事都兴欺诈。电台几乎就能伪造这声音。伪造的声音安全可靠，直到最后才会露出破绽。

“你认为他们真会往我们这儿扔什么东西吗？”

“不。他们永远不会。”

上校现在又成了四星将军；在他愤怒、痛苦或缺乏自信时，他就会摆出四星将军的架势。不过药片的作用使他暂时摆脱了痛苦，他对总管说，“再见，多米尼科。”然后走出了“格里迪”。

他算了算，走到约定的地方需要十二分钟半，他的真正的爱也许会稍微迟到一会儿。他走路时很当心，但是并没有放慢速度。那些桥都还是老样子。

第二十四章

他的真正的爱在她约定的时间坐到了餐桌旁。在早晨强烈的阳光下，她显得跟往常一样美丽动人，阳光也照耀在被水浸没的广场上。她说，“请告诉我，理查德，你好吗？告诉我。”

“当然，”上校说。“你实在太美了。”

“你在市场里把我们那些地方都看过了？”

“只看了一些。我没到卖野鸭的地方去。”

“谢谢。”

“不值得谢，”上校说。“我们俩不在一起时，我从不去那儿。”

“你认为我不该去打猎吗？”

“对，我肯定你不应该去。如果阿尔瓦里托想叫你去的话，他会邀请你的。”

“他不邀请我，也许正是希望我去呢。”

“说得也有理，”上校说着沉思了两秒钟。“早餐你想吃什么？”

“这儿的早餐没什么好东西，而且我也不喜欢广场被水浸没，一副挺凄凉的景象，连鸽子都无法降落。只有孩子在广场上嬉戏的时候才有趣。我们去‘格里迪’吃早饭怎样？”

“你想去那儿？”

“是的。”

“那好，我们就上那儿去吃早饭。其实我已吃过了。”

“真的？”

“我等会儿就要点咖啡和热点心，拿在手里做做样子。你一定饿慌了吧？”

“非常饿，”她老老实实地说。

“那我们就去享受一顿真正的早餐，”上校说。“你会见识到一顿从没听说过的早餐。”

他们走在街上，寒风刮着他们的后背。她的头发在风中飘拂得比一面旗帜还要美。她紧紧挽着他，问道：“在威尼斯这么冷、阳光这么强烈的早晨，你还爱我吗？天气真冷，阳光真强，对吗？”

“我爱你。天气真冷，阳光真强烈。”

“昨晚我在黑暗中滑雪时，一整夜都爱着你。”

“你是怎么做到的？”

“和平时一样滑雪，只是一片黑暗，雪地上也很暗，没有反光。你也在滑，像平时一样驾驭自如，轻飞疾驰。”

“你滑了一整夜吗？那可太多了。”

“没有。后来我睡着了，睡得很熟很甜，醒来时也很快乐。你和我在一起，睡得像个婴儿。”

“我没和你在一起，也没有睡觉。”

“你现在和我在一起，”她说着更紧地挽住了他。

“我们快到了。”

“是的。”

“我是不是已经一本正经地对你说过我爱你？”

“说过。但是请再说一遍。”

“我爱你，”他说。“请用认真的态度正式接受它。”

“只要是真诚的，我会像你希望的那样接受。”

“这是正确的态度，”他说。“你是个勇敢、可爱的好姑娘。到了桥顶上，把你的头发捋到一侧去，让风把头发吹得斜点儿。”

他提的要求很有分寸，只说“斜点儿”，而没说“让它斜飘起来”。

“这很容易，”她说。“你喜欢这样吗？”

他看着她的侧影和清晨的瑰丽色彩，看着她在黑色绒衣下隆起的胸脯和风中微眯的眼睛，说道，“是的，我喜欢。”

“我真高兴，”她说。

第二十五章

在“格里迪”，团长把他们安排在靠窗的桌子旁，从窗子望出去就是大运河。餐厅里没有其他人。

团长在早上显得气色很好，一直笑呵呵的，他虽然患着胃溃疡和心脏病，却心平气和地认了，不发病的时候，照样心情舒畅。

“我的同行告诉我，您那位麻脸同胞在旅馆里的床上用早餐，”他向上校透露了这个消息。“我们这儿要来几位比利时客人。‘他们之中最勇敢的是比利时人’，”他引用了这句话。“还有一对暴发户①，你知道他们打哪儿来。不过他们都已筋疲力尽，我相信这会儿他们正在自己房间里像猪一样大嚼大咽。”

“一份出色的情况报告，”上校说。“我们的问题是，团长，我已经在自己房间里吃过早饭了，跟那个麻脸和暴发户一样，而这位女士——”

“年轻的姑娘，”团长满脸笑容地纠正道。他心情十分愉快，因为这是完全崭新的一天。

“这位非常年轻的女士想吃一顿好到无以复加的早餐。”

“我明白，”团长说。他看着雷娜塔，感到心脏翻滚了一下，就像海豚在海里嬉水。这是一个漂亮的动作，世界上只有少数人才能感受到并完成这个动作。

“你想吃什么，女儿？”上校问，看着她那带着清晨气息的美丽的脸；那张脸上没有一点修饰。

“什么都行。”

“你能给个提示吗？”

“喝茶，不要咖啡，还有团长能施舍的无论什么。”

“这不是施舍，女儿，”团长说。

“只有我才能叫她女儿。”

“我这么叫她是真心的，”团长说。“我们可以用烤腰子配上伞菌，采伞菌的人我都认识，或者用潮湿地窖里培育出来的也行。还有块菌馅的煎蛋卷，块菌是特殊的猪拱的。要不来一份地道的加拿大熏肉，可能是从加拿大运来的。”

“管它是哪儿的，”姑娘快乐而实际地说。

“管它是哪儿的，”上校表情严肃地说。“我知道是从什么该死的地方运来的。”

“我认为咱们别再开玩笑了，该吃早饭了。”

“如果这么说不失姑娘身份，我也觉得该吃早饭了。给我来一杯长颈瓶里的瓦尔波里切拉。”

“不要别的了吗？”

“我要一份刚才说的加拿大熏肉，”上校说。

他看着姑娘，因为现在只有他们俩了；他说，“你觉得怎么样，最亲爱的？”

“饿极了，我想。但是得谢谢你这么长时间一直表现很好。”

“这很容易，”上校用意大利语对她说。

---

① 原文为意大利文。

第二十六章

他们坐在桌子旁，注视着大运河上空预示着暴风雨的天光。河水在阳光的照耀下由灰色变成了灰中带黄的颜色，波浪随着退去的潮水涌动。

“妈妈说她任何时候都不会在这儿久住，因为这里没有树，”姑娘说。“所以她常到乡下去。”

“这就是人人都要去乡下的原因，”上校说。“如果我们能找到一个有很大花园的地方，我们也能种些树。”

“我最喜欢伦巴第白杨和悬铃木，可我在这方面知之甚少。”

“我也喜欢，还喜欢柏树和栗树。野生的栗树和马栗树。可是，女儿，只有到了美国，你才能看到真正的树，等你看到了白松和美国黄松时，才算见识过了树。”

“如果我们去长途旅行，途中停在加油站、公共盥洗室或其他无论什么地方，我们能看见这些树吗？”

“还有住宿地和旅游露营地，”上校说。“那些地方我们都会停下，但不会过夜。”

“我最喜欢把车一路开到公共盥洗室，把钱往桌子上一放，对他们说，老弟，给车加油，再检查一下机油，就像美国小说和电影里常说的那样。”

“你说的那地方是加油站。”

“那么公共盥洗室是什么呢？”

“你上那儿去，你知道是——”

“哦，”姑娘说着便脸红了。“对不起，我真希望学会说美国话。可是我怕自己总会说出些粗俗的话，就跟你有时说意大利语一样。”

“这是门很容易学的语言，越往西走，语言就越简单明了。”

团长端来了早饭，烤熏肉和烤腰子的香味扑鼻而来，因为每道菜上都盖了银制的盖子，香味并没有扩散到整个房间，香味中还夹杂着一股淡淡的烤蘑菇味。

“看上去太吸引人了，”姑娘说。“非常感谢，团长。我可以说美国话吗？”她问上校。她向团长伸出手，动作轻巧敏捷，跟轻剑运动员一样。她说：“放下吧，朋友，这些食品棒极了。”

团长说：“谢谢你，小姐。”

“我是不是该说：‘食物’，不该说‘食品’？”姑娘问上校。

“这两个词没有什么区别。”

“你年轻的时候在西部地区，人们就这么说话吗？你在吃早饭时说些什么？”

“早饭由厨师送上来，他总是这么说，‘来吧，快吃，你们这些狗崽子，要不我就扔掉了。’”

“我得学会这句话，好到乡下派上用处，有时候我们会和英国大使及其乏味的太太共进午餐，我要教会仆人请他们入席时说：‘来吧，快吃，你们这些狗崽子，要不我就扔掉了。’”

“这样他就坍台了，”上校说。“不过，这将是一个有趣的实验。”

“教我几句货真价实的美国话，万一那个麻脸来了我好对他说。我要像过去年代里人们幽会时那样，贴在他耳朵边悄声说话。”

“这要看他的脸色而定，如果他看上去十分沮丧，你可以悄声对他说：‘听着，老兄，你被人雇了去做恶棍，对不对？’”

“太妙了，”她说，又用从伊达·卢皮诺[①]那儿学来的声调重复了一遍。“我可以对团长说这句话吗？”

“当然，为什么不行？团长！”

团长应声而来，彬彬有礼地欠身。

“听着，老兄。你被人雇了去做恶棍，对不对？”姑娘义正词严地说道。

“确实如此，”团长说。“谢谢你说得如此准确。”

“如果他来了，你想等他吃完饭后再对他说话，你只要在他耳边轻声说，‘擦掉你下巴上的蛋黄，老兄，挺直身子，立刻飞走。’”

“我会记住这话，回家再好好练练。”

“吃完早饭后我们干什么？”

“我们上楼去看看那幅画怎么样，看看它是不是有价值，我的意思是，在白天的光线下看是不是很有意味。”

“好，”上校说。

---

① 伊达·卢皮诺（1916—），英国女演员，面容姣好，身材小巧玲珑；曾在多部电影和舞台剧中饰演角色。

第二十七章

楼上的房间已经收拾整齐，上校感到很高兴。先前他还以为房间仍旧是乱糟糟的。

“站到它边上去，”他说，随即想起来又添了一句，“劳驾。”

她站到了画像旁；他从昨天晚上看它的角度看着它。

“确实无法比较，”他说。“我并不是说不像。而是像得无可挑剔。”

“有什么可比较的吗？”姑娘问。她头往后仰着站在那儿，身上穿着跟画像里一样的黑毛衣。

“当然没有。可是昨天夜里和今天凌晨，我跟画像谈话时，仿佛那就是你。”

“你这样做真好。这说明画像能派上些用处。”

他们俩在床上躺下。姑娘问他，“你往常都不关窗吗？”

“不关。你呢？”

“只在下雨时关。”

“我们俩有多少相像的地方？”

“我不知道。我们没有很多机会来发现这一点。”

“我们俩从没有一个好机会。不过我们有机会让我知道这一点，这就足够了。”

“知道了这一点，你究竟会得到什么？”上校问。

“我不知道。一些比现在已经有的更好的东西。”

“是的。我们应该努力尝试那么做。我不相信目标是有限的，虽然有时候得强迫自己。”

“你最大的痛苦是什么？”

“别人的命令，”他说。“你的呢？”

“就是你。”

“我不希望成为你的痛苦。我自己有许多次像狗娘养的那么痛苦。可我从来不使别人痛苦。”

“你现在就使我痛苦。”

“好吧，”他说。“姑且就算这样吧。”

“你肯承认显得很可爱。今天早上你非常温和，这么一来我就不好意思了。请紧紧地抱住我，别去说事情本来也许不是这样的那种话，也别这么想。”

“女儿，这是我知道该如何做的事情之一。”

“你懂很多很多的事情，可别这么说。”

“当然，”上校说。“我懂得如何冲锋陷阵和撤退，还有什么呢？”

“还懂绘画、书籍和生活。”

“这并不难。只要欣赏绘画时不带偏见，读书时抱着虚心的态度，生活中不自欺欺人。”

“请别把上衣脱下来。”

“好的。”

“当我说‘请’时，你什么都愿意做。”

“你不说‘请’时，我也做过。”

“不是常常这样。”

“是的，”上校承认说，“‘请’是个可爱的字眼儿。”

“请，请，请。”

“Per piacere[①]。我说的是‘为了快乐’。我希望我们一直能讲意大利语。”

“我们可以没人时悄悄讲。虽然不少事还是用英语讲更好。

“我爱你，我最后的、唯一的真爱，”她引用他的话说。“当庭园里的紫丁香最后一次绽放花朵的时候。还有，从不停摇晃的摇篮里出来。还有，来吧，快吃，你们这些狗崽子，要不我就扔掉了。你不想用其他语言讲这些，对吗，理查德？”

“是的。”

“请再吻我一次。”

“说‘请’是多余的。”

“或许哪天我也会像一个多余的‘请’一样告终，那对于你将要去世这一情况来说倒是好事，因为这样你就不能离开我了。”

“这样说有些粗鲁，”上校说。“你那张可爱的嘴要当心点。”

“你粗鲁，我也粗鲁，”她说。“你不喜欢我完全变个样吗？”

“我不喜欢你在任何方面变得跟原来不一样。我真心地爱你，永远爱你，至死不渝。”

“你有时候把美好的事情说得太直截了当。如果可以问一问的话，你和你太太之间究竟怎么了？”

“她是个野心勃勃的女人，而我又经常不在家。”

“你是说当你因为公务出门时，她却为了野心而离开了你？”

“是的，”上校说，尽量抑制住内心的辛酸。“她比拿破仑的野心还大，而才智大约相当于中学毕业生。”

“随它怎么样吧，”姑娘说。“我们别再谈她了。很抱歉，我不

---

① 意大利文，意为“请，劳驾”，也可以直译为英文的“for pleasure”（为了快乐），所以有下面一句。

该问这个问题。她不能和你在一起肯定很伤心。”

“不。她过于自负，不会伤心。她跟我结婚是为了在军界扩大社交圈子，为她的职业，或是她的艺术建立更好的社会关系。她是个记者。”

“这样的人很可怕，”姑娘说。

“我也这么看。”

“你和一个女记者结了婚，又让她继续干那行，这怎么行呢？”

“我告诉过你，我犯了错误。”上校说。

“让我们谈些高兴的事吧。”

“对。”

“不过那真的很可怕。你怎么做了这样的事呢？”

“我不知道。我可以详细地告诉你，但还是以后再说吧。”

“那就请以后说吧。我没想到这事竟然那么糟糕。现在你不会再做这样的事了，对吗？”

“我向你保证，心肝。”

“但是你不写信给她吗？”

“当然不。”

“你不把我们的事告诉她，让她写出来吗？”

“不。我曾经告诉过她一些事情，她也确实写了出来。但那发生在另一个国家，而且，这个女人已经死了。”

“她真的死了？”

“死得比腓尼基的福玻斯①还彻底，不过她自己并不知道。”

“如果我们俩在皮亚扎碰巧遇见她，你会怎么办？”

---

① 希腊神话中的太阳神和诗歌音乐之神。

“我会视而不见，让她明白她已经彻底地死了。”

“非常感谢你，”姑娘说。“你知道，对我这么一个毫无经验的年轻姑娘来说，要跟另外一个女人，或是记忆中的女人打交道，是一件很可怕的事。”

“没有什么别的女人，”上校告诉她；回忆使他的目光变得阴郁起来。“也没有记忆中的女人。”

“非常感谢你，”姑娘说。“当我这么看着你时，我相信你说的是真话。但是请别用这种目光看着我，也永远别这么想我。”

“我们是不是该把她抓来，吊在一棵高大的树上？”上校好像预见到了她的想法。

“不。还是让我们忘记她吧。”

“她是被忘记了，”上校说。可是，令人不可思议的是，她原先就已被忘记了，却竟然在这个房间里出现了一会儿，险些引起一阵恐慌，这实在是最奇怪的事情之一，上校想。他很了解什么是恐慌。

不过她现在走了，彻底地一去不复返了；她已经被灼伤，被赶了出去，带着一份调往别处的文件，其中包括一式三份经过公证的正式离婚证明。

“她是被忘记了，”上校说。这是确凿无疑的。

“我真高兴。”姑娘说。“我不明白他们怎么会让她进入旅馆的。”

“我们俩太相像了，”上校说。“我们最好别他妈的太过分。”

“如果你想把她吊死，尽可以那么干，因为她使我们不能结婚。”

“她已经被忘记了，”上校对她说。“也许她哪天会在镜子里好好照照自己，然后去上吊。”

“既然她现在离开了这个房间，我们就不该再诅咒她遭殃。不过，作为一个诚实的威尼斯人，我希望她死了。”

“我也一样，”上校说。“现在她既然还没有死，就让我们永远忘掉她。”

“永远，永久，”姑娘说。“我希望这样的措辞是正确的，或者，用西班牙语说 para sempre[①]。”

“Para sempre，及诸如此类的说法。”

① 西班牙文，意为“永远”。

第二十八章

他们俩躺着，没有说话。上校能感觉到她的心跳。她穿着家里人为她织的黑毛衣，他很容易就能感觉到毛衣下的咚咚心跳，也能感觉到散开在他那只好手臂上的厚重的深色长发。它并不厚重，他想，它比什么都轻。她躺着，安静而温柔，他们正在体验的一切达到了完美融合的境地。他吻着她的嘴唇，充满了温存与饥渴，接着，当这种交融达到最理想的高峰时，一切突然凝固不动了。

“理查德，”她说。“我为这事感到难过。”

“永远不要难过，”上校说。“也别提身体受伤的事，女儿。”

“再说一遍。”

“女儿。”

“你能告诉我一些高兴的事吗？好让我在下个星期里愉快地回忆，再讲些战争的情况，使我长点知识，行吗？”

“我们不要谈战争。”

“不。我需要了解，我要增长见识。”

“我也需要，”上校说。“但不是指挥作战方面的。你知道，在我们军队里有个将级军官，他通过狡诈的手段获得了部队行动计划，又在未接到命令时抢在敌军每一次行动前出击，结果表现出色，比许多人升官都升得快。这就是为什么我们有一次挨了重剋。那次正好是周末。”

“我们现在也正是周末。”

“我知道，”上校说。“我还能数到七。”

“可你是不是对经历过的事都感到痛苦？”

“不。正因为我已年过半百，事事都看得很明白。”

“告诉我一些巴黎的事吧，因为我喜欢在下一个星期里想你和巴黎的事。”

“女儿，为什么你不能把巴黎抛在一边呢？”

“因为我去过巴黎，还要再回到那儿去。我渴望了解它。除了我们的威尼斯，巴黎是世界上最美丽的城市，我希望更好地了解它的真实情况。”

“我们以后一起去那儿，到了那儿我会告诉你。”

“谢谢你，可是就为了下个星期，先说一点儿吧。”

“我想我跟你说过，勒克莱尔是个出身名门的傻瓜。非常勇猛，非常傲慢，而且野心勃勃不可一世。我说过，他死了。”

“是的，你告诉过我。”

“人们说，不该说死人的坏话。可是我认为，正因为人死了，才能够真实客观地评论他做过的事。在他生前我不会当他面讲的话，他死了以后我也决不会讲，”随后他又添了一句，“实话实说。”

“我们不要再谈他，我已经对他重新评价了。”

“那你想听什么，生动感人的？”

“是的，那些画报把我的趣味都弄坏了。你离开后，我要读一个星期的但丁，每天早晨去做弥撒。对我来说，这就够了。”

“午餐前还可以去哈里酒吧。”

“我会去，”她说。“但是请给我讲些生动感人的事情。”

“你不认为我们现在最好还是睡觉吗？”

“我们没有多少时间了，怎么还能睡觉呢？瞧这个，”说着她把头抬起来顶他下巴，顶得他只好把头往后仰。

"好吧，我就讲。"

"先把你的手让我握着。以后我读但丁或干别的事时，就会感到握着你的手。"

"但丁是个讨厌的家伙。比勒克莱尔还要自高自大。"

"我知道。但是他写的东西一点不讨厌。"

"是的。勒克莱尔也很会打仗，非常出色。"

"给我说说吧。"

她的头这会儿放在上校的胸脯上。上校说，"为什么你不要我脱掉上衣？"

"我喜欢摸这些纽扣，不好吗？"

"我真是个可怜的狗崽子，"上校说。"你们家族中有多少人打过仗？"

"所有的人，"她说。"在所有的年代。他们中有些人是商人，有几个当过威尼斯的执政官，这你都知道。"

"但是他们都打过仗吗？"

"都打过，"她说。"据我所知。"

"好吧，"上校说。"我来讲讲那些你想知道的该死的事。"

"就说些生动感人的事。说跟画报里一样糟糕或者更加糟糕的事。"

"是《星期日邮报》①或《军官画报》②里那样的吗？"

"更糟一些的，如果可能的话。"

"先吻吻我。"

她温柔地吻他，接着又用力地、拼命地吻他，上校无法再想任何事情，无论是战争的、生动感人的还是不可思议的事。他只想到

---

①② 原文为意大利文。

她，想她此刻是怎样的感受，想生和死的距离在狂喜的时刻是多么近。可是狂喜是他妈的什么东西，是什么军衔，什么番号？她的黑毛衣摸上去是什么感觉？是谁赋予她这么光滑的肌肤，可爱的身体，还有那奇特的自尊心和牺牲精神，以及孩子气的聪明？是的，你本来可以体验到狂喜，可你却拉来了睡魔的兄弟。

死亡只是一堆粪土，他想。炮弹的碎片朝你飞来时，死亡也就紧随其后，而你却几乎看不清它从何而来。有时候，死亡来得极端残忍。它可能来自未煮沸的水，来自未拉好的防蚊军靴，来自整天伴随在耳边轰鸣的巨响声；它也可能随着轻轻的卡嗒声和接踵而至的机枪扫射声一起到来，还可能与一个冒着白烟的手榴弹同时飞来，或者与迫击炮弹震耳的爆炸声双双而至。

我亲眼目睹过它和炮弹一起从炮膛中飞驰而出，划过一条奇异的弧线从空中降落。它有时也在汽车爆炸时钢板的断裂声中到来，或者在路面太滑车轮缺少摩擦力时不期而至。

我还知道，它会降临到许多人的睡床上，就像与爱情对应的陪衬。我同死神几乎共度了一生。把它分赠与人是我的职业。可是在这个寒冷有风的早晨，在格里迪旅馆里，我能对这个姑娘说些什么呢？

“你想知道些什么，女儿？”他问她。

“所有的事。”

“好吧，”上校说。“这就开始说。”

第二十九章

他们躺在刚刚整理过的床上，床垫硬而舒适。他们的双腿紧紧贴在一起。她把头搁在他的胸脯上，头发披散在他那老而坚硬的脖子上；他开始对她讲述。

“我们登陆时没有遇到多少抵抗。真正的顽抗发生在其他海岸。后来我们和空降兵会合，攻占并坚守了几座城市，接着又拿下了瑟堡，这次行动非常艰难，而且必须速战速决，指挥战斗的是人称‘闪电乔’的一位将军，你从没听说过他吧，一位杰出的将军。”

“说下去。你以前提到过‘闪电乔’。”

“瑟堡之战以后，我们样样东西都不缺了。我只要了一只海军上将的指南针，别的什么也没拿，因为我在切萨皮克湾[①]里有一艘小船。不过我们缴获了全部盖着纳粹德国国防军戳记的马爹利酒。有些人搞到了多达六百万德国人印制的法国法郎。这种货币一年前还在流通，那时一美元值五十法郎。还有许多人懂得怎样通过各个处或科把钱寄回家，如今他们家里不再只有一头骡子，而是用上了拖拉机。

“除了那只指南针，我从没偷过任何东西，因为我认为在战争年代偷东西会倒霉，没有必要。不过我喝了白兰地；平时有空常常拿出指南针测定、矫正。指南针是我唯一的朋友，电话则是我的生活。我们架起的电话线比得克萨斯州的阴道还多。”

“请接着往下讲，尽量不要说粗话。我不知道那个词是什么意思，也不想知道。”

"得克萨斯州是个大州，"上校说。"所以我要用它和它那儿的女人来打比方。你不能说比怀俄明的阴道还多，因为它的人口还不满三万，或许，他妈的最多不超过五万。可电话线却有很多，必须不断地架线，不断地绕线，然后再架线。"

"说下去。"

"我们要突破防线，"上校说。"假如你听厌了，请告诉我。"

"没有。"

"那就讲该死的突破吧，"上校说。现在他把脸转向她的脸。他不是在讲述，而像是在供认某种隐秘。

"第一天大部分的飞机都飞来了，扔下一些圣诞树上的装饰物，扰乱了雷达的监视，于是行动计划宣告取消。我们本来已准备好出击，可是却被取消了。我确信这个决定极其英明。我热爱最高指挥官，你知道，就跟热爱猪一样。"

"好好说下去，别粗野。"

"情况并不乐观，"上校说。"第二天，我们开始发起进攻，正如我们的英国表兄所说——他们连一块湿纱巾似的阵地都未攻破过——野性十足的空中蓝色霸王正飞来参战。

"当我们看见第一批飞机时，其余的飞机仍在不停地从一艘长着青草的航空母舰上起飞，那艘航空母舰名叫英格兰。

"它们在太阳光下闪闪发亮，显得很漂亮，因为机身上的保护漆已被刮去，或许根本没有涂过。我已记不太清这个了。

"总之，女儿，你一眼望去，只见机群排成长列一直往东延伸到看不见的尽头，就像一列长长的火车。它们高飞在云天之处，真是无比壮观。我对二科的科长说，可以把它们命名为'瓦尔哈拉殿

① 美国东部大西洋沿岸平原最大的海湾。

堂特快专列’[①]，你不觉得枯燥吗？”

“不，我能看见瓦尔哈拉殿堂特快专列。我们以前从没见过这么多飞机。可我们见到了。许多次。”

“我们距离发起冲锋的地点有两千码。你知道吗，女儿，在战争中发动进攻，两千码意味着什么？”

“不知道，我怎么会知道？”

“后来，瓦尔哈拉殿堂特快专列的头部扔下了有色烟幕弹，随即便掉头返航了。烟幕弹扔得很准，清楚地指明了目标，即德国佬的阵地。他们的阵地占据着有利的地势，要不是我们先前亲眼看到了那种强大威武的力量，恐怕我们很难把他们从那儿驱逐出去。

“接着，女儿，瓦尔哈拉殿堂特快专列的后部开始把世界上的一切全朝德国佬头上扔去，扔向他们生活的地方和企图阻断我们前进的地方。过后，那儿似乎整个地面都被掀翻了，我们抓获的俘虏好像患了疟疾一样抖个不停。他们本来都是些勇敢的年轻人，是第六伞兵师的，尽管他们竭力控制自己，但还是不由自主地发抖。

“因此，你可以看出，轰炸取得了显赫的战果。这正是我们毕生追求的情形。他们在正义和威力面前颤抖。

“你听了不觉得枯燥吗，女儿？后来，风从东面吹了过来，使烟朝我们这个方向飘来。重型轰炸机轰炸了烟幕下的敌人前线阵地，可是烟幕现在却笼罩在我们的头上，于是轰炸机像炸德国佬那样对着我们疯狂轰炸。最先来的是重型轰炸机。一个人只要经历过那一天，就再也不会惧怕地狱。后来，为了真正实施好突破计划，也为了尽可能多地消灭先前已轰炸过的两边阵地上的人员，中型轰炸机又飞来轰炸剩下的人。最后，当瓦尔哈拉殿堂特快专列刚一返

① 瓦尔哈拉殿堂是北欧神话中死亡之神奥丁接待战死者英灵的殿堂。

航，我们便发起了攻击；飞机的队列从法国部分地区的上空一直延伸到整个英格兰上空，美丽而又威严。”

如果一个人还有点良心的话，上校想，他有时候会想想空军究竟干了些什么。

“给我一杯瓦尔波里切拉，”上校说，接着又想起来补充道，“劳驾。”

“对不起，”他说。“请放轻松些，我的心肝儿狗。是你要我讲给你听的。”

“我不是你的心肝儿狗。那肯定是别的什么人。”

“不错。你是我最后的、真正的和唯一的爱。这样说正确吗?是你要求我讲给你听的。”

“请讲下去，”姑娘说，“假如我知道该怎么做，我很愿意当你的心肝儿狗。可我只是这个城市里一个爱你的姑娘。”

“我们要采取行动，”上校说。“我爱你。我大概是在菲律宾学会这句话的。”

“大概是吧，”姑娘说。“可我更愿意做一个属于你的纯粹的姑娘。”

“你是的，”上校说。“完完全全是这样，而且还有标记。”

“请不要粗鲁，”她说。“要真心地爱我，尽可能真实地给我讲那些事情，也不要对你自己有任何伤害。”

“我会对你讲真实的事，”他说。“尽可能讲得真实，谁愿受伤害就让他去受吧。如果你对这方面感到好奇，那听我讲述确实要比从硬封面的书本里了解强得多。”

“请不要粗鲁。只说真实的事情，并且紧紧抱着我，跟我说那些真实的事情，直到把心中的郁闷全部排解出来；如果这能做到的话。”

“我没什么需要排解，”他说，“除了重型轰炸机的应用战术这件事。如果他们用得正确，即使把我炸死，我也毫无怨言。但是要给予根本性的援助，该给我派个像皮特·克萨达[①]一样的人，得有这样一个人狠狠踹他们一脚。”

“请别这样。”

“假如你想甩开我这种衰败不堪的人，那个家伙倒可以给你根本性的援助。”

“你没有衰败不堪，无论怎样，我爱你。”

“请从那个瓶子里给我拿两片药，再倒一杯瓦尔波里切拉，你刚才忘了给我倒。我再告诉你一些别的事。”

“你不要再说了。不用再给我讲什么，我知道这样对你不好。尤其不要再提出现瓦尔哈拉殿堂特快专列那天的事。我不是审讯官，也不管女审讯官是干什么的。让我们安安静静地躺着，看看窗外，看看大运河上有些什么情景。”

“或许这样更好。谁在乎那该死的战争？”

“你和我，也许，”她说，用手抚摩着他的头。“这是从方瓶里取出的两片药。这是从长颈瓶里倒出的酒。我会从庄园里给你送些更好的来。让我们睡一会儿，请你做个好孩子，我们躺在一起，相亲相爱。请把你的手放到这儿。”

“是好的那只还是坏的？”

“坏的那只，”姑娘说。“我爱这只手，下个星期里我天天都要想它。可是我不能像你带着翡翠那样把它带在身上。”

“它被寄存在保险柜里了，”上校说。“以你的名义，”他又补

---

① 即埃尔伍德·克萨达（1904—1993），美国空军的奠基者，为空军的战术理论和实践作出卓越贡献，二战中晋升为空军准将。

充说。

"让我们睡吧，别再提任何你经历过的事，也不提伤心的事。"

"让伤心的事见鬼去，"上校说，闭上了眼睛，把头轻轻地枕在那件黑毛衣上，这就是他的祖国。你必须有一个他妈的祖国，他想。这就是我的祖国。

"你为什么不是总统呢？"姑娘问。"你很可能成为一个出色的总统。"

"我当总统？我十六岁时就在蒙大拿州国民警卫队服役。但我这辈子从没戴过蝴蝶领结，也没当过命运不济的男子服饰经销商。我没有资格当总统。即使我不必坐在电话簿上拍照，我也领导不了反对派。我也不是一个从没打过仗的将军。见鬼，我甚至从没去过盟军最高司令部。我甚至不是一个老资格的政治家，我还不够老。在某种意义上，我们现在是被渣滓所统治。统治我们的是啤酒杯底的那种渣滓，里面还有妓女们扔的烟头。场地还没清扫干净，就让一个业余弹奏者在钢琴上胡乱敲打起来。"

"我没明白你说的意思，因为我对美国话还似懂非懂，不过听起来挺吓人的。请你别为那些事生气。让我来替你生气。"

"你知道什么是命运不济的男子服饰经销商吗？"

"不知道。"

"干这行并不有损体面，在我们国家这种人很多，每个城市至少有一个。不，女儿，我只是一个打仗的战士，是世界上最低贱的东西。如果他们能把尸体运回去，就能争取在阿灵顿[①]有一席之

① 阿灵顿国家公墓位于美国弗吉尼亚州阿灵顿县，在华盛顿市的正对面，占地200公顷以上，呈半圆形。正中央是1802年仿照雅典泰修斯神庙建筑的殿堂。在那儿安葬的有军事将领、历次战争中牺牲的官兵和一些杰出人物，还有一座无名战士墓。

地。家庭可以对安葬地作出选择。”

“阿灵顿漂亮吗？”

“我不知道，”上校说。“我还没被埋在那儿呢。”

“你愿意埋在哪儿？”

“高地上，”他迅速做出决定说。“在我们打败他们的任何一个高地上。”

“我想，该把你葬在格拉珀。”

“葬在任何一个留有炮击凹痕的斜坡上，要是夏季有人在坟地上放牧牛羊就好了。”

“那儿有人放牧吗？”

“当然。夏天哪里草儿长得好，哪里就有牲畜。山上房子里的姑娘长得结实，房子也坚固，能抗得住冬天的风雪，秋天他们把牲畜牵下山后，就设置陷阱抓狐狸。他们用干草垛的草喂牲畜。”

“你不喜欢呆在阿灵顿、拉雪兹公墓或是我们这儿什么地方？”

“你们凄凉的墓地。”

“我知道那是城里最没价值的地方。应该说城市。我是从你那儿学会区别城市和城镇的。不过依我看，你该到你喜欢的地方去，如果你愿意，我要跟你一起去。”

“我不愿意。这种事总是独自一人去做的，就像进浴室一样。”

“请不要说粗话。”

“我的意思是我很高兴跟你在一起。但这件事具有极端自我中心的意味，整个过程又很丑陋。”

他停下不说了，认真地想了想，但一点不着边际，于是说道，“不。你还是结婚吧，生五个儿子，给他们全都取名理查德。”

“慷慨的狮心王理查，”姑娘说，连眼都没眨一下就接受了他说的情形。就好像发到了一手牌，将分数计算精确后，便从容地根据自己的实力出牌。

“一派胡言的心，”上校说。“一个毫不公正、心怀恶意的批评家，在背后说每个人的坏话。”

“请不要这么粗鲁地说话，”姑娘说。“别忘了你也用最坏的话糟踏过你自己。还是尽可能紧紧地抱住我，我们什么都别想。”

他尽可能紧紧地抱住她，努力不想任何事情。

第三十章

上校和姑娘静静地躺在床上。上校尽量什么也不想，就像他以前许多次在许多地方曾经做过的那样。可是现在却不行。怎么也做不到，因为已经太迟了。

感谢上帝，他们俩幸好不是奥赛罗和苔丝德梦娜，虽然事情发生在同一个城市，姑娘比莎翁笔下的女主角更美丽，而且上校也屡战沙场，或许比那个喋喋不休的摩尔人打的仗还要多。

他们个个都是出色的战士，他想。那些该死的摩尔人。可是我们究竟杀死了他们多少人？如果把最后一次跟阿卜杜勒·克里姆[①]交战的摩洛哥战役也算在内，我想我们杀死的人比一代人还多。是把他们一个个分开打死的，从未大批地进行屠杀，就像我们在德国人跟他们的部队会合[②]之前杀掉他们那样。

“女儿，”他说。“如果我说得不粗野，你真的希望我讲给你听，让你了解那些事？”

“要是你能说给我听，那比什么都好。我们俩就可以分担了。”

“一分就没有分量了，”上校说。“全都给你，女儿。我只讲最重要最突出的事件。打仗的一些细节你不懂，只有很少一部分人懂。也许隆美尔能懂。但是他在法国一直处于被限制状态，而且我们摧毁了他的通讯系统。那是两支战术空军部队干的，我们的空军和英国皇家空军。我真希望能和他谈论一些事情。我喜欢和他还有恩斯特·乌德特谈话。”

“就说些你愿意说的事。喝一杯瓦尔波里切拉。如果你感觉不好，就停下。或者干脆不再说什么。”

“起先我是后备部队的上校，”上校耐心地解释说。“这种上校闲在那儿没有什么任务，是为师部指挥员做调动配备的；一旦有人阵亡或是调防，就让我们去替补。几乎没有人阵亡，调防的倒不少。所有表现突出的都得到了晋升，这种事就像森林着火一样，一来就是一大片。”

“请说下去。你该吃药了吧？”

“去他妈的该死的药，”上校说。“去他妈的盟军最高司令部。”

“你已经跟我讲过这个了，”姑娘说。

“我真他妈的希望你成为一个士兵；你脑袋灵活，记忆力极强。”

“要是能在你手下干，我倒很愿意当个士兵。”

“永远也别在我手下干，”上校说。“我很机警小心，可是我的运气不好。拿破仑喜欢他的军队走运，他是对的。”

“我们俩也有些走运。”

“是的，”上校说。“好运和坏运兼而有之。”

“但都是运气。”

“确实，”上校说。“但是打仗不能靠运气。尽管有时少不了它。那些靠运气打仗的人全都像拿破仑的骑兵那样光荣阵亡了。”

“你为什么讨厌骑兵？我认识的那些出色的年轻人几乎都在三个精锐骑兵团服役，要不就在海军。”

“我什么都不讨厌，女儿，”上校说，饮了一小口淡淡的干红葡萄酒，酒给他一种亲切感，就像回到了手足情深的兄弟家里一

---

① 阿卜杜勒·克里姆（1882—1963），反对西班牙和法国在北非的殖民统治的抵抗运动领袖。

② 原文为德文。

样。“我只是经过仔细的思考和对他们的能力做了估计后，才形成了这种看法。”

“他们真的很差劲吗？”

“他们毫无价值，”上校说。随后记起自己该做个和善的人，于是又补充道，“在我们这个时代。”

“每天都有幻想破灭。”

“不。每天都有新的美丽的幻想。但是你可以把一切虚假造作的东西从幻想中清除出去，就像你用锋利的剃刀清除胡子一样。”

“请你永远不要清除我。”

“你是无法清除的。”

“亲亲我，把我抱紧些，让我们一起看看大运河，那儿的阳光很明媚。你再给我讲一些好吗？”

他们望着大运河，那儿的阳光确实很明媚。上校继续讲述道，“我接管了一个团，因为司令官把一个年轻人撤了职。那个年轻人十八岁时我就认识他。当然这会儿他已经不是年轻人了。他没有能力指挥一个团，而一个团却是我一生都渴求的，一直到我失去了它。”他补充说，“当然是为了执行命令。”

“你是怎么失去这个团的？”

“当你逐渐缩小包围圈，要攻下一块高地时，你最终要做的就是派人去敌方劝降，如果你决策正确，他们就会考虑出来投降。职业军人都很理智，而那些德国人都是职业军人，不是盲目的狂热分子。这时从军部来了电话，传达来自美国陆军部，也许是野战集团军司令部，甚至可能是盟军最高司令部的命令：必须强行攻占这座城市。因为他们在一份大约由一名记者寄自斯帕[①]的报纸上读到了

① 比利时列日省城市。

这个城市的名字。既然这个城市上了报纸，说明它十分重要，必须把它夺下来。

“于是你让一个连在吊桥那儿送了命。你失去了整整一个连，又使三个连遭受重创。坦克拼命地加速前进，可是遭到猛烈的打击，它们快速地冲上前，又很快地退了回来。

“被击中一辆，两辆，三辆，四辆，五辆。

“通常坦克里五个人中有三个人能逃出来，他们拔腿飞奔，好似在一场橄榄球赛中，突破了散开防守区的持球队员撒腿飞跑，在这场比赛中，你是明尼苏达州队，而对方是威斯康星州的贝洛伊特市队。

“我使你厌烦了吧？”

“没有。只是不明白那两个地名的喻义。等你愿意的时候可以解释给我听。请继续说下去。”

“你冲进了城，而某个冠冕堂皇的笨蛋却下令在我们头顶上方搞轰炸。轰炸任务可能早有安排，一直没有取消。在未得到证实之前只能这样假设。我给你讲的只是大致的情形，最好不要讲得太具体，普通老百姓无法理解，你也一样。

“这次空袭没起多大作用，女儿。因为或许你还无法在这座城市站稳脚，那时候你剩下的人太少；你还得从废墟里往外挖人，否则就要把他们留在废墟里了，对于这个问题有两种主张。上面命令说要强行攻下这座城市。他们再次重复了这一点。

“这是那位穿着军装的政治家坚决批准的，虽说他这辈子从没受过伤，也没打死过人，只需拿着话筒说说话或是在文件上写写字。如果你愿意，不妨把他想象成我们的下一任总统。随你把他想象成什么都行。不过还是请你想象一下他和他手下那批庞大的工作人员，他们离前线如此遥远，用信鸽与他们保持通讯联系看来是最快捷的方法。只是他们在为自己采取诸多安全措施的同时，也许得留心别让高射炮击中了那些鸽子。如果炮火射得准的话。

“于是，你得再次发起进攻。我会告诉你后来怎么样。”

上校望着天花板上不断变幻的光线。有一部分光线是运河河面的反光。这光线奇特而又平稳地波动着，变化着，好似一条有鲑鱼在里面游弋的溪流，但它总停留在原处，随着阳光的移动而变幻。

然后他看着他心爱的美人，她那不可思议的大孩子似的黝黑脸庞使他心碎。他得在午后一点三十五分前离开，这是确定无疑的。他说道，“我们别再谈战争了，女儿。”

“求你，”她说。“求你了。我这一个星期都得想它。”

“那真是短期服刑。我说服刑是指监狱服刑。”

“你不知道在你十九岁时，一星期的时间有多长。”

“有好几次我知道一小时有多长，”上校说。“我还可以告诉你两分半钟有多长。”

“请告诉我。”

“在什尼埃菲尔战役和这次战役之间，我到巴黎休假两天。由于和一两个人的私交，我有幸出席了一个会议，出席者都是有资历的和可靠的人物。沃尔特·贝德尔·史密斯[①]将军向我们讲解后来被称为‘赫特根森林’的战役是如何易如反掌。那次战役并不全在赫特根森林展开。那个地方只是整个战场的一小部分。那个地区叫施塔特瓦尔德，德国最高统帅部决定在亚琛失守、进入德国的通道被打开缺口后在那儿开战。我没让你听得厌烦吧？”

“你永远不会使我厌烦，打仗的事也一点不会使我厌烦，除非

① 沃尔特·贝德尔·史密斯（1895—1961），美国陆军上将、外交官及政府官员。1942 年 9 月被任命为欧洲战场的参谋长及艾森豪威尔将军的参谋长。

你编谎话。”

“你真是个不可思议的姑娘。”

“是的，”她说。“我自己很早以前就知道了。”

“你真的喜欢打仗吗？”

“我不知道自己行不行，如果你肯教我，我愿意试一下。”

“我永远也不会教你。我只给你讲些奇闻逸事。”

“讲些国王死去的悲伤故事。”

“不。他们被称作GI①。上帝，我多么痛恨这个叫法，而人们又总是这么叫着。他们只会读读连环漫画。所有的人都从那种鬼地方来。大多数人并不情愿，当然不是所有的人。可他们都看一份叫作《星条旗》的报纸，你应该设法让你的部队出现在那张报纸上，否则就会被人认为是个失败的指挥官。我经常是个失败者。我也试过用友好的态度对待记者，出席那次会议的确实有几个很出色的记者。我不提他们的名字了，因为可能会忽略某些优秀分子，这未免有失公正。那些优秀记者我没全记住。出席者中有些是逃避兵役者，也有的是骗子，明明只被一块碎弹片擦破了皮，就声称自己受了伤，还有遇到汽车意外事故也佩戴紫心勋章的人，还有政府里的消息灵通人士、胆小鬼、说谎者、窃贼和靠打电话在政治上发迹的人。在这个简要介绍中有一些死者没提到。这次战役也是死了人的，占很高的比例。但是死去的人是不会来出席会议的。那里还有女人，穿着漂亮的军装。”

“你怎么会和其中一个结了婚？”

“我告诉过你，我犯了错误。”

“说下去吧。”

① government issue的首字母缩写，意为“美国兵”。

"房间里到处是地图，多得连上帝在效率最高的一天里也看不完，"上校继续说。"有大地图，中号地图和特大号地图。所有的人都装出很懂的样子，像小孩拿着教鞭那样，手里捏着一根没用的台球棒似的东西作讲解。"

"别说粗话。我不懂'没用的'是什么意思。"

"缩短了的，或是缩小了的，表现出某种不称职的状态，"上校解释说。"这种欠缺可能指器具，也可能指人，这是一个古老的字眼，在梵语中都能找到。"

"请说下去。"

"为什么要说？为什么要通过我的嘴使这些耻辱永存下去？"

"如果你愿意，我就记录下来。我会真实地记下我听到的和想到的一切。当然，免不了也有些错误。"

"假如你能真实地记下听到的和想到的一切，那你实在是个幸运的姑娘。但是我告诉你的事，一个字也不准记。"

他继续说："那儿挤满了记者，衣着穿戴全凭个人爱好。有的玩世不恭，有的充满急切渴望。

"为了严密监视他们，也为了控制那些拿着指示棒的人，有一群挎枪的家伙在值勤。我们把从不打仗却穿着军装的人叫作挎枪的家伙，他们那身军装可以称为戏装。每当武器不小心碰了他们的大腿，他们那玩意儿也会竖起来。顺便说一下，女儿，我说的武器不是那种老式手枪，而是真正的手枪，但打起仗来，它比世界上任何一种武器的命中率都低。你可千万别让人送你这种东西，除非你想在哈里酒吧用它敲别人的脑袋。"

"我从没想过要敲别人脑袋，也许安德烈亚除外。"

"如果哪天你想敲安德烈亚，得用枪筒敲，别用枪把敲。用枪把敲手感迟钝，容易落空，即使你打中了，把枪抽回来时也会把手撞出血。不过请不要敲安德烈亚，因为他是我的朋友，而且我认为他不会那么容易被击中。”

“是的，我也这么想。请再说一些那次会议，或是与会者的情况。我想现在我能一下子认出挎枪的家伙。不过我还是乐意被人彻底检验一下，看看是否合格。”

“挎枪的家伙们对自己的枪法沾沾自喜，正等着大将军来讲解军事部署。

“记者们有的轻声低语，有的唧唧喳喳，那些比较有头脑的则闷闷不乐，或是勉强摆出高兴的样子，所有的人都坐在折叠椅上，就像在肖托夸教育集会[①]上听课一样，很抱歉，我又说了本地术语，可我们就是本地人。

“将军走了进来，他不是挎枪的家伙，但是个大商人，优秀的政客，善于经营的典范。军队当时是世界上最大的商行。他拿起那根无用的指示棍，充满自信、丝毫没做任何失败的准备，详细地向我们说明这是怎样一次进攻，我们为何要组织这次进攻，以及如何就能轻而易举地取胜。没有任何问题。”

“说下去，”姑娘说。“我来把你的酒杯斟满。你看看天花板上的亮光。”

“斟满吧，我看看这亮光，然后再接着说。”

“这是个使用强行手段推销的商人。我这么说并无不敬之意，而是赞赏他的才能，或是他的禀赋。他说凡是需要的条件我们都已具备，什么都不缺少。那个被称作盟军最高司令部的组织，当时设在巴黎附近的城市凡尔赛。我们将向亚琛的东面进攻，那儿距大本

---

① 19世纪后期及20世纪初流行于美国的类似暑期学校的活动，常在野外举行，包括报告会、演戏、音乐会等，因始创于纽约州的肖托夸地方而得名。

营三百八十公里左右。

“一支军队可能很庞大，但可以紧紧地靠拢前进。最后他们终于到达兰斯，离战场还有二百四十公里，但那是好几个月以后的事了。

“我很明白大实业家有必要避免与工人接触。我也知道军队的规模和各种存在的问题。我甚至熟悉后勤的工作，那种工作并不难。但是历史上没有一个统帅离前线这么远指挥战斗。”

“给我讲讲这个城市。”

“我会讲给你听，”上校说。“但我不想让你难受。”

“你从没让我难受过。我们这里是个古老的城市，也总是有人去打仗。我们尊重他们胜于尊重其他一切人，我希望我们能对他们有些了解。我们也知道他们这样的人挺难相处。通常女人们都觉得他们很讨厌。”

“我使你讨厌吗？”

“你怎么看？”姑娘问。

“我腻烦自己，女儿。”

“我认为不是这样，理查德，如果你对生活感到厌烦，你就不会在一生中做那么多事了。请别对我瞎说，亲爱的，我们只剩下一点点时间了。”

“我不瞎说了。”

“难道你不明白，为了排除内心的苦闷，你该把事情都讲给我听？”

“我知道我要告诉你。”

“可你难道不知道，我希望你死的时候能有一种宽容、愉快的心境？噢，看我胡说些什么。别让我胡说八道了。”

“我不会了，女儿。”

“请再给我讲一些，你想怎么痛苦就怎么痛苦吧。”

第三十一章

“听着，女儿，”上校说。“现在我们别再谈那些时髦人物和高级将领了，即使是从堪萨斯来的，长得比路旁的桑橙树还要高的。这种树也结果实，一般不能食用，是纯粹的堪萨斯特产。除了堪萨斯人，其他人都跟它不相干；也许除了我们打仗的人。我们每天都吃这一类劳什子。桑橙，”他补充说。“只是我们把它叫做应急口粮。吃起来还不赖。普通口粮却很差。多维饼干是好的。

“我们就这样打仗，非常乏味但却增长见识。如果有人对这感兴趣，情况大致如此，不过我怀疑是否有这种人。

“通常都是这样的情形，下午一点，‘红色部队’的三科科长接到通知：‘白色部队’已准时出击。‘红色部队’说他们正伺机紧跟白色部队，并与之汇合。下午一点零五分，如果你能记住这个时间，女儿，记着是下午一点零五分，蓝色部队三科科长（我想你知道三科科长是干什么的）说：‘你们开始行动时通知我们。’‘红色部队’说他们正伺机跟‘白色部队’并与之汇合。

“你准看出来了，这有多么容易，”上校对姑娘说。“人人都可能在早餐前操练一会儿。”

“我们不可能都当步兵，”姑娘温柔地对他说。“除了优秀诚实的飞行员，我尊重步兵胜于其他一切人。请说下去，我会好好照料你。”

“优秀的飞行员的确不同凡响，应当受到尊重，”上校说。

他抬头望望天花板上的亮光，怀着极度绝望的心情想起他失去的那三个营和一个个战士。他再也别想有这么好的一个团了。这个团不是他创建的，是他从别人手里接下来的。可在那段时间里，它就是他最大的快乐。现在团里有一半人阵亡，剩下的人几乎都负了伤，有伤腹部的、头部的、颈部背部的，还有伤了手脚的，幸运的伤了臀部，倒霉的伤了胸部和其他部位。在树林里遭枪击受伤的部位，在开阔的野外是永远不会被击中的。受伤的人从此终身残疾。

“这真是很棒的团，”他说。“你甚至可以说它是极其出类拔萃的团，只是后来我把它毁了，在别人的命令下。”

“可是你既然十分清楚命令不对，为什么还要执行呢？”

“在军队里，你就得像条狗那样顺从，”上校解释说。“你只能希望自己会遇上个好主人。”

“你遇到了什么样的主人呢？”

“到目前为止，我只遇到过两个好的。我当上指挥官以后，手下的人都很优秀，可是好的主人只有两个。”

“那就是你现在不能当上将军的原因吧？如果你是个将军，我会很高兴。”

“我也会高兴，”上校说。“不过或许没有你那么强烈。”

“你不想睡一会儿吗，让我高兴一下？”

“好吧，”上校说。

“你瞧，我想你要是能睡着，就会摆脱那些事，只要睡熟就好。”

“是的，非常感谢，”他说。

没什么可说的，先生。一个男人该做的就是服从。

第三十二章

“这一觉你睡得非常好，”姑娘对他说，样子温柔而又可爱。“要我为你做什么吗？”

“不用，”上校说。“谢谢你。”

过了会儿，他的心情又变坏了，他说，“女儿，我即使穿着碎成条的衬裤，被剃光了头坐在电椅上，照样能睡着。只要想睡，我都能睡着。”

“我可从来做不到，”姑娘困倦地说。“我只有困得厉害时才睡得着。”

“你真可爱，”上校对她说。“你能睡得比谁都甜美。”

“我并不为此而骄傲，”姑娘说，满脸睡意。“这只不过是睡觉。”

“那就睡吧。”

“不，你轻声细语地讲给我听，把那只受伤的手放在我手里。”

“这只该死的坏手，”上校说，“自从受了伤以后就这副丑样子。”

“它是丑，”姑娘说。“比你熟悉的任何手都要丑，非常丑。不过还是请你给我讲讲打仗的事，不要讲得太残忍。”

“这个任务很容易完成，”上校说。“我不指出具体的时间。那时候天气很阴沉，地点的代号是986342。那么局势如何呢？我们用火炮和迫击炮把敌军的阵地炸得硝烟弥漫。三科科长传达六科科长的命令，‘红色部队’必须在下午五点以前完成战前准备工作。六科科长希望你完成战前准备工作并且充分利用火炮的威力。‘白色部队’报告说他们目前状况良好。六科科长通报说A连将从原地绕到B连的所在地给予增援。

“B连的进攻被敌军的炮火阻断，只能就地等候援兵。六科科长的指挥并不英明。这是非官方消息。他想加强大炮的轰击，可是没有更多的大炮。

“究竟为了什么去打仗呢？我并不真正明白。或者说真正明白了。谁想了解真正的战斗？这儿就行，女儿，通过电话就能了解。如果你想知道，等会儿我就向你描述何时何地谁被杀死的情景，再加进去些声音、气味和逸闻。”

“我只想听你愿意讲的。”

“我来告诉你是怎么回事，”上校说，“沃尔特·贝德尔·史密斯将军至今都弄不清来龙去脉。不过，也许是我错了，我常常出错。”

“我很高兴不必认识他，或者说这个巧舌如簧的家伙，”姑娘说。

“我们活着时是不用再认识这类家伙了，”上校向她保证。“我还要派兵守住地狱的大门，不让他们进去。”

“你听上去有些像但丁，”她十分困倦地说。

“我是但丁先生，”他说。“在目前这一刻。”

有一会儿工夫，他确实是的，他描绘了地狱的每一层。它们和但丁在诗中写的一样不公正，但他的确描绘了。

第三十三章

“我要略过那些细枝末节，因为你困了，这很正常，无可非议，”上校说。他又一次注意地望着天花板上奇异变幻的光线。然后他看了看姑娘，她比他见过的任何一位姑娘都美。

他看见她们来了又走了，她们走的时候比任何会飞的东西还快。她们从美女很快就变成了不值钱的货色，变得比任何动物都快，他想。不过，我相信眼前这一个能保持优雅的步态，永远不会改变。深色头发的女性最能留住美貌，他想，又看了看那张棱角分明的脸。这个姑娘还有高贵的血统，她能永久保持优雅的步态。我们那儿的美女大都来自卖苏打水的柜台，她们连自己祖父的姓氏都不知道，要不，也许是舒尔茨。或者施利茨，他想。

这种态度可不好，他在心里对自己说；因为他一点也不想对姑娘流露这种情感，她不会喜欢的。她现在睡得很熟，像一只蜷在那儿睡觉的猫。

“好好睡吧，我最亲爱的美人儿，我没什么要告诉你了。”

姑娘睡着了，仍旧握着那只他看了讨厌的坏手。他能感觉到她的呼吸，很快就睡熟的年轻人都这样呼吸。

上校对她讲了全部的事情，但没有说出声。

于是，在有幸听完沃尔特·贝德尔·史密斯将军有关战役简单易打的讲话后，我们便开始发动进攻。实施进攻任务的有大红师，他们对自己名声赫赫的威力深信不疑。还有第九师，那是一个比我们强的师。另外就是我们，当他们要你去完成任务时，你总是只能服从。

我们没有时间读幽默画报了，也没时间干其他的事，因为我们总是天亮以前就得开拔。这可是件不容易的事，你得把大地图扔在一边，带着一个师上阵地。

我们佩戴着四叶苜蓿的标记。它没有任何含义，只是我们大家都很喜欢它。每当我瞧见这种标记，五脏六腑就会产生跟以前一样的感觉。有些人认为它是常春藤，可它不是，它是四叶苜蓿，样子有点像常春藤。

上面命令我们跟大红师一起进攻，大红师是美国陆军部第一步兵师的代号。他们和他们那个唱着“卡利普索”①的公共关系军官使你永远难以忘怀。他是个可爱的人。那是他的工作。

可是你厌恶透了那些胡说八道②，除非你喜欢那气味和滋味。我从来都不喜欢那东西，虽然我小时候喜欢光脚踩在牛粪上走，让牛粪踩进脚趾缝里，可是厌恶马粪。我一看到它就会恶心，在一千码之外就能察觉到它在哪里。

于是，我们发起了进攻，三个师拉开了一条战线，这正是德国人所希望的。我们决不再提沃尔特·贝德尔·史密斯将军，他不是恶棍，只不过许下诺言，保证能轻而易举地取胜。在一个民主国家里，我想，是不会有恶棍的。他只是犯了该死的错误。事情就是如此，他在心里补充说。

退回到后方时，我们把标记都摘了下来，这样德国佬就认不出我们了。他们对这三个负责进攻的师非常熟悉。我们进攻时三个师拉成了一条战线，没有后援部队。我不给你解释这是什么意思了，

---

① 特立尼达的一种民歌，也在加勒比群岛的东、南部演唱，歌词常以诙谐的语调讽刺时事，以即兴的形式表演。

② 原文是 horse-shit，亦有“马粪”之意。

女儿。但是这样很不利。我仔细察看了我们准备攻占的地点。那儿原来是帕森达埃勒，长着茂密的树林。我说茂密的树林，也许有些过头，不过我认为确实如此。

倒霉的二十八师位于我们的右侧，他们陷于困境已经有些时日，因此我们对于树林里可能存在的状况有了比较准确的了解。我想，做保守的估计，那儿的情形也很不利。

接着，我们的一个团被命令在进攻前投入战斗。这意味着敌人至少会抓获一个俘虏，那就会使拿下标志这种做法显得很愚蠢。敌人会等着我们，等着原先佩戴四叶苜蓿标志的人。这些人将像骡子一样径直朝地狱奔去，并在那里挨过一百零五天。这个数字对于普通老百姓当然没有什么意义。对于我们从未在树林里看见过的盟军最高司令部的人也没有意义。后来，纯属意外——当然啰，盟军最高司令部总是把这类事件称作意外——这个团被击溃了。对此谁也没有责任，特别是指挥这个团的军官更没有责任。我很乐意把我的一半时间用来在地狱里跟他作伴；这也许能办到。

如果我们没有像推测的那样走向地狱，而是走进德国人的一个类似“瓦尔哈拉”[①]的场所，并且不能和那儿的人融洽相处，那就显得太奇怪了。或许我们能在角落里的桌子旁和隆美尔、乌德特坐在一起，好似在冬季运动会的旅馆里一样。不过那也可能是地狱，尽管我从不相信地狱。

不过，根据部队人员替补制度，这个团像美国军队其他有伤亡的团一样，又重建了起来。我不想叙述这一过程，因为你可以随时从一个替补人员写的书里了解到。总之，归结起来只有很简单的事实：只要没被打死，没有残废，没有因精神分裂而被开除，你就得

---

① 见第 96 页注①。

留在前线。考虑到运输的困难，我想这很合乎逻辑，跟其他任何做法一样好。不过，有一批没被打死的士兵留了下来，他们对这一仗的成败因果看得很清楚，他们中没有一个人对这些树林有好感。

你可以从这句话里看出他们的态度：“别想再骗我了，老兄。”

我已经当了整整二十八年非阵亡人员，很理解他们的态度。他们都是士兵，大多数士兵都在那些树林里被打死，而那时我们正在攻打三座无辜的城市；它们是真正的城堡。建造这些城堡是为了诱惑我们，对此我们毫不知晓。用我的愚蠢的行话来说就是：也许情报有误，也许不是。

“我为这个团感到难受，”姑娘说。她刚刚醒，一醒就说话了。

“是的，”上校说。“我也是。让我们为它干一杯。然后你再接着睡，女儿。战争已经结束，并且已被遗忘。”

请不要以为我是个自负的人，女儿。他说，但没有出声。他的真正的爱又睡着了。她睡觉的姿势和他那个职业女性不一样。他不愿意回想那个职业女性睡觉的样子，可是却想起来了。他希望忘记它。她睡觉的样子不美，他想。不像这个姑娘熟睡时宛如醒着，模样生动，除非她长眠不醒。好好睡吧，他想。

你他妈的凭什么批评起职业女性来？他想。你自己不也选择了一种可悲的职业并且惨遭失败吗？

我想当，而且当过美国陆军部队里的一名将军。我失败了，现在又在说那些成功者的坏话。

这种悔悟的心情并没持续下去。他对自己说，“不过要排除那些马屁精，他们占百分之五、十和二十，还有所有那些不知从哪里来的蠢货，从没打过仗却掌握着指挥权。”

他们还打死了一些来自葛底斯堡学院的人。那是所有屠杀日中最残酷的屠杀日，敌对双方的死亡人数都非常可观。

别难受了。“瓦尔哈拉殿堂特快专列”飞来空袭时，连麦克奈尔将军也被误杀了。没什么可难过的。来自学院的人被打死了，后来的统计结果证实了这一点。

想起这些事我怎么能不难过呢?

想难过就难过吧。把这些告诉姑娘，但是别出声，那样不会使她伤心，因为她正睡得香甜。他愉快地对自己说，因为他的思绪经常处于纷乱的状态。

第三十四章

平静地睡吧，我真正的爱，等你醒来时这些都过去了。我要跟你讲些笑话，避开打仗这种可恶职业[1]的细节问题。然后我们就去买那个小黑人，或者说摩尔人，用乌檀木刻的，那小人儿脸蛋线条细巧，头上还有顶钻石镶拼的帽子。你把它别在身上，我们一块儿去哈里酒吧喝点什么，看看我们的朋友在做什么，这会儿他们该到了。

我们在哈里酒吧吃午饭，或者回到这儿来，那时我的东西都包捆好了。我们彼此说再见，随后我带着杰克逊登上汽艇，跟团长说上几句叫人高兴的俏皮话，再对骑士团的其他成员挥手告别。据我现在的感觉，看来十之八九或者三十分之二十八，我们彼此不会再见面了。

去他的，他在心里说，当然没有出声。我在许多次战役前夕，在每年秋天的某段日子里几乎都有这种感觉，而每次离开巴黎前，也都是同样的感觉。或许这并不说明什么。

谁在乎呢，除了我和团长，还有这个姑娘，我指的是指挥官级别的。

我自己是很在乎的。不过我现在当然学乖了，学会了适应，不会在意一些无关紧要的事，例如妓女的定义。一个规矩女人不会怎么怎么等等。

但是我们别再想那个小伙子、中尉、上尉、少校、上校、将军先生了。我们得再次把那一切留在前线，让那张活似老希洛尼穆斯·博斯[2]画的丑脸见鬼去吧。你可以把你的长柄大镰刀插进刀鞘里，死神老弟，如果你有刀鞘的话。或者，他想起了赫特根，又添了一句：你可以拿起那把大镰刀插进你屁股里去。

这是帕森达埃勒及其密密层层的树林，他说。没有人听他，除了天花板上奇妙的亮光。然后他看了看姑娘，她睡得这么熟，他的这些想法不会伤害她。

他又看了看那幅画像，想道，她以两种姿态呈现在我眼前，一个躺着，微微侧着身体，另一个面对面地看着我。我真是个幸运的狗崽子，永远也不必为什么事悲伤。

---

① 原文为法文。

② 希洛尼穆斯·博斯（约1450—1561），尼德兰中世纪晚期重要画家，他的一些画侧重于表现世界的罪恶。

第三十五章

在那儿的第一天，我们就失去了三个营长。一个是开战二十分钟后被打死的，另外两个稍晚一些。对于记者来说，这只是个统计数字。但是优秀的营长永远不会从树上长出来，即使圣诞树上也不会；那片树林里的树大部分都可以作圣诞树用。我不知道我们一次次地失去了多少个连长。不过我能查出来。

他们不是造出来的，也不会像土豆那么快地长出来。我们虽然得到了一些人员补充，但是我当时想，倒不如就在他们刚从卡车上跳下来时把他们全枪毙，这样比较简单，也比较省事，因为以后他们总要被打死，那时又得费劲地把他们从打死的地方弄回来再埋好。把他们弄回来需要人和汽油，埋葬时也需要人。这些人也可能遇上一场战斗，最后也被打死。

那儿一直下雪，要不就下雨或是雾气弥漫；路上布满了地雷，有些地方一连串深埋着十四颗地雷，所以当汽车开到泥泞的地方，车轮直打空转越陷越深碰到引爆线时，你的车就报销了，车上的人当然也同时遇难。

他们用迫击炮猛烈轰炸，还用机关枪和自动步枪组成一道封锁火线，除此之外，他们还处处精心策划，无论你如何足智多谋，最后总要落入圈套。他们还用重炮轰击，至少有一门自行火炮。

一个人要想在那种地方活下来真是极其困难，即使你采取了所有的措施也没用。我们一刻不停地进攻，每天都在进攻。

别再想这些了。让它见鬼去吧。或许有两件事该想想，然后把它们彻底摆脱。一件发生在寸草不生的小山岗上，要去格罗施瓦必须翻过这座山岗。

你打算冲过的这块地方在88型火炮的火力控制下，敌人盘踞在一块我方炮火无法射到的死角里。他们用榴弹炮朝你狂轰滥炸，形成一道火力封锁线，或者用迫击炮从右侧不停地轰炸。我们击溃敌人后才发现，那儿的地形对迫击炮的火力观测很有利。

这是一个相对安全的地方。我确实没有说谎，其他任何人也没有说谎。你无法欺骗那些在赫特根待过的人。假如你说谎，刚一开口他们就能察觉，管你是不是上校。

我们在那儿遇见一辆卡车，车子慢慢地停下来，那个司机和其他人一样脸色发灰，他说，“先生，前面路当中有一具美国兵尸体，每辆开过的汽车都要从他身上压过，我恐怕这会给部队留下不好的印象。”

“我们把他从路当中弄走。”

于是我们把他从路当中弄走了。

我还记得当时抬起他时的感觉，记得他被压扁的模样，他的身体扁平得出奇。

另外一件事我也记得。我们在永久占领这座城市之前，曾对它抛下大量白磷，或者随便你管它叫什么。我平生第一次见到一条德国狗在啃一个被烧焦了的德国兵。后来我又见到一只猫也过来啃了起来。这是一只饿慌了的猫，样子还算长得可爱。你能想象得出一只挺好看的德国猫竟然会啃食一个蛮不错的德国兵吗，女儿？或者一条品种优良的德国狗竟会咬着被白磷烧焦的德国兵的屁股？

这一类的事你还能讲多少？许许多多，可是讲了又有什么益处？你可以讲上一千件，但无法防止战争。人们会说，我们现在不和德国人打仗了，而且那只猫也没有吃我或是我的兄弟戈登，因为他那时在太平洋。或许他被地蟹吃了，要不也许被融解了。

在赫特根，死者全都冻得发硬；气候是如此严寒，他们的脸冻得发红。非常奇怪。在夏天，他们全都是灰色和黄色的，像蜡做的人一样。可一旦到了真正的冬天，他们的脸倒变成了红色。

真正的战士从不提他们死了以后会是什么样子，他告诉画像。我要结束这个话题了。可是死在吊桥上的那个连呢？他们遭遇到了什么，职业军人？

他们死了，他说。可我却游手好闲，喋喋不休。

现在谁愿和我喝一杯瓦尔波里切拉？你认为我什么时候叫醒你的对应者合适？我们得上那个珠宝店去。我还盼着说些笑话，讲点儿最让人高兴的事。

什么事可以让人高兴呢，画像？你应该知道。你比我聪明，虽然你走过的地方没我多。

好吧，画布上的姑娘，上校对她说——不出声地说——我们把这些事都搁下不谈，再过十一分钟，我就叫醒这个活的姑娘，我们一块进城去，高高兴兴地玩一会儿，把你留在这儿，等人来把你包捆好。

我不想做粗鲁的人。我只是开开粗俗的玩笑。我不希望做粗鲁的人，因为从今以后我要和你一起生活。希望能这样，他补充说，然后喝下了一杯酒。

第三十六章

天气很冷，刮着寒风，阳光灿烂，他们站在珠宝店的橱窗前，仔细地看着两只用乌檀木刻的小黑人，比较着他们脸部和身体的不同之处；小雕像上点缀着一颗颗小宝石。两个小黑人一样好，上校想。

“你更喜欢哪一个，女儿？”

“我觉得右边的那个好，你不认为他的脸更好看吗？”

“两个脸都很好看。要是在古代，我倒很想让他做你的仆从。”

“好。我们就要他。我们进去再看看。我得问问价钱。”

“我进去问。”

“不，让我来问价钱。他们跟我要的价肯定比跟你要的低。毕竟你是个有钱的美国人啊。”

“可是你呢[1]，兰波[2]？”

“你这样就成了非常可笑的魏尔兰[3]了，”姑娘对他说。“我们还是当别的名人吧。”

“进去吧，阁下，我们去把那鬼东西买下来。”

“你也当不了一个真正的路易十六。”

“可我能跟你同坐一辆囚车赴刑场，还能吐唾沫。”

“让我们忘却所有的囚车和一切的痛苦，买下那个小东西，然后到奇普里安尼那儿去做名人。”

进了商店他们又看了看两个小黑人的头部，姑娘问了价钱，接着经过迅速的讨价还价后，价格降低了很多，可是上校口袋里的钱仍旧不够付账。

“我去奇普里安尼那儿弄些钱。”

“不用，”姑娘说，随后又对店员说，“把它装进盒子，送到奇普里安尼那里去，就说是上校嘱咐的，请他付一下钱并暂且保管。”

“是，”店员说。“就照您吩咐的办。”

他们从店里走出来，街上阳光明媚，但风势没有减弱。

“顺便说一声，”上校说。“你的翡翠存放在格里迪的保险柜里，是用你的名字存的。”

“那是你的翡翠。”

“不，”他对她说，语气一点不粗鲁，但说得很清楚，使她能够真正明白他的意思。“一个人总有些事情是不能做到的。你懂得这一点。你不能和我结婚，我很理解，尽管我不赞同。”

“说得对，”姑娘说。“我明白。可是你能不能把它作为吉祥物收下呢？”

“不行。我不能。这太贵重了。”

“但是画像也很贵重。”

“这不一样。”

“是的，”她表示同意。“我想是这样。我觉得自己开始明

---

① 原文为法文。

② 阿尔蒂尔·兰波（1854—1891），法国诗人，自幼才华过人，诗歌风格简洁奥秘，是象征主义运动的典范。1871 年至 1872 年间，曾与法国诗人魏尔兰过着同性恋生活，后欲离开魏尔兰时，被其用枪打伤。最终两人分手。

③ 保罗·魏尔兰（1844—1896），法国最纯粹的抒情诗人之一，现代语词音乐的创始人。

白了。”

“如果我很穷，但很年轻，骑马骑得也不错，我会接受你送的一匹马。但我不会接受你送的汽车。”

“我现在都明白了。我们这会儿上哪去呢？在哪儿你可以吻我？”

“到旁边的小巷子里去，如果住在那儿的人都是你不认识的。”

“我不在乎谁住在那里，我只想让你抱紧我，吻我。”

他们拐进旁边的小巷。那是条死巷，他们朝巷子尽头走去。

“噢，理查德，”她说。“噢，亲爱的。”

“我爱你。”

“请你好好爱我。”

“我会的。”

风把她的头发吹了起来，缠绕在他脖子上。他又一次吻了她，感到那丝般的头发不断擦拂着他的双颊。

过了一会儿，她突然果断地放开了他，看着他说，“我想我们最好还是去哈里酒吧。”

“我也这么想。你想扮演历史名人吗？”

“想，”她说。“让我们来扮演吧，你演你，我演我。”

“我们这就去，”上校说。

第三十七章

在哈里酒吧没见到一个熟人，只有几个清早来喝酒的客人，上校都不认识。柜台后面两个侍者正忙着。

在哈里酒吧，每天总有一段时间坐满了你认识的人，他们像圣米歇尔山[①]下有规律的潮水一样定时涌来。不同的只是，上校想，每天涨潮的时间随着月亮的变化而变化，可是哈里酒吧的时间却像格林威治子午线，像巴黎的标准米[②]，或者像法国军官对自己的崇高评价一样从不更改。

“这些清早来喝酒的客人中有你认识的吗？”他问姑娘。

“没有。我早晨不喝酒，所以从没遇见过他们。”

“这里的潮水一来，他们就要被冲走了。”

“不。就跟潮水是自己涨起来的一样，他们会自动离去。”

“你不在意我们来得不是时候吧？”

“难道你以为我出身名门世家就爱摆门面吗？我们可不是那种喜欢摆门面的人。被你称为笨蛋的那种人才是，还有那些暴发户。你见过暴发户吗？”

“见过，”上校说。“我在堪萨斯见过，那时我常从莱利要塞到乡村俱乐部去打马球。”

“那儿的情况也像这儿一样糟吗？”

“不，那儿令人很愉快。我喜欢那儿，堪萨斯城的那个地区非常美。”

“真的吗？我希望我们能去那儿。那里也有度假营地吗？就是我们能住下来的地方？”

“当然有。但是我们要住在米尔巴赫旅馆，这个旅馆里有世界上最大的床。我们可以把自己想象成石油大富翁。”

“我们把‘凯迪拉克’停在哪儿呢？”

“开一辆‘凯迪拉克’吗？”

“是呀。除非你想驾驶一辆大型的‘别克路霸’，那是液压制动的。我开着它跑遍了整个欧洲。你给我的最新一期《时尚》杂志上刊登过。”

“我们最好还是一次只用一种车，”上校说。“无论我们决定用哪种，我们都要把它停放在米尔巴赫旅馆一侧的车库里。”

“米尔巴赫旅馆很豪华吗？”

“非常漂亮，你会喜欢的。我们出城时，可以向北开到圣乔，在鲁比多的酒吧喝一杯，或者两杯，接着过河往西走。先由你驾驶，然后我们俩轮换。”

“干什么？”

“轮换着开车啊。”

“现在我在开。”

“让我们快些开过那些沉闷的地区，开到奇姆尼罗克国家历史文物保护区③去，然后再往前到斯科茨布拉夫④和托灵顿⑤，驶过那些地方后，你就开始看到美丽的景色了。”

---

① 法国诺曼底海岸外的岩石小岛和著名圣地，岛几乎成圆形，海拔 88 米，由耸立的花岗岩构成，经常被大片沙岸包围，仅涨潮时才成为岛。在岛上的隐修院教堂内可一览海湾全景。

② 在公制中，以通过巴黎子午线全长的四千万分之一作为 1 米。

③ 美国内布拉斯加州西部的俄勒冈州小道界标，为一圆锥形高岗。

④ 美国内布拉斯加州西部城市。

⑤ 美国怀俄明州东南部城镇。

“我有交通图和旅游指南手册，它们会指明用餐的地点。美国汽车协会的指南手册则会指明到度假营地和旅馆的路线。”

“你花了很多工夫研究这些材料吗？”

“我总是在晚上研究，还读你送给我的那些东西。我们该领哪种汽车执照？”

“密苏里州的。我们在堪萨斯城买车。我们乘飞机到堪萨斯城，你不记得了吗？或者乘坐好的火车。”

“我原以为我们要乘飞机到阿尔伯克基[①]。”

“下一次吧。”

“你看这样好吗，我们按美国汽车协会的指南手册，下午早些时候找一家最好的汽车旅馆，我给你调制你喜欢喝的酒，你可以看看报，阅读《生活》、《时代》和《新闻周刊》，我就读读《时尚》和《哈泼斯市场》，行吗？”

“行。可是我们还得回到这儿来。”

“当然。带着我们的车。坐一艘意大利轮船，要最好的一艘。然后我们开车直接从热那亚[②]回到这儿。”

“你不喜欢旅途中停下过夜吗？”

“为什么要那样？我们要回家，回到自己的房子里。”

“我们的房子在哪里？”

“这随时可以决定。这座城市里总有很多空房子。你也喜欢住在乡村吗？”

“是的，”上校说。“为什么不呢？”

“那么，我们一醒来就能看到树。这次旅行中我们能看到哪些

---

① 美国新墨西哥州最大城市，临格兰德河，四周为印第安村庄和国家森林区。

② 意大利港市。

种类的树？”

“大多是松树，小溪旁有三角叶杨，还有白杨。秋天里你可以等着看白杨的叶子一点点变黄。”

“我会等。我们在怀俄明州住哪儿？”

“我们先到谢里登[1]，然后再定。”

“谢里登很漂亮吗？”

“漂亮极了。我们可以开车去看‘大篷马车之战’的地方，我会跟你讲讲这次战役。随后我们开车往比林斯[2]方向去，你能看到蠢货乔治·阿姆斯特朗·卡斯特被杀死的地方，还会看到每个阵亡者的墓碑。我会告诉你这次战斗的情形。”

“那可太好了。谢里登像什么地方？是像曼托瓦、维罗那还是维琴察？”

“都不像。谢里登背靠群山，有些像斯基奥。”

“也像科尔蒂纳吗？”

“一点不像。科尔蒂纳是群山中的谷地，而谢里登却背靠群山建在坡地上。这些山并不是比格霍恩山脉的山麓小丘，而是从高原上拔地而起的大山。你可以看见云雾缭绕的山峰。”

“我们的汽车能顺利地开上去吗？”

“他妈的肯定能。但我宁愿不要液压制动的那辆。”

“没有液压制动，我也能开，”姑娘说。然后她挺直身子，使劲忍着不哭出来，“什么也没有，我照样行。”

“你想喝点什么？”上校问。“我们还一样都没要呢。”

“我觉得我不想喝什么。”

---

① 美国怀俄明州北部城市，位于比格霍恩山的东坡。

② 美国蒙大拿州中南部城市。

“两杯干马提尼，”上校对酒吧侍者招呼道，“还要一杯冷水。”

他把手伸进衣袋，拧开药瓶的盖子，摇了摇药瓶，往左手心里倒了两片大药片，然后攥紧药片，再把瓶盖拧好，这些动作对一只受过伤的右手来说并不难。

“我说了，我什么都不想喝。”

“我知道，女儿。可我觉得你或许会需要一杯。我们可以把它剩下。要不我喝也行。请求你，”他说。“我不是有意唐突无礼的。”

“我们还没把会照料我的小黑人要来呢。”

“是的。我还不想跟他们要，等奇普里安尼来了我能付款的时候再说。”

“难道事事都得这么死板？”

“对于我，我想是的，”上校说。“请原谅，女儿。”

“再叫三遍‘女儿’。”

“女儿[①]，女儿[②]，女儿。”

“我不懂，”她说。“我想我们该离开这儿了。我喜欢别人看着我俩，但我不愿意见到任何人。”

“那只装着小黑人的盒子就放在收银台上。”

“我知道。我瞧见它已经有一会儿了。”

酒吧侍者走过来，端着两杯冰过的酒，杯口冒着冷气，他还端来了一杯水。

“请把收银台上那只小盒子拿过来，那是给我的，”上校对他说。“告诉奇普里安尼，我会给他送张支票来。”

---

① 原文为西班牙文。
② 原文为意大利文。

他重新做了决定。

“你想喝点儿吗，女儿？”

“好的，如果你不介意我也改了主意。”

他们轻轻地碰了杯，轻得几乎感觉不到。

“你做对了，”她说，心里涌过一阵暖意，伤心的感觉立刻烟消云散。

“你也做对了，”他说，手心里握着那两片药。

他觉得现在用水把药吞下去很不得体。因此，当姑娘转过头看一个客人出门时，他用马提尼把药片吞了下去。

“我们走吗，女儿？”

“是的。该走了。”

“招待，”上校说。“这些酒多少钱？别忘了告诉奇普里安尼，这个鬼玩意儿的钱，我会送支票给他。”

第三十八章

他们在格里迪旅馆吃午饭，姑娘打开乌檀木小黑人身上的别针，别在左胸上方。小黑人大约三英寸长。如果你喜欢这类小工艺品，你会觉得它非常漂亮。如果你不喜欢，那你就很蠢，上校想。

但是，即使在心里想，也不能粗鲁，他对自己说。从现在起，你必须在各方面表现得好一点，直到说再见。这是个什么词，他想，再见。

它听起来挺像情人节的口号。

再见，bonne chance①，hasta la vista②。我们还常说 merde③，说过就算了。一路平安，他想，这是个可爱的词。念起来真好听，他想，一路平安，永远平安，无论走到哪儿你都带着这个祝福。完完全全的祝福，他想。

“女儿，”他说。“自从上次我说我爱你以后，已经多长时间了？”

“自从上次坐在这张桌子旁以后，没再说过。”

“我现在要对你说。”

先前他们走进旅馆时，她很仔细地梳理了头发。她还去了盥洗室，她不喜欢这种盥洗室。

她还用唇膏涂了嘴唇，涂成他最中意的样子。她一边仔细涂着，一边在心里说：“什么也别想。别想。最重要的是不要悲伤，因为他要走了。”

“你看上去真漂亮。”

“谢谢你。我很愿意为了你而漂亮，假如我能做到，并且能够漂亮的话。”

“意大利语是很美的语言。”

“是的。但丁先生也这样认为。”

“团长，”上校说，“这个饭店[4]里有些什么好吃的？”

团长一直在留神自己能为他们做些什么，而不是在观察他们干什么，他这么做的时候满怀关切之情，没有一点妒忌心。

“你想吃肉还是吃鱼？”

“今天是星期六，”上校说。“不一定非吃鱼。我就吃鱼吧。”

“是比目鱼，”团长说。“您想要些什么，小姐？”

“随你决定。你在菜肴方面比我懂得多，而且我什么都喜欢。”

“自己选吧，女儿。”

“不。我愿意让比我懂行的人来决定。我有寄宿学生那么好的胃口。”

“会为您端来一份让您惊喜的菜肴，”团长说；那张长长的脸显得很亲切，灰色的眉毛下是一双眼皮有些耷拉的眼睛，脸上总是露着愉快的笑容，那是一个活下来并为此而自豪的老兵的笑容。

“骑士团有什么新闻吗？”

“只听说我们的头儿有了麻烦。他的全部财产都被没收了。至少他得接受审查。”

“我希望事情不致太严重。”

“我们对头儿有信心。他经受过的风暴比这厉害。”

“为我们的头儿干杯，”上校说。

---

① 法文：再见。
② 西班牙文：再见。
③ 法文：粪便、一钱不值的东西。
④ 原文为德文。

他举起酒杯，里面斟满了新鲜而纯正的瓦尔波里切拉。“为他干杯，女儿。”

“我不为这头猪干杯，”姑娘说。“况且我也不是骑士团成员。”

“您现在已经是一个成员了，”团长说。“为了战斗中的功绩[①]。”

“那么我就为他干一杯吧，”她说。“我真是骑士团的成员吗？”

“对，”团长说。“您还没有领到证书，但我现在任命你为骑士团特级荣誉秘书。上校会向你揭示骑士团的秘密。请揭示吧，上校。”

“我就说，”上校答道。“麻脸没在这里吧？”

“没有。他带着情妇出去了。带着贝德克尔小姐。”

“好吧，”上校说。“那么我就来揭示。只有一个大秘密是你必须知道的。要是我说错了，团长，你得纠正。”

“开始揭示吧，”团长说。

“我这就开始，”上校说。“仔细听着，女儿。这是最高一级机密。听着，‘爱就是爱，玩笑就是玩笑。当金鱼死去时，一切总是如此安静。’”

“揭示完毕，”团长说。

“我能成为骑士团的一名成员，感到非常骄傲、快乐，”姑娘说。“但是，在某种程度上，它还是个很不成熟的组织。”

“确实如此，”上校说。“可是现在，团长，我们究竟吃些什么，没有神秘的玩意儿吗？”

“先上辣椒肉馅玉米饼和螃蟹，是本地风味，不过是冷的，带壳的。第二道菜给您上比目鱼，给小姐上炙什锦。蔬菜要什么？”

---

① 原文为意大利文。

“有什么就上什么吧，”上校说。

团长转身走了。上校看了看姑娘，然后望着窗外的大运河；河面上闪耀着点点光斑，变幻不定的亮光现在反射到酒吧的一角。这里已被巧妙地改成了餐厅。他对姑娘说，“刚才我对你说过我爱你吗，女儿？”

“你已经很久没对我说了，但是我爱你。”

“两个人彼此相爱，会发生什么呢？”

“我想他们会好好拥有他们已经拥有的，他们比其他人幸运。然后，他们中的一个会永远感到空虚。”

“我可不想粗鲁，”上校说，“否则我会说出粗鲁的话来。但是请你千万不要觉得空虚。”

“我会努力这么做，”姑娘说。“我从清早醒来后就努力这么做，从我们俩刚认识时就这么做了。”

“继续努力，女儿，”上校说。

这时团长对厨房做完吩咐后又回来了，上校对他说：“一瓶干葡萄酒，要维苏威产的，再配上小比目鱼。吃别的菜时，我们还要瓦尔波里切拉。”

“我吃炙什锦时可以喝维苏威葡萄酒吗？”姑娘问。

“雷娜塔，女儿，”上校说，“当然可以。你爱怎么做都行。”

“如果我喝葡萄酒，我就喜欢喝跟你一样的。”

“好的葡萄酒配炙什锦对你这个年龄很合适，”上校告诉她。

“我希望不要因为年龄而产生这种差异。”

“我非常喜欢这样，”上校说。“除非，”他又说，但没有说下去。接着，他用法语说：“让我们像打仗的日子里那样精神抖擞，脸庞红润。”

“这话是谁说的？”

"我一点也想不起来了。是我在元帅学院进修一门课程时学到的。一个自命不凡的名字。可是我毕业了。我了解得最透彻的东西，都是在研究德国人对付德国人的过程中从他们那儿学来的。他们是最优秀的军人，不过总是过高地估计自己。"

"让我们做到像你说的那样，而且请对我说你爱我。"

"我爱你，"他说。"对此你可以坚信不疑。我说的都是真话。"

"今天是星期六，"她说。"下个星期六是什么日子？"

"下个星期六是不固定的节日，女儿。你给我找个可以谈谈下星期六的人来。"

"如果你愿意，你可以跟我讲讲呀。"

"我来问问团长，或许他知道。团长，下星期六是什么日子？"

"复活节，或者说圣三节，"团长说。

"为什么我们闻不到厨房里传出来的诱人香味？"

"因为风向不对。"

是的，上校想。风吹的方向不对。要是这个姑娘能取代那个女人，我该多么幸运啊，我要付生活费给那个女人，而她甚至连孩子都不能生一个。她现在为此出租给了别人。可是谁能指责一定是谁的过错[①]呢？我只能指责古德里奇[②]或者费尔斯通[③]，或者通用汽车公司。

---

① 原文用了 tube，有"生殖器"、"轮胎内胎"等意思，所以上校在下文中开玩笑地提起了轮胎公司。

② 古德里奇公司是美国第四家最大轮胎公司，由 B. F. 古德里奇在 1870 年创立，曾第一个试制成人造橡胶，使美国在二战中得益匪浅。

③ 哈维·费尔斯通（1868—1938），美国发明家，早期橡胶制造业厂商，费尔斯通轮胎和橡胶公司是美国最大的公司之一。

别去管别人的事，他对自己说。专心爱你的姑娘吧。

她就在他身边，希望被他所爱，如果他还有爱能给她的话。

每逢看见她时总会有的感觉又涌回心头，他说：“你怎么把头发弄得像乌鸦翅膀一样，还带着这么一副伤心的表情？”

“我很好啊。”

“团长，”上校说。“把你们后面厨房里的香味放点儿出来，别管那风向吹得对不对。”

第三十九章

门厅侍者在总管的吩咐下打了电话，他们以前乘过的那艘摩托艇便开来了。

杰克逊中士已经坐在船里，行李和那幅包得严严实实的画像也都放到了船上。风仍旧刮得很猛烈。

上校结清了旅馆的账，适当地付了小费。旅馆里的人帮着把行李和画像搬到船上后，看到杰克逊已安稳坐好，便都转身返回旅馆。

“好了，女儿，”上校说。

“我不能和你去车库吗？”

“去车库那种地方可不好。”

“请你让我到车库去。”

“好吧，”上校说。“这可是你自己要去出洋相，上船吧。”

他们一句话都没说。风从船尾吹来，那台老掉牙的发动机开得速度很慢，让人几乎感觉不到有风吹来。

船靠码头后，杰克逊将行李递给脚夫，自己拿着画像。上校说，“你想在这儿说再见吗？”

“必须这么做吗？”

“不。”

“我能到车库的酒吧等着你们把车开出来吗？”

“那样更不好。”

“我不在乎。”

“把那东西拿到车库去，在你把车开出来前请人照看一下，”上校对杰克逊说。“检查一下我的枪，把东西在后排座位上放妥当，尽量多空出些地方。”

“是，先生，”杰克逊说。

“我去吗？”姑娘问。

“不，”上校对她说。

“为什么我不能去？”

“你明白。你没被邀请。”

“请别这么狠心。”

“基督啊，女儿，你真不知道我想努力做到不狠心有多难。如果狠下心来，事情就容易得多。让我们先付钱给这个好人，然后到树下的长凳上坐一会儿。”

他付了乘摩托艇的钱，同时告诉船主，他没有忘记吉普车发动机的事。但他也明白地说，这事并非十拿九稳，不过能弄到的可能性很大。

“发动机是用过的，可是比你现在用的这只咖啡壶要好。”

他俩登上磨损的石阶，走过一条石子路，在树下的长凳上坐下。

光秃秃的树显得黑沉沉的，风刮得它们直摇动。今年的树叶落得早，很久前就被风刮跑了。

一个男人走过来向他们兜售明信片。上校对他说，“走开，小子，我们不需要。”

姑娘终于哭出声来，尽管她下过决心永远不哭。

“瞧，女儿，”上校说。“没有什么可说的事了。我们驾驶的那辆车上没装减震器。”

“我不哭了，”她说。“我不是歇斯底里的人。”

“我并没有说你是啊。我要说，你是世界上最可爱、最美丽的姑娘。任何时候。任何场合。任何地方。”

“即使真的如此，那又有什么区别？”

“你俘获了我，”上校说。“千真万确。”

“那现在又怎样呢？”

“现在我们站起来，彼此亲吻，然后说再见。”

“那是什么？”

“我不知道，”上校说。“我猜测每个人对此都有自己的理解，就像对其他一些事一样。”

“我会试着理解。”

“尽量轻松些，女儿。”

“好的，”姑娘说。“在那辆没装减震器的汽车里。”

“你从一开始就是招引死囚车的诱饵。”

“你不能温和些吗？”

“我想不能了。不过我努力试过。”

“请继续努力。这是我们的全部希望。”

“我会继续努力。”

他们俩紧紧地拥抱，热烈而真挚地亲吻，然后上校拉着姑娘的手走过石子路，走下了石阶。

“你应当要一艘好的船。而不是那只破旧的摩托艇。”

“如果你不介意，我宁愿要那只破旧的摩托艇。”

“介意？”上校说。“这不是我该做的。我的职责是下达命令和执行命令。我不介意。再见，亲爱的，可爱的美人儿。”

“再见，”她说。

第四十章

他呆在埋入湖底的橡木大桶里。在威尼托，人们习惯把这种桶作为打猎的掩蔽体，它能巧妙地掩护猎人不被猎物发现，在目前的情况下，猎物就是野鸭。

一路上他和几个小伙子相处得很愉快。他们起先在停车库会合，然后在没有烟囱的老式炉灶上做了一顿美味的晚餐，度过了一个美好的夜晚。开车往打猎地点驶去的路上，三个猎人被安排在汽车后排座位上。那些从不撒谎的人可以容许自己适度地夸大其词，而说谎者却能把牛皮吹得天花乱坠。

说谎者，天花乱坠，上校想，就跟花朵盛开的樱桃树或苹果树一样美丽。谁会去阻止一个说谎者呢？他想，除非他把你说成他的同类。

上校这辈子一直在搜集说谎者，就像有些人收集邮票一样。他并不将他们分类，除了这会儿，也不真正珍视他们。他只不过特别爱听他们撒谎，当然，事关重大的情况除外。昨天晚上，大家喝了格拉巴酒后，说了一大通漂亮的谎话，上校听了很快活。

房间里飘着一缕缕烟，是从烧着木炭的炉灶里冒出来的；不，烧的是原木，他想。总之，有烟的时候或者太阳下山后，说出来的谎话最妙。

他自己有两次也差点要说谎，但还是忍住了，只说了些夸大其词的话。我希望是如此，他想。

眼下结冰的湖面可能使打猎的计划完全落空。可是并非没有一点希望。

一对针尾鸭突然从不知什么地方飞了过来，它们以极快的速度朝水面斜飞下来，连俯冲的飞机也望尘莫及。上校听到野鸭翅膀的扑棱声，迅捷地转身扣动扳机，枪声响处公鸭落了下来，重重地砸在冰面上，在它还未掉下来前，上校已经把那只伸长脖子向上疾飞的母鸭打死了。

母鸭砰然掉在公鸭的旁边。

这就是屠杀，上校想。如今普天之下哪件事不是屠杀？不过，小伙子，你的枪法仍然很准。

小伙子，见鬼去吧，他想。你这个伤痕累累的老家伙。可是，瞧它们又飞过来了。

这回是赤颈鸭。它们发出轻微的嗡嗡声聚拢飞来，尔后散开飞去不见了踪影，过了会儿又聚集在一起飞过来。放在冰上的引诱鸭在背信弃义地招引它们。

让它们再转一圈，上校对自己说。你的头再低一点，眼睛不要眨。它们马上就会飞回来。

它们果然飞了回来，飞得很近，引诱鸭正招引它们。

它们在降落时突然收拢了翅膀，就像飞机着陆时放下副翼一样。但是当它们发现湖面上结着冰时，便立刻振翅向高处飞去。

这狩猎者——眼下他不是上校，也不是别的什么人，只是一个拿着枪的人——站起身，开枪打中了两只鸭子，它们落在冰上的声音很重，几乎跟那两只大鸭子摔下时一样重。

一家子里的两只，足够了，上校说。或许是一个部落的？

上校听到身后一声枪响。他知道那边并没有橡木桶，于是转过头朝冰封的湖面望去，一直望到远处长满菖蒲的湖岸。

这下完蛋了，他想。

一群已经低飞过来的绿头鸭展翅朝空中飞去，它们往高处飞时尾巴笔直朝下，好像站着一样。

他看见一只鸭子掉了下来，接着又听见一声枪响。

这些鸭子本该朝上校飞来，可是那个满脸愠色的船夫却朝它们开了枪。

怎么了，他怎么能这样干？上校想。

他手里那把枪是用来打受伤后逃掉的鸭子的，因为猎狗无法捕捉到。可他却朝这些向上校飞来的鸭子开枪，这实在是一个人对另一个人能做出的最缺德的事。

船夫离得太远，朝他叫喊也听不见，上校于是朝他那儿空放了两枪。

太远了，子弹打不到，他想，可是至少能让他明白，我知道他在干什么。这究竟他妈的见了什么鬼？况且这是一次多好的打猎机会。这一次组织得最好，打起来也最顺手，我还从没在打猎中有过这么高的兴致。这个狗娘养的是怎么了？

他明白发火对他有多么不利。为此他往嘴里塞了两片药，又从水壶里喝了一口戈登杜松子酒咽下去，因为没有水。

他也明白杜松子酒对他同样不利。他想，除了安静休息和少量活动外，一切都对我不利。好吧，就安静休息，少量活动吧，小伙子。你认为这是活动量小的运动吗？

你，美人儿，他自言自语道，我真希望现在你在这里，我们俩一块儿站在双人木桶里，背靠着背，肩贴着肩。我会一面环视四周，一面看看你；我会准确地击落高飞的野鸭，为了显显本领，我要把一只野鸭击落在桶里而又不砸到你，我要努力像这样打下一只，他说；这时他听见空中传来野鸭翅膀的扇动声，他站起身，回头一看，只见一只孤零零的公鸭，样子很美丽，伸着长长的脖子，扑棱着翅膀快速地飞向大海。它背衬着远山，在空中格外显眼，上校看得一清二楚。他迎向它，举枪瞄准，当它回旋到射击的距离内时，他扣动了扳机。

公鸭坠落在冰上，恰好就掉在木桶旁边，把冰面砸了个窟窿。先前为了放引诱鸭，曾经砸碎过这儿的冰层，后来水面上又结了一层薄薄的冰。引诱鸭看着掉下来的野鸭，两只脚不停地挪动着。

"你这辈子从没见过它，"上校对这只母鸭说。"我相信你甚至都没看见它飞过来。尽管你有可能看见了。可你却什么也没说。"

公鸭是脑袋朝下砸向冰面的，这会儿它的头在冰层下面。上校瞧见了它胸脯上和翅膀上美丽的冬季羽毛。

我要送给她一件用羽毛做的背心，就像古代墨西哥人用来装饰他们神祇的那种样式，他想。不过我推测，这些鸭子都得送到市场去，而且没人懂得怎样剥皮、鞣皮。这种衣服一定非常漂亮，用公绿头鸭的皮做后身，针尾鸭的皮做前襟，再用两长条凫皮做镶嵌，两条镶嵌正好盖在左右两处胸部。这件背心真他妈的绝了。我肯定她会喜欢。

我希望它们会再飞来，上校想。有些愚蠢的鸭子可能会飞来。我得做好准备等它们来。可是一只也没飞来，他得想一想这事。

另外几只橡木桶那儿也没传来枪声，只是偶尔听见海面上有几声枪响。

光线非常好，野鸭能看清湖面上结了冰，它们不再飞来，而是朝没有结冰的大海飞去，成群结队地停落在水面上。他没法再打猎了，于是不经意地想着心事，想弄清事情发生的起因。他知道他不该得到如此的结果，然而他还是接受了；他在现实生活中就是这么度过的，但他总是探寻原因。

有一次晚上，他和姑娘上街散步，迎面碰见两个水兵。他们朝她吹口哨，上校想，这并无恶意，就随它去吧。

可是事情有些不对劲。他先是本能地感觉到，后来完全明白了，于是他故意在路灯下停下脚步，好让那两个家伙看清他肩上的标记，主动走到马路对面去。

他的左右两肩上各有一只展开双翅的小鹰。它是用银丝线绣在军装上的，不很显眼，而且军装也穿了很久，不过还能看得清。

两个水兵又吹起了口哨。

"到边上靠墙站着去，如果你想好好看看的话，"上校对姑娘说。"要不就转过头去别看。"

"可他们又高大又年轻。"

"他们转眼就高大不起来了，"上校向她保证。

上校走到这两个吹口哨的人面前。

"你们的岸上巡逻队在哪儿？"他问。

"我怎么知道？"大个子的吹口哨者说。"我只想好好瞧瞧这俏妞儿。"

"你们叫什么名字？番号是多少？"

"我怎么知道，"其中一个说。

另外一个接着说，"即使我有，也不会告诉一个怯懦的上校。"

老兵油子，上校在动手揍他之前想。气焰嚣张的家伙。知道他所有的权利。

上校朝他左侧打了过去，在他躲开之前连击了三拳。

另外一个，也就是先吹口哨的那个，迅疾地扑了过来。他先前喝了许多酒，上校用肘部往他嘴上猛地一搡，随后借着路灯光，用右手朝他狠命一击。在这当儿，他看了一眼那个后吹口哨的家伙，发现那几拳很管用。

接着，他打出一个左勾拳。又朝前紧跨一步，向对方身体的右侧猛击一拳，接着又是一下左勾拳，随后转身朝姑娘走去，因为他不想听见头部撞上人行道的声音。

他仔细看了看那个先被击倒的水兵，只见他安静地躺在那儿，下巴往下耷拉着，嘴里流着血。上校注意到，血的颜色很正常。

“好了，我的活儿干得挺棒，”他对姑娘说。“管它是什么呢。不过那两个人穿的裤子确实很可笑。”

“你怎么样？”姑娘问他。

“我很好，你一直看着？”

“是的。”

“明天早上我的两只手就惨了，”他心不在焉地说。“不过现在咱们能顺顺当当地走了。可是，让我们走得慢点儿。”

“就请慢慢走吧。”

“我说的不是这个意思。我只想咱们别急着分手。”

“我们尽可能慢慢走，像两个在悠然漫步的人。”

于是他们就这样走着。

“你想做个试验吗？”

“当然。”

“我们来这样走，让人从背后看着我们时，觉得我们的腿挺危险。”

“我可以试试，不过恐怕做不到。”

“好吧，那就好好走。”

“他们没有打中你吗？”

“耳朵后面挨了一下，这一下够狠的。是第二个扑过来的家伙干的。”

“格斗就是这样的吗？”

“当你走运时是这样。”

“要是不走运呢？”

“你的腿会弯曲，不是朝前跪倒就是往后倒下。”

“你打过架以后还喜欢我吗？”

“如果可能，我会比以前更爱你。”

“怎么不可能？这有多好。我看了那一切后更爱你了。我走得够慢吗？”

“你走路时就像树林里的一头小鹿，有时候又像一头狼，或者像一头又老又大、不紧不慢走着的草原狼。”

“我说不准自己想不想当一头又老又大的草原狼。”

“等你见到了，”上校说，“你就想当了。你走起路来像所有悠然踱步时的大野兽一样。当然你不是大野兽。”

“这一点我敢保证。”

“往前走一点，让我看看。”

她往前走了几步。上校说，“你走路时像个将要获得冠军称号的人。假如你是一匹马，我会把你买下，即使月息百分之二十的借贷也在所不惜。”

“你不必买我。”

“我知道。这不是我们在讨论的事情。我们在讨论你走路的姿势。”

“告诉我，”她说，“那两个人怎么样了？打架的事我一点不懂，这会儿该怎么办，我是不是该留下来照料他们？”

“决不要，”上校告诉她。“记住这个，绝对不要。我希望他俩都得脑震荡。他们会腐烂发臭。是他们挑起事端的。没有民事责任问题。我们都买了保险。关于打架，雷娜塔，我有件事可以告诉你，想不想听？”

“请告诉我。”

"要是你打架，你就必须打赢。这是最为重要的。其他的都不值一提，就像我的老朋友隆美尔先生说的那样。"

"你当真喜欢隆美尔吗？"

"非常喜欢。"

"可他是你的敌人。"

"有时候我喜欢敌人胜过朋友。你知道，海军在所有的战斗中都打胜仗。这是我从一个叫作五角大楼的地方获悉的，那时还允许我从那幢大楼的正门进去。如果你有兴致，我们可以沿着这条街往回走，或者走得快些，去问问那两个家伙这个问题。"

"说实话，理查德，今晚打架的事我看够了。"

"我也是，说真的，"上校说，开头那句话他是用意大利语说的。"我们先去哈里酒吧，然后我再送你回家。"

"你没伤着那只受过伤的手吧？"

"没有，"他解释说。"只有一次我用它打了那家伙的脑袋，其他几次只用它打身体部位。"

"我能摸摸它吗？"

"如果你能轻轻地摸。"

"它肿得真厉害。"

"没有碰伤骨头，肿总会消退的。"

"你爱我吗？"

"是的，用我两只肿得还不太糟的手和整个心爱你。"

第四十一章

就是这么回事。可能是那天，要不就是另一天发生了这个奇迹。你从不知道，他想。发生了这么大的奇迹，而他根本不是有意促成它的。你这个狗崽子，他想，也没有反对它。

天气比先前冷了，裂开的冰又重新冻结在一起，那只引诱鸭不再瞧着天上。它放弃了出卖同类的勾当，因为它急于为自己找个安稳保命的地方。

你这婊子，上校想。虽然这么说不公正。这是你的职业。可为什么母鸭就是比公鸭有诱惑力呢？你应该明白，他想。不过即使这事也不真实。什么该死的才是真实的？公鸭实际上更有引诱力。

现在别去想她了。别再想雷娜塔，因为这对你不利，小伙子。甚至可能伤害你。况且你已经说过再见。那声再见是什么。是跟死囚车连在一起的意思。她本来也要和你一起爬进这该死的囚车。只要它是辆真的囚车。多么恼人的职业，他想。相爱和分离。人们为此而遭受痛苦。

谁给了你权利去认识那样一个姑娘？

没人，他回答说。是安德烈亚介绍我认识的。

可她怎么会爱上你这样一个可怜的狗崽子？

我不知道，他真诚地想了想。我真的不知道。

就跟不知道别的一些事一样，他不知道这个姑娘之所以爱他，是因为他这一生中从没有哪天早上醒来时为自己而哀伤，无论是发病时还是不发病时都如此。他经历过苦恼和悲痛。可他从不在早上感到哀伤。

几乎没有人像他这样，这个姑娘虽然还年轻，却一见到他就知道他是这样的。

她这会儿正在自己家里，在睡觉，上校想。那是她该待的地方，她不该站在这种该死的打鸭子的木桶里，瞧着那些跟冰冻在一起的囮子。

不过，我他妈的真希望她在这儿，如果这是个双人木桶。她可以注视着西面，留心是否有一队野鸭从那儿飞来。要是她在这儿不觉得冷就好了。或许我能从什么人那儿换一件真正的羽绒服来，这儿没人卖这种衣服。有一回他们错把羽绒服发给了空军。

我可以看看这衣服是怎么做的，就在这儿用鸭绒做一件，他想。找个好裁缝剪裁一下，做成双排纽扣的样式，右边不装兜，再镶上一块麂皮，免得被枪托蹭破。

就这么做，他对自己说。我要做一件，或者从哪个家伙那儿弄一件来，为她改制一下。我还得给她弄一支上好的“帕迪-12”，分量不能太轻，要不就弄支“博斯”，是双管立式的。她该有跟她相配的好枪，我想还是弄两支“帕迪”好，他想。

就在这时，他听见空中传过一阵翅膀迅速拍击的轻微响声，便抬头望去。但是它们飞得太高了。他只能抬起头来望着。它们飞得虽高，却能看见木桶和站在里面的他，以及冻在冰上的囮子和那只沮丧的母鸭，它也看见了它们，嘎嘎嘎地大声叫唤起来，忠诚地履行着背叛的职责。而那些针尾鸭却继续向着大海那边飞翔。

我从没送过她东西，正像她指出的那样。只给过她一个小摩尔人头像。可这算不上送礼物，是她自己挑了我才买下的。赠送礼物完全不是这样。

我想给她安全感，可如今已不复存在；我想把全部的爱献给她，可它毫不足道；我想送给她所有的财产，可实际上我一无所有，只有两支好猎枪、几套军服、一些勋章和嘉奖状，还有几本书，以及一笔上校退休金。

我要把自己在世间的一切都赠送给你，他想。

她把她的爱情、翡翠和画像都送给了我，当然，我把翡翠还给了她。我还要把画像也永远归还给她。我本来可以把我那枚弗吉尼亚军事学院的指环送给她，他想，可我他妈的把它丢哪儿去了？

她不会要一枚附带小金属徽章的十字勋章，或是两枚银星奖章和其他一些破玩意儿，也不会要她自己国家颁发的奖章，还有法国颁发的、比利时颁发的奖章，以及那些廉价的鬼东西。要了这些东西才不正常呢。

我最好就送给她我的爱，但是你他妈的怎么送呢？你又有什么办法让它永葆清新活力呢？又不能用干冰把它冷冻起来。

或许能够。我要去打听一下。可是怎么才能给那老头儿弄一台报废的吉普车发动机呢？

想想办法吧，他想。你的职业就是想办法。当他们向你开火的时候，你就得想办法，他补充道。

我希望那个搅乱了这次打猎的狗崽子有支来复枪，我也有一支。这样很快就能发现我和他之间谁更会想办法。即使是在这片你无法施展本领的沼泽地里，在这个肮脏的木桶里。他想赢我，就得先过来。

别再想了，他对自己说。想想你的姑娘吧。你不想再杀人了，永远都不。

你在哄谁呢，他对自己说。你要做基督徒吗？你不妨做真诚的努力，那样她会更爱你。她会吗？我不知道，他坦率地说。我对基督保证，我真不知道。

说不准我在咽气前会成为基督徒。是的，他说，说不准你会。谁想为这打个赌？

“你想为这打个赌吗？”他问那只引诱鸭。它在他的身后望着天上，又开始发出嘎嘎的低声叫唤。

它们飞得太高，不打回旋。它们只往下看了一眼就朝没有封冻的大海飞去了。

它们肯定会成群地飞到那儿停在水面上，上校想。眼下兴许就有个拿枪的人在船上想偷偷摸摸地对它们下手。它们会飞得离背风处非常近，那时肯定就有人准备悄悄开枪。好吧，枪响的时候，会有一些野鸭往这儿飞回来。可是湖面全都封冻了，我想我还是撤退吧，不能像个傻瓜似地在这儿死等。

我已经打得够多了，战果和平时一样好，甚至更好些。的确更好，他想。除了阿尔瓦里托，这里没人比你打得更好；他还是个小伙子，所以打枪灵敏。不过，你并没打下几只鸭子，比许多差劲的和普通的射手打得还少。

是的，我知道这一点。我知道这一点，也知道原因何在。我们不要再以数目多少来判断得失，我们也抛掉了书本，还记得吗？

他记起来，在战争中有一次，由于奇迹般的机缘，他竟然和一位好友在阿登[①]战役中相遇，当时他们在追击敌人。

那时正值初秋时节，他们在一块高地上，四周有几条砂石路和脚踩出来的小径，还有低矮的橡树和松树丛。敌人的坦克和半履带式车辆在潮湿的沙地上留下了清晰的印痕。

---

① 阿登是法国东北部省份，与比利时交界，第一次和第二次世界大战中均有战役在此发生。

前一天下过雨，但这时已万里无云，能见度很好，可以看清远处地势很高、起伏不平的原野，他和他的朋友举着望远镜仔细察看，好像在搜寻打猎的目标。

上校那时是将军，任副师长职务，他看清了他们追击的敌人留下的每一种军车痕迹。他也清楚敌人已于何时用完了地雷，同时大致推算出他们所剩炮弹的数目。他先前还估计出敌人在抵达齐格菲防线[①]之前会在何处进行阻击。现在他断定敌人在预计的两个地方都不会进行战斗，而是迅疾地朝后撤退。

“对于我们这种高军衔的指挥员来说，乔治，我们走得太远了，”他对他的好友说。

“走过了头，将军。”

“很好，”将军说。“现在我们扔开书本上的教条，继续不停地追击。”

“我不能完全同意，将军。因为是我写了那本书，”他的好友说。“他们难道不会在这儿布雷设防吗？”

他指出了一个按道理应该设防的地方。

“他们没有在这儿留下任何东西，”上校说。“他们连对付一场微不足道交火的本钱都没有了。”

“人人在犯错之前都很正确，”他的好友说，接着又补充道，“将军。”

“我是对的，”上校说。他确实是对的，尽管在对局势作出确切判断的同时，没有完全遵循日内瓦公约的精神，而日内瓦公约精神据称是作战的主导精神。

---

① 30年代沿德国西部边界修筑的碉堡和据点网，1944年从法国退却的德军，发现这条防线能有效地挡住美军的追击，使他们得以喘息。这条防线到1945年才被突破。

“就让我们义无反顾地追击吧，”他的好友说。

“没有什么能阻碍我们，我保证他们不会在这两个地方停留。这并非从什么德国佬那儿打听来的。是我的脑子告诉我的。”

他再一次察看了四下的原野，听到风吹树林的声音，闻到脚下石楠的气息，又看看潮湿沙地上的印痕，故事到此便结束了。

不知道她是否喜欢听这故事？他想。不。这样太自吹自擂了。不过，我愿意由别人来告诉她，那样抬高自已比较可靠。乔治不会对她讲。他是唯一能告诉她的人；但他不会讲。他肯定他妈的不会。

在百分之九十五的情况下我都是正确的，即使在打仗这样简单的事情上，也能保证这个平均成功率。可那错误的百分之五当然也不能小瞧。

我永远也不会告诉你这件事，女儿。这只是我心中的一种幕后音。我这讨厌而怯懦的心脏。这杂种心脏已经不能保持稳健的步伐了。

或许它还能，他想，取出两片药，就着杜松子酒咽了下去，然后看了看发灰的冰层。

现在我该把那个阴郁的家伙叫过来，收拾一下，到他妈的那间农舍，或者狩猎小屋去，我猜想是这么叫的。打猎结束了。

第四十二章

上校在埋进湖底的橡木桶中站直身子，向空旷的天空放了两枪，作为招呼船夫的信号，然后向他挥挥手，示意他到这边来。

小船一路上咔咔作响地撞碎冰层，慢慢地划了过来。船夫收拾起那些木囮子，又抓起那只叫唤着的母鸭，将它放进了口袋。那只狗在冰层上摇摇晃晃地滑行，衔起打死的野鸭放到船上。船夫的怒气似乎已经消退，取而代之的是一副心满意足的表情。

“您打得太少了，”他对上校说。

“多谢你的帮助。”

这是他俩的全部对话，船夫小心地将野鸭放在船头，让它们胸脯朝上，上校把他的枪和连着子弹箱的打猎凳递到了船里。

上校上了船，船夫检查了一下木桶，从桶里的钩子上取下一个像围裙样的东西，那上面有一些口袋，是用来装子弹的。然后他也上了船。他们在封冻的湖中开始缓慢而费劲地划船，朝没有结冰的褐色运河划去。上校手握长桨，像来的路上那样使劲划着，不过此刻正阳光灿烂，北面的雪山也一目了然，在他们的前方出现了一排菖蒲，标志着小船即将驶入运河，他们同心协力使劲朝前划着。

不久，他们的船撞碎了最后一片冰层，滑进了运河。上校顿时觉得一阵轻松，他把长桨递给船夫后坐了下来。他浑身都出了汗。

那条狗先前在上校的脚跟前冷得直哆嗦，这时跳上船舷跃入水中，朝运河的岸边游去。上岸后它抖落了沾在白毛上的脏水，一下钻进了褐色的菖蒲和灌丛中。上校根据灌丛的摇动，看出它在往家跑。它最终还是没吃到那份香肠。

上校感到自己还在出汗，虽然他知道身上穿的野战短外套能够挡风，但他还是从药瓶里倒出两片药，从水壶里喝了一口杜松子酒把药吞了下去。

水壶是银制的，扁平形状，外面套着一个皮套。皮套已经磨损，而且有了污渍，被皮套遮盖的水壶壶身上刻着“雷娜塔怀着爱送给理查德”。除了姑娘、上校和那个镌刻者，谁都没见过这行铭文。铭文不是在买水壶的地方刻的。那是最早一段日子里的事了，上校想。现在谁还在意呢？

水壶的螺旋盖顶上刻着“送给 R.C.，R 赠”的字样。

上校把水壶递给船夫，他看了看上校，又瞧了瞧瓶子，问道：“这是什么？”

“英国白兰地。”

“我尝尝。”

他接过去喝了一大口，完全是农夫拿着酒瓶灌酒的模样。

“谢谢。”

“你打得不错吧？”

“打死了四只鸭子。狗发现了三只别人打伤的鸭子。”

“你为什么开枪？”

“我很抱歉开了枪。我是因为生气才开枪的。”

我自己有时候也这样，上校想，没有问他为什么事生气。

“很遗憾那些鸭子没能飞得更好些。”

“呸，”上校说。“事情就那个样。”

上校注视着狗在长长的草丛和菖蒲中奔跑的动静。突然，他看到狗停了下来，一动不动。接着它猛地蹿起，跳得老高，又向前一扑落到地上。

“它抓住了一只受伤的鸭子，”他对船夫说。

“博比，”船夫叫道。“衔过来，衔过来。”

菖蒲在摇动，那条狗从里面钻了出来，口中衔着一只公鸭，它那灰白色的脖子和绿色的脑袋宛如一条蛇似地上下伸动，作着无望的挣扎。

船夫急速地掉转船头，靠向岸边。

“我来拿，”上校说。“博比！”

他从轻轻衔着鸭子的狗嘴里取下猎物，手里抓着它时，觉得它完好无损，很壮实，也很漂亮。它的心脏在跳动，眼睛里透出被擒后的绝望。

他仔细地察看它，像抚摩一匹马那样用手轻轻地抚摩着它。

“它只是翅膀受了点伤，”他说。“我们可以把它留下作引诱鸭，或者在春天把它放生。来，你接着，把它装到放母鸭的口袋里去。”

船夫小心地接了过去，把它放进船头下的粗麻布口袋里。上校听见母鸭在对它说话。或许，它在抗议，他想。他无法听懂粗麻布口袋里的鸭子说什么。

“喝一口这个，”他对船夫说。“今天真他妈的冷。”

船夫接过水壶，又喝了一大口。

“谢谢，”他说。“你的白兰地实在是太够劲了。”

第四十三章

在码头上，紧靠着河边有一长排低矮的石头房子，房子前面的地上摆着成排的野鸭。

它们分成几组放着，数目不等。是几个排，不是几个连，上校想，而我只勉强有一个班。

猎场的看守头儿站在岸上。他穿着一双高筒靴，上身套一件短夹克，一顶旧毡帽推到了后脑勺上。在他们渐渐靠近岸边时，他那挑剔的目光注意到了放在船头的鸭子数目。

“我们打猎的地方都结了冰，”上校说。

“我猜测也是这样，”看守头儿说。“真遗憾，那儿原先被认为是最好的狩猎点。”

“谁打得最多？”

“男爵打了四十二只。那儿有一段水流，暂时没有结冰。您大概没有听见枪声，因为是逆风。”

“其余的人在哪里？”

“除了男爵都走了，他在等您。您的司机在屋里睡觉。”

“他总是这样，”上校说。

“把这些鸭子好好摊开摆好，”看守头儿对船夫说；船夫也是猎场看守员。“我要把数目记到猎物登记册上。”

“口袋里有一只绿头鸭，只伤了一点翅膀。”

“好，我会照料它。”

“我要进去看看男爵。再见。”

“您该暖和一下，”看守头儿说。“今天冷得厉害，上校。”

上校朝房子的门口走去。

“再见，”他对船夫说。

“再见，上校，”船夫说。

阿尔瓦里托男爵站在房间中央，脚边生着一堆火。他腼腆地笑着，用他特有的低沉声音说，“我很遗憾，你这次没打好。”

“湖面完全冻住了。不管怎样，我还是觉得很愉快。”

“冷得够呛吧？”

“还过得去。”

“咱们吃点什么吧。”

“谢谢，我不饿。你吃了吗？”

“是的。其他几个人都走了，我让他们用了我的车。你能让我搭车到拉蒂萨纳或者再过去些吗？这样我就能从那儿再搭别的车。”

“当然可以。”

“真可惜那儿竟然结冰了，原先预想的计划挺好。”

“湖的另一头肯定有无数的鸭子。”

“是的。可它们也不会留在那里，因为它们的食物都被冻住了。今晚它们就会往南迁移。”

“都飞走吗？”

“除了本地长大的鸭子。只要还有些地方没封冻，它们就会留下来。”

“很遗憾，这次没打好。”

“真对不住，你从那么远赶来，只打了几只鸭子。”

“我一向爱好打猎，”上校说。“我也喜欢威尼斯。”

阿尔瓦里托男爵转过脸，将双手伸向火堆烘烤。“是的，”他说。“我们都爱威尼斯。或许你比任何人都爱它。”

上校没有把这个话题说开去，只是说，“你知道我喜欢威尼斯。”

“是的，我知道，”男爵说。他的目光没有朝任何地方看。过了会儿他说，“我们该叫醒你的司机了。”

“他吃过饭了吗？”

“他吃完了就睡，醒了后又吃，然后再睡。他还读了一会儿他带来的书，是有插图的书。”

“是连环画，”上校说。

“我该学着读读这种书，”男爵说。他腼腆地笑了，笑得很沉郁。“你能从的里雅斯特给我弄几本来吗？”

“要多少都行，”上校对他说。“从超人到奇异荒谬的故事，无所不有。你就代我读几本吧。对了，阿尔瓦里托，那个替我撑船的猎场看守员是怎么回事？他从一开始就好像敌视我。差不多一直到最后也是那样。”

“这是因为你身上的旧军装。盟军的军服总会引起他这种反应。你看，他的‘解放意识’有点过头了。”

“说下去。”

“摩洛哥人经过这儿时，强奸了他的妻子和女儿。”

“我想我最好能喝点儿酒，”上校说。

“桌上有白兰地。”

第四十四章

他们把男爵送到了一座别墅前，别墅院子的门很大，有一条鹅卵石铺的车道通向里面。由于当时房子距离军事打击目标六英里，这才幸免于难，没有遭到轰炸。

上校向他道别，阿尔瓦里托对他说，欢迎他在随便哪个周末，或者每个周末来这儿打猎。

“你真的不进来坐会儿吗？”

“不了。我得赶回的里雅斯特。请替我转达对雷娜塔的问候好吗？”

“我会的。汽车后座上包着的东西是她的画像吧？”

“是的。”

“我会告诉她，你打得很准，画像也保管得很好。”

“还有我的爱。”

“还有你的爱。”

“再见，阿尔瓦里托，非常感谢你。”

“再见，上校。如果可以对一个上校说再见的话。”

“别把我当成一个上校。”

“这很难办到。再见，上校。”

“万一发生什么意外，你能告诉她到‘格里迪’去取回画像吗？”

“是，上校。”

“我想，就这些了。”

“再见，上校。”

第四十五章

他们这会儿把车开上了公路。天色开始暗下来。

“往左拐，”上校说。

“那不是去的里雅斯特的路，先生，”杰克逊说。

“让的里雅斯特的路见鬼去。我命令你向左拐。难道你认为，世界上只有一条路通往的里雅斯特吗？”

“不，先生，我只是想向上校指出——”

“别给我指出什么该死的事，只管听我的指挥。我不跟你说话，你可别作声。”

“是，先生。”

“对不起，杰克逊。我的意思只是我知道该往哪儿走，我想考虑一些事情。”

“是，先生。”

汽车行驶在一条老路上，这条路上校非常熟悉，他想，好了，我答应给“格里迪”的那些人送鸭子，送去了四只，打到的鸭子太少，没有弄到足够的羽毛，那一点羽毛送给那个年轻人的妻子毫无用处。不过它们都是又大又肥的鸭子，可以让他们美美地享用一顿。我忘了给博比香肠。

没有时间给雷娜塔写张字条了。但是在一张字条里，我能说些什么以前没说过的话呢？

他把手伸进衣袋，摸到一个便条本和一支铅笔。他打开读地图的灯，用他那只受过伤的手，写下了一张印刷字体的简短便条。

“把这个放进你的口袋，杰克逊，必要时按照上面说的做。如果发生所描述的情况，它就是命令。”

“是，先生，”杰克逊说着接过那张写有备用命令的折叠纸条，把它放进军装的左上衣兜里。

现在该松弛一下了，上校对自己说。如果还有什么要进一步操心的，那就是你自己，这可是一种奢侈。

你对美国军队不再有任何实际的用处。这一点再清楚不过了。

你已经对你的姑娘说过再见，她也对你说了再见。

那确实很简单。

你打枪打得很准，阿尔瓦里托心里明白。就是这样。

因此，你还有什么可烦恼的，小伙子？我可不希望你是那样的蠢货，明知有些事已回天无力，必然会发生，却还要为此烦恼。我们当然不希望这样。

就在这时，他遭到了重击，正如在收拾木头囮子时他就知道会发生的那样。

三次打击就该出局了，他想，竟然给了我四次。我一直是个幸运的狗崽子。

他又遭到一击，这次很厉害。

“杰克逊，”他说。“你知道托马斯·乔纳森·杰克逊[①]将军在一次特别的时刻说过什么吗？就是他不幸面临死亡的时刻。我曾经背得下来。当然不是一字不差。不过报道是这么说的：‘命令 A. P. 希尔准备进攻。’接着是神志不清的胡话。过后他又说，‘不，不，

---

① 托马斯·乔纳森·杰克逊（1824—1863），美国内战时期南军著名将领之一，1861 年 7 月，北军入侵弗吉尼亚，他组成坚强防线抗击了敌军占优势的进攻，赢得了“石壁”的著名绰号。1863 年 5 月，在同北军作战中，不幸遭到己方流弹误伤，被截去左臂，后并发肺炎不治身亡。

让我们蹚水过河，到树荫下休息。’”

“这挺有趣，先生，”杰克逊说。“这一定是石壁杰克逊，先生。”

上校刚要说话，却一下停住了，他受到第三次打击，剧痛猛然袭来，他知道自己无法活了。

“杰克逊，”上校说。“把车开到路边停下，熄掉停车指示灯。你知道从这儿去的里雅斯特的路吗？”

“知道，先生，我有地图。”

“好。现在我要坐到这辆该死的大型豪华车的后座上去。”

这是上校说的最后一句话。不过他很顺当地坐到了后座上，并且关好了车门，他关得很仔细很稳妥。

过了一会儿，杰克逊在大车灯的照明下，沿着路沟把车开到栽了柳树的道路上，一边向前行驶，一边仔细寻找可以拐弯的地方。他终于找到了一个，于是小心地拐了弯。车子此刻在道路的右侧，朝着南面，向一个交叉路口行进，到了那儿，他就可以开上通往的里雅斯特的公路了，这条公路他很熟悉。他打开了看地图用的灯，取出那张写着命令的纸条，读道：

> 如果我死了，请将车上一幅包着的画像和两支猎枪送交威尼斯的格里迪旅馆，会有合法的认领者前去认领。美国陆军上校理查德·坎特韦尔签字

“他们一定会把这些东西交到物主手里，通过正式的手续，”杰克逊想，随后把车挂上了挡。

译后记

第二次世界大战结束后，海明威回到了古巴的居所，由于在战争中数次受伤和脑震荡，他的健康受到了很大损害，头痛和耳鸣时常折磨着他，思维和语言也不如以往敏捷；可是作为一个作家，他最大的愿望仍是写作。一九四六年在搁笔几年后，他开始创作长篇小说《伊甸园》，但写作时断时续，显得力不从心，为此，他的情绪一直很消沉。一九四八年秋天，在身体稍有好转的情况下，他和妻子玛丽乘船赴意大利旅行，当他们走下热那亚码头时，他不禁心潮翻涌，难以自已。一九一八年作为红十字会志愿人员第一次到意大利战场时，他还是个未满十九岁的热血青年，一九二〇年和一九二七年虽然又来过两次，但都是匆匆往返；眼下美丽的秋天景色使他觉得好像回到了热爱的故土家园。上岸后，他立即雇了一辆汽车，决心好好看一看这个国家。往威尼斯驶去的沿途中，他和妻子受到意大利北部居民的盛情接待，出版商阿尔伯托·蒙达多里告诉他，自从二战结束以来，他的书在这个国家比其他作家的书好销，平民百姓和上层社会中的人都爱看他的书。初抵意大利的这些见闻令海明威的精神为之振奋，稍后的威尼斯之行更使他心情激动，这个城市的建筑和历史引发了他无数的感触和遐想，他决定重访三十年前受伤的战场。当他站在福赛尔塔城外长满芦苇的坡地上时，昔日在意大利战场经历的种种情景又重现眼前，抚今追昔，百感交集。从福赛尔塔返回住地后，他便放下手头正在写作的“海洋小说”，兴致勃勃地写起几个月来在意大利的见闻和感受。他脑海里充满可供描写的景象和人物，他写信告诉他在二次大战中结下生死之交的兰厄姆将军，说书中主人公坎特韦尔上校的形象是依据生活中三个原型塑造的：坎特韦尔年轻时在战场流血负伤，五十岁时饱经沧桑重游故地的情景是他本人的经历，而主人公在二战中任美军精锐步兵团团长奋战沙场的描写，则是兰厄姆将军的写照，此外还有一些勇猛善战的斯威尼上校的影子。故事的主题和以往一样，仍是战争、爱情与死亡。

《过河入林》的主要内容由两部分组成：一是历经战争磨难的坎特韦尔上校对于参加两次世界大战的沉痛回忆和反思，二是上校在威尼斯与心爱的少女和好友会面、打猎的情景。书中血腥厮杀的战争场面和上校内心对美好爱情与自由生活的依恋互为映衬，表达了作者对战争的强烈憎恨，对人类生存状态的真诚关注。

坎特韦尔上校十八岁时，怀着为正义而战的自信走上第一次大战的战场；可是不久，战场上血肉横飞的残酷现实使他在震惊之余，逐渐对战争的意义产生怀疑。当他回想起这次战争时，曾经有过的自豪感荡然无存，充斥在脑海中的只有壅塞在运河里的肿胀尸体，还有叮在渗血伤口上的成群蚊蝇。坎特韦尔的这种感受实际上是作者的亲身经历，目睹生命毫无尊严地遭到残暴践踏，海明威当时曾痛苦地想道："选择死似乎比活着更合情理。"作者通过坎特韦尔之口否定了这场战争，他和昔日的战友、"格里迪"的侍者领班对在伊松佐和卡尔索参加过的愚昧屠杀，只想"把它当作可耻的蠢事忘却"，并"为那些下命令屠杀的人感到羞耻"。但是，作为一个职业军人，他后来又参加了第二次世界大战。他本人虽未直接遭受希特勒和墨索里尼的迫害，但他对纳粹和法西斯极其痛恨，因此在诺曼底登陆、进军巴黎和赫特根森林战役中表现英勇。其实这正是海明威本人在二战中的真实表现。即将攻占巴黎的前夕，海明威奉命带领一个七人游击小分队，在满布地雷的朗布依埃的街道中穿梭侦察，有时甚至要进入德国人的坦克集中地。用海明威自己的话说，“那会儿简直是提着脑袋前进”，然而他仍能准确迅速地把有关的军事情报记录下来。当时朗布依埃的最高指挥官布鲁斯上校曾这样评价海明威：“在军事方面，他可说是个真正的专家，尤其在游击队活动和收集情报方面，他更为优秀。厄内斯特十分骁勇，但决不粗枝大叶……”一九四七年美国政府授予海明威铜质星字勋章时，荣誉奖状上也赫然写着同样的赞誉。可是，在《过河入林》中，作者对于几场大战役的描写，非但不像现实中那样惊心动魄，反而作了低调处理。当雷娜塔反复请求上校讲述攻占巴黎的情景时，上校只是简略地叙述了盟军参战的经过，继而沉痛地告诉姑娘：“我想我们杀死的人比一代人还要多。”为赢得战争而付出的惨重代价使他感受不到胜利者的喜悦。他最心爱的一个团在他违心执行上级命令时，大半做了冤魂，剩下的全都成了残废。因为“在军队里，你就得像条狗那样顺从，你只能希望自己会遇上个好主人”，然而，坎特韦尔上校不无讽刺地补充说，自他当上指挥官后，“手下的士兵都很优秀，可是好的主人只有两个”。他对盟军高层的某些决策人物无比愤慨，斥责他们远离战场，在设有诸多安全措施的地方盲目指挥，造成前线将士许多无谓的伤亡。他甚至把矛头指向当时任盟国远征军最高司令官的艾森豪威尔，说他是“一个不同凡响的政治家，政治家型的将军。对政治非常在行。”上校如此尖锐的评判，完全发自内心深处强烈的反战意识。与此同时，他对自己曾经参与的屠杀和破坏也一直悔恨不已。

战争烙下的伤痛使坎特韦尔对人类的生存状态感到悲观，而日益严重的心脏病也时时向他发出死亡的威胁，但他从来不对命运的不幸发出一声哀叹，而是勇敢镇定地寻找生活最后能给予他的快乐，尽管这种快乐并不能真正卸下精神的重负。在确信死神召唤他的最后一刻，上校“很顺当地坐到了后座上，并且关好了车门，他关得很仔细很稳妥”。这种在精神上战胜死亡的从容举止，是海明威毕生崇尚的做人原则。据说当时为该书打字的女打字员读到这一段时，和在场的几位客人以及海明威的妻子全都感动得流下泪来。

书中雷娜塔的形象清纯动人，她的名字在意大利文中的原意是“再生”。在坎特韦尔上校的心目中，她的确是青春、爱情、真诚和理想的化身，而这些生命中最美好的事物，正是他一生所向往的，他爱她，希望在纯洁的爱情中净化心灵，得到新生；虽然他明白爱情的结局不会完满，但是它让他的生命之火在熄灭前燃放出美丽的光彩。

雷娜塔的原型是一个名叫阿德里安娜的意大利姑娘，但她并不是伯爵小姐，而是一个十九岁的女学生。有一次海明威与几个朋友外出打猎，同行的一位朋友带来一个身材纤细的黑发姑娘，她那柔和的声音和文雅的风度立刻让海明威产生了好感。打猎结束时，姑娘的头发被雨水打乱，海明威很温和地安慰她，并把自己的梳子一折二送给她；他的举止使姑娘很感动。他们后来一直保持着亲密友好的关系。阿德里安娜生性聪慧，擅长漫画和素描，还为《过河入林》的美国版本设计了封面，为海明威写的威尼斯童话画过多幅插图。《过河入林》正式付印前，阿德里安娜的哥哥特地赶到海明威家里，坐在打字机旁连续工作几个小时，帮助他改正书稿中一些错误的意大利地名。一九五〇年阿德里安娜和母亲到海明威在古巴的“观景庄”作客，海明威在众人面前把姑娘称作“女儿”，而且保持着一种长辈的姿态，但在心里却热烈地爱着她，每当跟她会面后，他就发觉自己的创作能力大大提高，然而，这只是一场柏拉图式的精神恋爱，他们之间的关系并没有像小说中描写的那样，超越了一般好朋友的界限。

《过河入林》的书名是海明威几经斟酌后定下的，先前他也考虑过其他几个书名，但都因不合适而被一一否定。《过河入林》借用了托马斯·杰克逊将军临死前说的一句话："让我们蹚水过河，到树荫下休息"。坎特韦尔上校在去世前特意对司机提起了这句话，旨在表现一种坦然接受死亡，视死亡为身心休息的无畏精神。

海明威对《过河入林》的出版寄予很高的期望，可是一九五〇年该书面世后，文学界的评论却出乎他的意料，评论家们认为主人公的形象和精神状态令人厌倦，小说的创作模式也没有任何创新。这种观点固然在某种程度上反映了作品的基调比较低沉，却也难免失之偏颇。《过河入林》虽说不是海明威最成功的作品，但是和作家的其他作品一样，是他人生历程中一个阶段的真实记录，从中可以了解作者在那段时间里的思想感情，尤其是他经历了三次战争后人生信仰所发生的变化。据他自己说，一九一八年在意大利战场上受伤时，内心很害怕死亡，因此对宗教十分虔诚，相信依靠祈祷能够实现精神自救。到了西班牙内战期间，尽管战争的阴影使他对日后的美好生活仍心存怀疑，但是反法西斯战士献身正义的崇高行为感动了他，他觉得只为个人的利益祈祷未免太狭隘，并且逐渐消除了对死亡的恐惧；在反映这次战争的剧本《第五纵队》中，他表现出一种积极的人生态度：期望通过斗争走向自由。可是经过第二次世界大战后，他的思想观念又有了很大的变化。在一九四四年的法、德战场上，面对数次生死攸关的险情，他从未祈祷过一次，对死亡完全抱着藐视的态度。然而战争的创伤使他对人生充满了悲观的看法，战后他的思想比以往任何时候都更复杂、矛盾，情绪也更消沉；他不接受任何外来力量的影响，更不乞求宗教的安慰，他只崇尚人道主义、情感主义和回归自然的快乐。海明威在这个时期的思想状态，通过坎特韦尔上校的形象很清晰地呈现在读者面前。为此，《过河入林》对于全面、完整地了解海明威及其后期创作，是一部不可忽略的作品。

...tween, the steel decks ... are and branches
eyond a tent, you step out to see too many
ars. The moon gone down, the breeze not risen
u urinate up looking at the uncross-like blu
s Southern Cross, and thus each morning in the
rofundity of initial urination reflect upon the
ublicity of constellations, and not awake you
isten to the night move lightly past you.
en walk to where Pop sits before the fire,
ipe comforted, his creatures perched, loving the
me before daylight and the windless burning of
ead branches he says, "How are you, governor?"

"No worse than you."

The sky is very high there and branches
one between, the steel decks from under which
eyond a tent, you step out to see too many
ars. The moon gone down, the breeze not risen
u urinate up looking at the uncross-like
s Southern Cross,
rofundity initial, and th